U0445873

Unicorn
独角兽书系

CALAMITY

The Reckoners

灾星

审判者传奇（卷三）

[美] 布兰登·桑德森 / 著
王依涵 译

重庆出版集团　重庆出版社

Calamity (The Reckoners)
By Brandon Sanderson
Copyright © 2016 by Dragonsteel Entertainment, LLC
Published in agreement with JABberwocky Literary Agency, Inc.,
through The Grayhawk Agency.
Simplified Chinese edition copyright © 2021 by Chongqing
Publishing House Co.,Ltd
All rights reserved.

版贸核渝字（2015）第 100 号

图书在版编目(CIP)数据

审判者传奇.卷三，灾星/（美）布兰登·桑德森著；王依涵译. —重庆：重庆出版社，2021.6
书名原文：Calamity（The Reckoners）
ISBN 978-7-229-15313-7

Ⅰ.①审…　Ⅱ.①布…　②王…　Ⅲ.①长篇小说－美国－现代　Ⅳ.①I712.45
中国版本图书馆 CIP 数据核字（2021）第 037172 号

审判者传奇（卷三）：灾星
SHENPAN ZHE CHUANQI（JUAN SAN）：ZAI XING
[美] 布兰登·桑德森　著　王依涵　译

责任编辑：邹　禾　唐　凌　王靓婷
装帧设计：抹茶
封面图案设计：陈名瑶
责任校对：廖　颖

重庆出版集团 出版
重庆出版社

重庆市南岸区南滨路 162 号 1 幢　邮政编码：400061　http://www.cqph.com
重庆出版社艺术设计有限公司　制版
重庆市鹏程印务有限公司　印刷
重庆出版集团图书发行有限责任公司　发行
E-mail:fxchu@cqph.com　邮购电话：023-61520646
全国新华书店经销

开本：890mm×1230mm　1/32　印张：14.625　字数：304 千
2021 年 6 月第 1 版　2021 年 6 月第 1 次印刷
ISBN 978-7-229-15313-7
定价：68.80 元

如有印装问题，请向本集团图书发行有限公司调换：023-61520678

版权所有　侵权必究

目 录

楔　子 / 1

第一部分

第一章 / 5

第二章 / 15

第三章 / 20

第四章 / 27

第五章 / 32

第六章 / 39

第七章 / 48

第八章 / 56

第九章 / 65

第十章 / 76

第二部分

第十一章 / 89

第十二章 / 98

第十三章 / 109

第十四章 / 121

第十五章 / 128

第十六章 / 136

第十七章 / 145

第十八章 / 154

第十九章 / 169

第二十章 / 178

第二十一章 / 186

第二十二章 / 198

第二十三章 / 209

第三部分

第二十四章 / 219

第二十五章 / 229

第二十六章 / 239

第二十七章 / 249

第二十八章 / 262

第二十九章 / 269

第三十章 / 275

第三十一章 / 283

第三十二章 / 291

第三十三章 / 297

第三十四章 / 304

第四部分

第三十五章 / 319

第三十六章 / 328

第三十七章 / 338

第三十八章 / 348

第三十九章 / 358

第四十章 / 369

第四十一章 / 375

第四十二章 / 383

第四十三章 / 390

第四十四章 / 399

第四十五章 / 406

第四十六章 / 418

第四十七章 / 427

第四十八章 / 432

第四十九章 / 437

第五十章 / 443

第五十一章 / 447

尾　声 / 451

致　谢 / 457

献　语

致凯琳·佐贝尔：

　　她是一位在顶级写作团队里待了十年，仍礼貌地抬手发表评论而不是扼杀我们的作家、读者、评论家和朋友。

　　（谢谢这些年来你给予的所有帮助，凯琳！）

楔　子

我亲眼目睹了可怕的深渊。

我在巴比拉，重建后的巴比伦。以前的纽约城。我凝视着那颗燃烧的红星，它被称之为灾星。毫无疑问，我内心的某些东西已经改变了。

深渊早已把我当作同类。虽然我击退了它们，却仍背负着隐藏的伤疤。

它们坚称，我会回到其身边。

part one

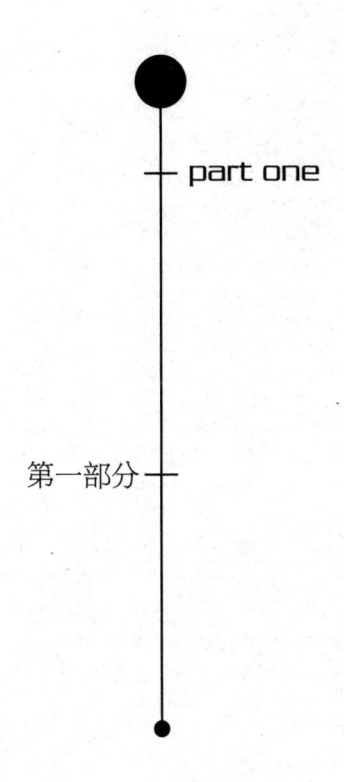

第一部分

第一章

太阳探出地平线，光芒四射，像一只巨大的海牛初露头部。我蜷缩着身子躲在树荫底下，忽略了周围闻着有点奇怪的气味。

"我们还好吧？"我对着线路悄悄说道。我们没有使用手机，而是戴着耳机靠老式对讲机通信。另一头传来短促清脆的声响，对方一边听我说话，一边打着响指。这种交流方式看似原始，但对这份工作来说却必不可少。

"等等，"梅根提醒道，"科迪，你还在那里吗？"

"我当然在，"传来科迪略带南方拖腔口音的干脆回复，"如果有家伙敢偷袭你的话，我就一枪指在他鼻子上。"

"呃……"苏苏对着传话机支支吾吾。

我匍匐着说："我们五个人一起行动。"科迪说我的奇特装备像一个"树架"，其实只不过是一个露营椅罢了，它被系在三十英尺高的榆木树干上。白天的时候，猎人用这种装备作掩护狩猎。

我把我的戈特沙尔克猎枪——一种光滑的军用突击步枪——架在肩上，透过树枝间的缝隙瞄准打望。在这种情况

灾星

下,我常常会看到史诗派:一类统治世界的超级英雄。和我的团队一样,我也是一名清算者,一心想要击倒危险的史诗派。

不幸的是,清算者的日子在两个月前止步了。教授,我们的队长,自己就是史诗派,结果却被对手阴谋算计,落入寻找继任者的圈套。教授被自己的超能力所吞噬,便离开了巴比拉的圣凛王国,然而他还带走了硬盘,里面存满了各种笔记和秘密。我们打算阻止他,一路尾随至此。

这里有一座大城堡。

毫无疑问,确实是一座城堡。我以为那些城堡只在老电影和外国电影里才有,但在这里,在西弗吉尼亚州的树林里,却藏着一座城堡。尽管装有现代的金属大门和高科技安保系统,但这个地方看起来,似乎早在灾星现世之前就已经存在了。青苔满布的石雕,饱经风霜的墙壁,弯弯曲曲的藤蔓向上蜿蜒。

灾星降临前人们的表现有点异常。城堡的存在就是力证,但还是显得十分怪诞。

我移开本在远眺的目光,瞥了眼亚伯拉罕,他正躲在附近的一棵树上。我能认出他只是因为我清楚自己的目标是谁。他深色的衣服与清晨的斑驳阴影融为一体。线人告诉我们,目前是袭击舍布兰特城堡的最佳时机,这个特殊地点也被称为骑士鹰铸造厂。

这里有世界上最主要的史诗派衍生科技。我们要利用他们的武器和技术去打败钢铁心，然后是圣凛。

现在，我们要动身劫掠他们。

"大家都把手机关机了吗？"我在电话那头问道，"电池也拔掉了？"

"你已经问过三次了，戴维。"梅根回答。

"再检查一遍。"

他们都照办了，我深深地吸了一口气。据我们所知，我们已是最后一批清算者。两个月过去了，仍然没有缇雅的任何消息，这意味着她可能已经死了。这样一来，我便成了负责人（尽管是由于缇雅缺席我才得到了这份工作）。当我问科迪和亚伯拉罕是否想要应聘时，他俩笑了起来，而苏苏整个人僵硬得像块木板，连呼吸都有些急促。

现在要开始实施我的计划了，我那疯狂、鲁莽、让人觉得不可思议的计划。说实话，我害怕极了。我的手表嗡嗡作响，是时候出发了。

"梅根，"我对着对讲机说，"准备。"

"准备好了。"

我再次扛起步枪，透过树林朝着梅根即将发起攻击的地方望去。我感到一阵目眩。凭借我的手机，我本可以溜进梅根的视野跟踪她的攻击；还可以打开一张当地地图，看着我的团队像光斑一样在上面移动闪烁。不过，我们的手机是由骑士鹰制造派发的，该铸造厂同时也维护着他们所运行的安全网络。利用这些手机来协调对骑士鹰自制装置的攻击，就

灾 星

像用牙膏做沙拉酱一样明智。

"很吸引人。"梅根说,不一会儿,两声爆炸回荡在天空,隆隆震颤。我拿起望远镜扫视了一圈,寻到了空中升起的烟迹,但梅根却不见了踪影;她在城堡的另一边。她的任务是发起正面进攻,那些爆炸正是梅根扔在前门的手榴弹。

当然,攻击骑士鹰铸造厂绝对是自杀行为。这一点我们都心知肚明,但我们也实在别无他法,资源匮乏不说,还要躲避乔纳森·菲德拉斯本人的追捕。而骑士鹰拒绝和我们打交道,对我们的要求没有任何回应。

我们当时的选择是,要么赤手空拳地跟教授斗,要么来这里看看我们能偷些什么。这似乎是两个糟糕的选项中较好的那个。

"科迪?"我问道。

"她没事的,伙计,"他透过噼里啪啦的无线电线路回复道,"那里看上去就像视频里的场景。爆炸发生后,就飞来了无人机在上空盘旋。"

"能解决掉几个算几个。"我说。

"收到。"

"苏苏?"我喊了一声。"预备。"

"妙哉!"

我犹豫了一下。"妙哉?这是什么暗号吗?"

"你没注意到,爆炸的时候火花四溅。戴维,有时候你真是个古板的人。"她的话被另一波爆炸声打断了,这次的动静更猛烈。我待着的那棵树，因为冲击波的力量晃个不停。

这次不需要用望远镜就能看到，浓烟沿着城堡侧翼从右边升起。爆炸发生后不久，一群看上去只有篮球大小的无人机——个个外形光滑、金属质感，顶部装有螺旋桨——出现在窗口，朝着烟雾弥漫的爆炸区飞去。一架更大的机器从阴暗的壁龛里挪了出来：外形细长，大约和人一样高，顶部都有一支枪臂，在轨道上来回移动，并不需要车轮。

我用瞄准镜追踪它们的动向，它们开始朝树林射击，苏苏提前在木桶里放了照明弹以发出热信号。远程发射的机关枪给人造成了一种错觉，看似有一大群士兵潜伏在那里。我们刻意抬高了枪口，避免亚伯拉罕在行动时被困在交火中难以脱身。

骑士鹰的防守模式，和线人提供的视频里一模一样。从来没有人成功闯入过这个地方，但很多人都跃跃欲试。一个来自纳什维尔的鲁莽的准军事部队拍摄了视频，我们设法搞来了拷贝版本。据我们猜测，大多数时候那些无人机都在走廊里巡逻。然而，现在轮到它们出去应战了。

希望此次交火对我们来说是个良机。

"好吧，亚伯拉罕，"我冲着队列说，"轮到你了，我负责掩护。"

"我这就出发。"亚伯拉罕轻声道。这个小心翼翼、皮肤黝黑的男人，顺着一根细缆绳从树上溜了下来，悄无声息地滑过森林的地面。别看亚伯拉罕长得五大三粗，他走近那堵

灾星

仍被晨光笼罩着的墙面时，动作出奇地敏捷。只要他腰带上的散热器还起作用，防渗透服就能掩盖体温发出的热信号。

他的任务是潜入铸造厂，偷取视线所及的任何武器或技术，并在十五分钟内撤离此地。我们从线人那里拿到了基础版的地图，上面显示城堡底层的实验室和工厂里装满了可供采摘的好东西。

我透过瞄准镜紧张地盯着亚伯拉罕，确保没有无人机发现他。然后把枪的瞄准点挪到右侧，这样即便走火也不会误伤我的同伴。

没有无人机发现他。他顺着一根可伸缩的绳子爬上矮墙墙头，又用另一根绳子爬上了城堡的屋顶。他躲在一处垛口旁，准备下一步行动。

"你的右边有个洞，亚伯拉罕，"我对着无线电说道，"其中一架无人机从那座塔窗户下的一个洞里飞了出来。"

"妙哉！"亚伯拉罕说，这个词从他嘴里说出来特别奇怪，带着一口流利的法国腔。

"也许根本没有这个词。"我说，然后扛起枪跟着他朝洞口走去。

"怎么会没有呢？"苏苏问道。

"这个词听起来很奇怪。"

"我们今天说的话就不奇怪了？'扯火'？'矬子'？"

"那些都挺正常，"我说，"一点也不奇怪。"一架无人机飞过，还好我的装束掩盖了身体的热信号。这很值当，因为像潜水衣一样的衣服非常不舒服。不过我比亚伯拉罕好多了，他还戴着口罩什么的。无人机能侦察到我身上像松鼠一样微弱的热信号，一只奄奄一息的松鼠。

亚伯拉罕走到我指给他看的那个壁龛前。扯火，那个人很会潜行。我刚把目光移开，他就没了人影，再想锁定他的位置就难了。他肯定接受过某个特种部队的训练。

"可惜这里有一扇门，"亚伯拉罕在壁龛里说，"它肯定会在放出机器后关闭，我要趁着短路把自己弄进去。"

"太好了。"我说，"梅根，你还好吧？"

她喘着气说："至少现在还活着。"

"你能看见多少架无人机？"我问道，"他们派出更大的无人机来监视你了吗？"

"有点忙，脆娃①。"她厉声说。

我往后一靠，焦急地听着枪声和爆炸声。我想置身于枪战的混乱之中，但这毫无意义。我做不到像亚伯拉罕一样蹑手蹑脚，也不能像梅根一样刀枪不入。团队里能有像她这样的史诗派无疑是一个优势。而我作为队长只能退居后方，适时做出决断。

真该死。

这就是教授在指导任务期间的感受吗？他通常都在幕后指导，等待时机。我从未意识到这项工作有多难。好吧，如果非要说我在巴比拉学到了什么，那就是需要抑制头脑发热

---

①梅根给戴维起的外号，起源于卷1的偶然事情。

时的冲动。我只需半个发热的脑袋,一个发热的下巴?

亚伯拉罕执行任务时,我就在原地守候。如果他不能迅速回归,就得取消这次任务。时间拖得越久,铸造厂里的神秘人就越有可能发现我们的"兵力"只有区区五人。

"亚伯拉罕,情况怎么样?"我说。

"我应该能打开它,"他说,"还需要一会儿。"

"我不……"我打住了话头,"等一下,那是什么?"

附近传来一阵低沉的隆隆声。我扫了一眼下面,惊讶地看到地衣覆盖的森林地面变得皱巴巴的。树叶和苔藓紧缩起来,露出一扇金属门。另一群无人机从那扇门里飞了出来,从我身旁的树掠过。

"苏苏,"我对着耳机小声说,"其他无人机正试图从侧翼包围你。"

"无赖,"苏苏说。她犹豫了一会儿又说:"你……"

"嗯,我知道这个词。你可能需要启动下一个阶段。"我低头瞥了一眼正在隆隆关上的洞口。"做好准备,看样子铸造厂有通向森林的隧道,他们的无人机会在你意想不到的地方出现。"

下面的门关了一半就静止不动了。我皱起眉头,俯下身想看清楚些。似乎有一些泥土和岩石掉落进了洞口的齿轮里。我猜想也许这就是把入口藏在森林中央的问题所在。

"亚伯拉罕,"我兴奋地对着耳机说道,"外面的门卡住了,你可以从半开的门里进去。"

"我感觉有点难度。"他说，我回头看了看，发现苏苏身边发生了一连串爆炸，那几架无人机撤离后，又在亚伯拉罕的阵地附近徘徊。

"扯火。"我低声说，然后举起步枪，开了两枪，打掉了其中的两架无人机。无人机开始坠落，我们备好了子弹，击中电子设备便会爆炸。我不知道它们是怎么运作的，但几乎，让我们失去了所有能拿来做交易的东西，包括科迪和亚伯拉罕逃出新加哥时乘坐的那架直升机。不管怎么说都太过惹眼了。

"谢谢支援！"亚伯拉罕在无人机坠落时说道。

在我的下方，洞口上的齿轮互相刮擦，试图强行合上门。门又移动了一英寸。

"这个入口随时都会关闭，"我说，"快过来！"

"戴维，蹑手蹑脚可快不了。"亚伯拉罕说。

我瞥了一眼半开的洞口。我们失去了新加哥，教授袭击并洗劫了我们在那里的所有安全屋。我们没能把埃德蒙——另一个史诗派盟友——带到安全的藏身之处。

新加哥的民众陷入了恐慌，巴比拉也好不了多少，那里的资源所剩无几。圣凛的老仆人在照看这个地方，侍奉教授。

如果这次抢劫失败，我们就破产了。我们将不得不在地图以外的某个地方安顿下来，等到来年东山再起，而这会让教授变得肆无忌惮。我不知道他在玩什么把戏，为什么着急离开巴比拉？但这说明他正在策划一场阴谋。乔纳森·菲德

灾 星

拉斯野心勃勃，正被自己的力量所吞噬，他不会满足于干坐在城市里发号施令。

他可能是目前这个世界上最危险的史诗派。我一想到这里，胃就止不住翻腾起来。我不能再耽搁了。

"科迪，"我问道，"你能看到亚伯拉罕并掩护他吗？"

"稍等一下，"他说，"可以，我找到他了。"

"太好了，"我说，"我得进去了，你负责行动。"

第二章

我顺着绳子滑了下来，落在森林的地面上，脚底下的干树叶发出嘎吱嘎吱的响声。前方洞口的那扇门，终于又挪动了起来。我大吼一声，冲到地面上的洞口跳了进去，沿着一条浅坡道滑了一小段距离，门关上了，身后传来最后一声刺耳的声响。

我进来了。也有可能被困住了。

所以……该高兴吗？

墙壁上闪烁着微弱的应急灯，映入眼帘的是一条倾斜的隧道，隧道的尽头呈弧形，像一个巨人的喉咙。坡不是很陡，我肩上扛着枪，开始慢慢地往下走。我把随身携带的收音机调到不同的频率，以便让我集中注意力。其他人会知道怎么联系我。

昏暗的灯光让我想打开手机，充当手电筒，但我克制住了自己。谁知道骑士鹰铸造厂会在这些东西里安装什么样的后门呢？事实上，谁知道这些手机究竟能做什么？它们一定是某种衍生自史诗派的技术。在任何情况下都能工作的手机，信号却不能被拦截？我是在新加哥地底下的一个深坑里长大的，就连我自己也觉得很不可思议。

我挪到斜坡的底部，打开了夜视镜和热成像仪。扯火，这是一把很棒的枪。这时映入眼帘的是一处寂静的走廊，只有平滑的金属地板和天花板。考虑到它的长度，这条隧道肯定是从铸造厂的墙壁下通往这片区域的，极有可能是进入洞口的通道。

这家铸造厂内部贴着违禁品照片，上面展示了工作台上摆放着的各种激活器和相关技术，诱使我们实施这个夺取一切的计划。看到什么拿了就走，希望我们最后能找到一些有用的东西。

它是以某种方式从史诗派体内构建的技术。在发现教授拥有超能力之前，我就应该意识到我们有多么依赖史诗派。我一直梦想清算者代表着人类的自由力量——普通人也可以跟强大的敌人相抗衡。

但故事并不是这样展开的，不是吗？珀尔修斯得到了他的天马，阿拉丁得到了他的神灯，旧约里的国王戴维也得到了耶和华的祝福。想和上帝作对？你最好有一张自己的王牌。

在这个故事里，神的肉体被我们大卸八块困在盒子里，以此操控他们的神力。其中大部分超能力起源于骑士鹰铸造厂，这里秘密供应由史诗派尸体制成的武器。

耳机里发出噼里啪啦的响声，我惊得跳了起来。

"戴维？"是梅根的声音，她拨通了私人无线电线路，"你在干什么？"

我皱起眉头，小声地说："我在森林里发现了一条无人机通道，然后设法溜了进去。"

线路的另一头先是一阵沉默，紧接着回应道："矬子。"

"怎么，这样贸然行动太过鲁莽？"

"扯火。不是，因为你没有带我。"

她的附近发生了一起爆炸。

"听起来你玩得很开心。"说罢，我举起步枪继续往前走，两眼紧盯前方，寻找无人机。

"当然了，"梅根说，"用我的脸拦截迷你导弹，其乐无穷。"

我笑了，仅仅是听到她的声音就能让我这样。见鬼，我宁愿梅根朝我大吼，也不愿被别人表扬。况且，她还能和我正常交流，这就说明她并没有用自己的脸去拦截什么迷你导弹。她可以一直存活于世，因为她即使死了也会重生。但除此之外，她和其他人一样不堪一击。由于最近的状况，她尽量避免使用自己的超能力。

她多半会用传统的办法来解决此事。科迪和苏苏打掩护时，她一头扎进树丛中，一边开枪，一边投掷手榴弹。我能想象到她轻声咒骂的样子，满头大汗地看着一架无人机飞过，她瞄得很准，她的脸……

嗯……，没错，我应该集中注意力。

"我负责引他们到这里，"梅根说，"但要小心，戴维，你没有全套防渗透服。如果无人机侦察得够仔细，就会发现你的体温特征。"

"妙哉。"我低声说，管他是什么意思。

前方的隧道开始变亮，我关掉夜视镜，放慢了脚步。我蹑手蹑脚地走过去，接着停了下来。入口隧道的尽头是一条更为宽敞的白色走廊。灯光照得明亮，廊厅装饰着瓷砖地板和金属墙壁，整个空间空荡荡的。就像碰上了街尾店铺的甜甜圈免费日。

我从口袋里掏出先前找到的那张地图，查看了一番。上面也没什么信息，不过其中有一张图片看起来很像这条走廊。无论如何，我必须在这里找到有用的技术，然后把它偷出去。

要是教授或缇雅在的话，肯定能想出更好的点子来，可惜他们不在。于是我随便挑了一个方向继续前行。没过几分钟，这令人紧张的寂静被走廊里迅速传来的回声打破，我终于松了一口气。

我朝着那个声音冲过去，并不是因为迫切想知道发生了什么，而是因为发现走廊里有一扇门。我及时赶到，一把拉开——谢天谢地，门没有上锁——我溜进了一间黑黢黢的房间。我背靠着门，听到外面有一群无人机呼啸而过。我又转过身，透过门上的小窗户望着它们"嗡嗡"地穿过白色走廊，然后拐进了入口隧道。

无人机没有发现我的热信号。我打开无线电，小声说道："更多无人机从我进来的地方飞出去了。科迪，状态怎么样？"

"我们还有一些招数没使，但这里已经乱套了。"科迪回复道，"亚伯拉罕还是设法从屋顶进去了，你们俩拿到你们能找到的东西后尽快撤离。"

"收到。"亚伯拉罕对着无线电说。

"明白。"我回应道，瞥了一眼我刚刚进来的地方。这里漆黑一片，但从消毒水的气味判断，这是一个实验室。我打开夜视镜，迅速扫视了一下房间。

结果发现自己被尸体包围了。

第三章

我强忍住一声惊叫。我把枪扛在肩膀上，又扫视了一遍房间，心脏狂跳。房间里摆满了金属长桌和水槽，其中散布着几只大浴缸。从地板到天花板的墙壁上都排列着架子，上面摆满了大小不一的瓶瓶罐罐。我俯身想仔细看看身旁架子上的那些罐子。里面是身体的各个部位：手指、肺、大脑。根据罐子上的标签可以看出都是人类的器官。这里肯定是一处解剖尸体的实验室。

我忍住了恶心，集中精神。他们会把激活器放在这样的房间里吗？我发现，任何使用史诗派技术的东西都需要激活器才能发挥作用。除非我找到了这批东西的藏匿点，否则此次任务就是白费力气。

我开始搜寻这些装置，它们是一些小金属盒，和手机电池差不多大。扯火。这里的一切都沐浴在夜晚的绿光中，而透过步枪的瞄准镜，这个地方显得更加诡异。

"喂，"线路那头传来苏苏的声音，我又被惊得一跳，"戴维，在吗？"

"嗯。"我低声说。

"这边的战斗转移到了梅根那里,我可以喘口气了,"苏苏说,"科迪让我看看你是否需要帮忙。"

我不确定她在那么远的地方能做些什么,但听到有人的声音真好。"我在某个实验室里,"我答道,"室内的架子上摆满了装在罐子里的人体器官……"说到这里又是一阵反胃,我便挪动枪口,透过瞄准镜观察附近的浴缸。每一个浴缸都盖有一个玻璃盖,里面放满了水。我屏住呼吸,往后缩了缩。"一些大桶里装满了大块的漂浮物,看上去就像一群食人族准备去咬悬挂的苹果一样,最起码也是亚当的苹果。"

我伸手打开一个碗柜,发现里面整整一架子的腌心。我向前移动,脚突然碰到了什么东西,发出"咯吱"的声音。我向后一跳,用枪指着地板,不过是一块湿抹布罢了。

"苏苏,"我小声说,"这地方太恐怖了,你觉得我在这里开灯安全吗?"

"噢,开灯太聪明了。拥有超级先进的地堡和飞行攻击机的人,不会在实验室里安装监控摄像头。不,绝对不可能。"

"有道理。"

"或者他们已经发现你了,一队死亡直升机正朝你的方向飞来。不过,万一你没有被困住,也不会被处决,我宁愿你小心为妙。"

苏苏用一种乐观、近乎激动的声音说着这一切,她比喝了一麻袋咖啡的小狗活泼多了。换作往常,这很令人鼓舞。通常情况下,我不会因为偷偷穿过一间堆满残肢断臂的房间

灾 星

而感到紧张。

我跪下来，摸到了地板上的一块抹布。布还是湿的，这意味着夜间有人在这里工作，但被我们的袭击打断了。

"有什么可偷的东西吗？"苏苏问道。

"除非你想给自己找一个新男友。"

"呃……听着，看看你能拿点什么出来，我们已经超时了。"

"好。"我回答道，打开了另一个柜子。里面是手术器具。"快了，再给我一秒。"

我呆住了，静静地听着。我听到什么了吗？

没错，那是一阵"咔哒咔哒"的声音。我尽量不去想象有具尸体从其中的一个浴缸里爬出来。声音是从我进来的那扇门附近传来的，在同一区域的地板附近，一盏小灯突然亮了起来。

我眉头一紧，慢慢向它靠近。这是一架小型无人机，机身呈扁平的椭圆形，底部装有旋转的刷子。它是从门边的一小块活板进来的，和猫笼的门差不多大，正在擦拭地板。

我松了一口气，对着线路那头说道："只是个扫地机器人。"

机器人立刻没了动静，苏苏开始应声。但看到这个小机器人重新开始工作，并快速移动到门口时，我猛地意识到有情况。我扑倒在地，伸出一只手，勉强抓住了那架小无人机，它才没能从带铰链的活板处飞走。

"戴维,"苏苏焦急地问,"怎么了?"

"我真是个白痴。"我皱着眉头说道。我刚刚飞扑的时候胳膊肘撞到了地上。"机器人意识到哪里不对,立刻出逃,但在溜走前就被我逮住了。它可能已经向什么人发出了警告。"

"也许吧,"苏苏说,"它可能与这里的安保工作有关。"

"我得抓紧。"我说着,匆忙爬了起来。我把这个扫地机器人倒放在架子上,旁边是一个玻璃门的小冷藏箱,里面挂着一排血袋。还有几具尸体赤身躺在柜台上,真令人作呕。

"也许有些尸体残块是史诗派的,"我说道,"我可以把它们带出来,这样就有了DNA样本。我们可以用得上吗?"

"怎么利用?"

"我也不清楚,"我回答道,"用它们制造武器之类的?"

"或许,"苏苏有些迟疑,"我要把足部钉在枪口上,希望它现在能射出点激光什么的。"

我在黑暗中红了脸,并不觉得现在还有功夫开玩笑。如果偷到一些有价值的DNA,我们可以用它来交换补给,不是吗?不过我得承认,这些残尸可能派不上什么用场。含史诗派DNA的重要部位降解得很快,如果想做交易的话,就得找到冷冻组织。

冰柜。上哪儿能找到冰柜?我检查了其中一个浴缸,掀开上面的玻璃盖,里面的水寒气逼人,但并没有结冰。我把顶盖放下来,扫视了一圈房间。后面有一扇门,正对着通向走廊的门。

"我跟你说，"我走到门口对苏苏说道，"这地方跟我想象的一模一样。"

"你预感房间里全是人体器官？"

"对，可以这么说，"我答道，"我的意思是，疯狂的科学家利用死去的史诗派来制造武器，他们完全可以腾出一个塞满人体器官的房间。"

"不知道你想说什么，戴维。除了成心想吓我。"

"等一下。"我走到后门那里，门是锁着的。

花了点时间，但还是把门打开了。我对踢门的声响并不太在意，如果附近有人在听，他们早就听到我和小无人机的搏斗了。我一推门，面前出现一条黑暗的走廊，比外面的走廊要窄得多，一点光亮也没有。我侧耳听，什么也没听见，决定看看它通往哪里。

"反正，"我继续说，"让我好奇的一点是，他们如何利用史诗派制作武器？"

"不清楚，"苏苏答道，"一旦我们拿到东西，我就能把它修好，但是操作装置超出了我的能力范围。"

"当一个史诗派死去时，他身上的细胞立即开始分裂，"我说道，"每个人都知道这回事。"

"每个书呆子。"

"我不是……"

"没事的，伙计，"苏苏说，"拥抱你的天性！做你自己就好。我们每个人或多或少都是书呆子，只是对不同的事物有不同的看法。科迪除外，我觉得他是个怪胎……不记得我当时是怎么说的了，类似于啃鸡头什么的？"

我叹了口气："当有史诗派死去时，如果动作足够快，可以从他们的细胞中提取样本，其中线粒体尤为重要。你把这些细胞冷冻起来，然后拿去黑市出售。莫名地，这就演变成了技术。但问题是，湮消让圣凛给他做手术。我看到过他身上的伤疤，他们利用他的超能力制造了一枚炸弹。"

"那……"

"为什么动手术？"我答道，"他可以只提供血样啊，雷格里亚何苦请来一位名医？"

苏苏一声不吭，最后说了一句"嗯"。

"是啊。"说实话，我一直以为只有史诗派死掉的时候，才能利用他们的超能力创造技术。圣凛和湮消的存在证明我错了。不过，如果可以从活生生的史诗派体内创造出技术，那为什么钢铁心没能锻造出一支战无不胜的精锐军团呢？也许他太过偏执，做不到这一点，但他肯定会创作出数百个版本的埃德蒙德，那个为他所在城市供能的史诗派英雄。

我走到黑暗走廊里的一个角落，用瞄准镜的红外线向四周探视，以防有潜在的危险。夜视镜里出现了一个小房间，里面摆满了几个大冰柜。尽管瞄准器上的定时器警告我该返回了，但我并没有发现任何明显的热源。如果这时候撤离，亚伯拉罕也没得到任何东西，我们就完蛋了。我必须要找到点什么。

灾星

　　我蹲在角落里，担心时间不多了，同时也为看到的一切感到不安。除了要从活着的史诗派中造出操作装置之外，还存在另一个问题。当谈及史诗派衍生科技的时候，人们暗示所有的设备都源自类似的过程。但这怎么可能呢？根据探测者的描述，武器的种类五花八门，这有助于辨别谁是真正的史诗派。这两种武器看起来都与水湃漓大不相同。水湃漓是一种源自史诗派的技术，可以让我在溪流上飞翔。

　　我不是书呆子，但我深知这些技术属于完全不同的学科，你不会请沙鼠的宠物医生来给马做手术。但涉及史诗派技术时，似乎一个专家就足以创造出各种各样的物件。

　　不得不承认，这些问题才是我们来到骑士鹰铸造厂的真正原因。教授在屈服于自己的力量之前，一直守口如瓶。我感觉好像从来没有人对我坦诚过。

　　我想知道的答案，可能就在这里某个地方。大冰柜后面伸出许多带枪的机械臂，那里藏着一群无人机，也许可以从中一探究竟。

　　哦。

第四章

无人机的泛光灯合成一道强光,亮得我睁不开眼,紧接着它们开火了。幸运的是我及时发现了,在被子弹击中之前撤回拐角处。

我转身就跑,沿着走廊往后退。枪声淹没了苏苏在我耳边的声音,无人机在身后紧追不舍。每个无人机都有一个方形底托,数个转向轮,细长的杆体顶部装有一支突击步枪。它们很适合在家具周围和走廊里转悠,但是扯火,从无人机身边跑开是种耻辱。它们看起来更像衣帽架,而不是战争机器。

我带着尸块走到实验室的门口,跑步穿过去,滑了一跤后停住了,然后背朝旁边的墙撞去。轻按一下按钮,瞄准镜内的景象就会连通到戈特沙尔克步枪侧面的一个小屏幕上,这样我就可以在角落里举起枪射击,而不会有被击中的危险。

无人机像一群着火的扫把,踩着轮子飞驰而来。对我来说,创造出如此愚蠢的机器人只会让我难堪。我只管一阵扫射,根本就来不及瞄准。好在走廊很窄,也没什么影响。我击垮了几个,拖慢了其他机器人的速度,它们不得不从残骸旁推挤而过。见我又放倒几个后，无人机撤退到角落，在放有冰柜的房间里寻求掩护。

"戴维？"苏苏慌乱的声音终于引起了我的注意，"发生了什么？"

"我没事，"我说，"但被他们发现了。"

"快离开。"

我犹豫了片刻。

"戴维？"

"里面有东西，苏苏。一个被锁得严严实实的房间，由无人机把守。我敢打赌，我们发起首次袭击的时候，它们就转移进去了。要么是这样，要么就是那个房间一直有人看守。也就是说……"

"哦，灾星。你要做你自己，不是吗？"

"你刚刚告诉过我要'拥抱自己的天性'。"当无人机出现的时候，我在走廊尽头连开了数枪。"通知亚伯拉罕和其他人我被发现了，把所有人都带出去，准备撤退。"

"那你呢？"

"我得去那个房间里一探究竟，"我迟疑了一下，"可能得挨枪子儿才行。"

"什么？"

"暂时先不说了，抱歉。"

我断开了对讲机和耳机，轻敲步枪侧面的按钮，底部伸出一个小型三脚架。枪口以特定的角度指向隧道，好让子弹从金属墙上弹回来，射向机器人。这其实是为了分散对方的注意力。我从另一侧的凹槽里抠出略微熔化的控制器，用来遥控射击。

我匆匆穿过房间，触发了一阵短暂的射击声，让人以为我还在和无人机交火。无人机的泛光灯反射在玻璃和金属上，整个房间被映照得通亮，方便我行动。我从架子上抓起小小的清洁机器人，它的轮子还在一个劲地打转，然后从柜台上抓起一袋血和一卷早先在抽屉里发现的手术胶带。

我撕下一块胶带，把血袋粘在机器人的头顶，然后用刀刺破袋子。我走到最初进入房间的地方，随后开了门，把机器放在门外的地面上。它以极快的速度逃离白色的走廊，身后留下一大片血迹，就像说唱单曲中突然出现的大号独奏一样扎眼。

太棒了，希望能成功伪装被击中的戏份。我又抓起另一袋血，用刀刺穿了它。紧接着，我深吸一口气，跑到房间另一端的门口，那里的无人机正在向我的戈特沙尔克开火。

机器人向前驶进，把倒下的机器人推开，势如破竹。当它们开始向我开火时，我向后躲闪，失声尖叫起来，乘机往墙面上喷洒了一些血。随后，我冲向其中一个浴缸，用血袋喷出另一条通往出口的形迹。

没用瞄准镜，根本看不清浴缸里有什么。我把盖子拉开，咬紧牙关爬了进去，碰到一些滑溜溜的东西，我敢说那玩意肯定是肝脏。当我整个浸入冰冷的液体中时，我才深刻意识

灾 星

到这一切有多么令人发怵。还好我习惯了，行动计划总免不了糟践自己。这一次，我只是有意为之。嘿，没事，前进！

我尽量保持不动，希望浴缸的制冷装置和极寒的温度，能让我避开机器人可能使用的红外线探测。为了不引人注目，我不得不合上浴缸上的玻璃盖。就这样，我屏住呼吸，躺在那些上下浮动的尸块之间观察动静。机器人戴着探照灯进入实验室后，灯光在上方闪烁。透过水面和玻璃盖，我看不清外面的情况。但我忍不住想象机器人聚集在浴缸周围，朝内看我的画面，嘲笑我这种试图分散注意力的无益举动。

我屏住呼吸，脸都快憋爆了。由于脸上没有遮盖防渗透服，被冻得鼻青脸肿。还好这时探照灯消失不见了。我又强忍着撑了一会儿才打开盖子，浑身哆嗦着环视了实验室一圈，一片漆黑。

机器人显然上钩了。我擦干眼角的液体，爬了出来。扯火。就好像当我决定爬进一个装满肝脏的大浴缸以躲避死亡机器人之前，这地方还算不上恐怖似的。我摇了摇头，走过去捡起对讲机和枪。我推了一下耳机，但上面有血迹，好像出故障了。

我只好按原来的方法使用对讲机。"我回来了。"我平静地对着耳机讲话，按下发送键。

"戴维，你疯了。"一个声音回应道。

我笑了笑。"嗨，梅根。"我一边说，一边溜进了狭窄的走廊。我一路小跑，经过倒下的机器人。"所有人都撤退了吗?"

"所有聪明人。"

"我爱你。"我说。我在第一次碰到机器人守卫的拐角处停了下来,朝四周看了看。远处的房间和以前一样黑。我把枪的带子绕在肩膀上,然后用瞄准镜寻找徘徊不去的机器人。"我差不多准备好了。再给我几分钟。"

"收到。"

我打开对讲机,只发送信息,这样声音就不会引起附近敌人的注意。不幸的是,我没有时间更加小心。假线索很快就会被拆穿。远处的爆炸声震动了大楼,仿佛是在印证危险。

我摸了摸墙壁,打开了灯,然后穿过房间,来到一个巨大的立式冰柜前。不锈钢表面映出了我的脸。经过两个星期的磨砺,它看起来粗糙不已。梅根总是对此偷笑。

我的心在狂跳,我打开第一只箱子,释放出一阵凛冽的寒气。里面摆着一排排冰冻的玻璃瓶,瓶盖五颜六色。不是我一直在寻找的激活器,极有可能是史诗派的 DNA 样本。

"好吧,"我低声说,"至少不是一架子冷冻食品。"

"不,"一个声音回答,"我把它们放在另一只箱子里。"

第五章

我僵住了，一股寒意爬过脊背。我小心翼翼地转过身，避免任何大幅度动作，却发现自己看漏了藏在房间阴暗角落里的一个机器人。它那像竹竿一样的身体一点也不吓人，但装在头顶的加强型法玛斯 G3 突击步枪完全是另一回事。

我考虑过开枪，但转错了方向。我必须把枪口转过来，希望在被击中之前击中机器人，但概率似乎并不大。

"另一个房间里确实有食物。"机器人发出的声音继续道。是一个男人的声音，声调柔和的男高音，他一定是铸造厂的神秘负责人之一。这些无人机看上去大多是自动的，但它们的主人会在一旁观察动静，每一把枪上都装有摄像头。"对了，可不是残羹冷炙。肋眼牛排，过去的好日子里留下来的几盘美味，我最想念的就是这些。"

"你是谁？"我问道。

"正是你要抢劫的那个人。你是怎么转移我的无人机的？"

我咬住下唇，试图判断那支枪的反应时间。我慢慢挪到一边，枪口紧盯着我。扯火。跟踪装置优良，枪就指在我身上。机器人的扬声器甚至发出了一点咯咯的声音作为警告，我原地呆住了。

但它能全方位的活动吗？也许不能……

"伟大的乔纳森·菲德拉斯也是这样干的，"男高音继续说道，"派一队杀手来偷我的东西。"

菲德拉斯？那当然。骑士鹰铸造厂的工人认为我们还和教授在一起。我们并没有大肆宣扬他被自身力量所吞噬的状况，大多数人一开始甚至不知道他是史诗派。

"我们也别无选择，"我说，"因为你拒绝和我们做交易。"

"是的，非常荣幸。'交易想要的东西，否则就用武力强夺。'我还以为是乔纳森的一个特别小组呢。你几乎……"对方渐渐闭嘴不出声了，然后又以微弱的声音接着说，"你说还有一个房间是什么意思？他们偷了什么？真见鬼，他们怎么知道那些东西在哪儿？"

一阵低沉的回应。我正打算走开，但无人机再次发出了"咔答"的声音，这次更大了。

"你，"那声音说，把他的注意力转回到我身上，"呼叫你的朋友，告诉他们把别人偷的东西还给我，否则我就杀了你。给你三秒钟的时间。"

"呃……"

"两秒钟。"

"伙计们！"

我右手边的墙在一阵热浪中熔化了，远处一个阴影显露出来。

我纵身一跃，本能地扑向机器人。它先是朝我开了一枪，但正如我所希望的那样，当离它太近时，枪口的角度根本打不到我。

这意味着我只中过一次枪。

它在我滚动时击中了我的腿。不知道是怎么发生的，但是扯火，很疼。

机器人试图往后缩，我强忍腿上的灼痛，逮住了它。在我上回中枪时，我根本感觉不到中枪的疼痛，但是这回我得在巨大的痛苦中艰难搏斗。尽管如此，我还是设法阻止了机器人再次开枪，我伸手解开枪的固定装置，枪掉在了地上。

倒霉的是，就在我苦苦挣扎的时候，二十四架伪装成镶板的无人机从天花板上滑落，靠螺旋桨盘旋而下。这里并不如我想的那么安全，尽管现在它们的注意力都集中在从墙渣里钻出来的人影身上，一个浑身上下燃着火焰的人，他的身体是熔岩的深红色。交火的时刻已经到来。可惜他不是真的。

我握着受伤的大腿，环顾房间寻找梅根的影子。她躲在通往实验室的走廊角落附近。枪战并不是真实发生的，但他也不是幻象，而是来自另一个世界的身影。他并不是来救我的，梅根只是用那个世界的涟漪覆盖了我们的世界，让他看上去仿佛就在这里。

这个把戏愚弄了无人机。实际上，我能感觉到熔化墙壁产生的热量，还能嗅到空气中的烟味。当无人机开始疯狂开火时，我把手伸进打开的冰箱，抓了一把小玻璃瓶。然后一瘸一拐地穿过房间,加入了梅根的行列,她一发现我被击中就来找我了。

"矬子。"她咕哝着钻到我的臂弯下,拉我到隐蔽处,然后把我拿到的小玻璃瓶塞进她的口袋。"让你单独待五分钟,结果你就跑去挨枪子儿。"

"至少我给你准备了礼物。"我说着,把背靠在弯道墙上,梅根迅速地给我包扎伤口。

"礼物?那些小玻璃瓶?"

"给你捎带了一把新枪。"我说。当她拉紧绷带,我咬紧牙关。

"你是说留在地板上的那把法玛斯?"

"没错。"

"你要知道,我在外面打落的一百架无人机,每架上都装有一把。这都够我们建一座堡垒了。"

"好吧,要是你把所有的枪都拿来造堡垒,总得有一个来射击。不用客气!甚至有……"我疼得缩了回去,"甚至有专门的房间,里面全是死亡机器人。可能还有牛排。也不知道他先前有没有撒谎。"

在她身后,火凤凰显得漫不经心,子弹还没碰到他就熔化了。室温并没有预想的那么热,火苗似乎离我们很远,一阵风从里面刮了出来。

我们不大明白她的超能力到底是如何运作的。那些在交火中熔化的无人机并没有阵亡,那堵墙也没有被打开。另一个世界对这个世界的影响转瞬即逝。有那么一分钟，我们都陷入了扭曲的现实里，两个世界混杂在一起，但很快一切都恢复如初。

"我没事，"我说，"我们得走了。"

梅根什么也没说，又钻到我的胳膊底下。她没有回答我的问题，在战斗进行到一半时拦住我们检查伤口，这让我明白了当下的情况。我伤得很重，流了不少血。

我们拖着脚，沿着走廊向实验室走去。我回头看了一眼，以确保没有无人机尾随。没有无人机，但却看到了令人不安的一幕：火凤凰在凝视我，*又一次*。透过扭曲的火焰，我看到了自己的一双黑眸。梅根发誓说他看不见我们的世界，但他还是向我举起一只手。

没过多久，我们便离开了他的视线。我们带着人体器官踉踉跄跄地走进实验室时，巨大的枪炮声轰鸣而至。我们慌张地躲在一边，另一群无人机从身边飞驰而过，连看都不看我们一眼。一个**史诗派**前来应战了。

我们穿过房间，来到室外明亮的走廊。地板上留下了我的血迹。

"那是什么地方？"梅根问道，"那些罐子里装的是心脏吗？"

"是的，"我说，"伙计，我的腿疼……"

"科迪，"梅根问道，声音有些慌张，"亚伯拉罕出去了？……嗯，好的。启动吉普车，准备好急救箱。戴维被击中了。"

一阵沉默。

"我不确定我们该怎么做，苏苏。希望能像计划的那样，成功分散对方的注意力。做好准备。"

我全神贯注，好让自己忍痛前行。我们来到了隧道处，这里通往我来时偷溜进去的那个隐蔽入口。我们身后的枪击声突然停止了。

不好的预兆。火凤凰已经没了踪影，不知去向。

"你不能让他跟着我们吗？"我问道。

"我需要缓一缓，"她下巴紧绷，两眼直视前方，"这在过去已经够难的了，那时我并不在乎它对我有什么影响。"

"你是说……"我说。

"只是有点头痛，"她回答道，"昨天也是，但今天疼得更厉害。就像……就像有什么东西在敲我的头盖骨，想要钻进来。在现实中制造这么大的扭曲，正在把我推向边缘。但愿……"

她停了下来。一群无人机聚集在我们面前的隧道里，挡住了通往森林出口的路。那个出口捉弄了我，尽管距离几百英尺远，但看得出来是被炸开的，阳光透过树杈照了进来。梅根很可能就是这样进来的，可那些无人驾驶飞机横在我们与出口之间，出口可能就在澳大利亚。

紧接着，在毫无征兆的情况下，天花板塌了下来。巨大的金属块砸落在我们周围，隧道剧烈晃动，跟发生了爆炸一样。不过，我现在知道的足够多了，能从中看出点端倪。也许是铁块没有发出应有的刮擦声，也许是走廊震动的方式。又或许是那些铁块正好落在我们面前，挡住了无人机。尽管对方开始开火，但根本没有击中我和梅根。

这是另一种维度幻象，尽管它来势猛烈，足以把我击倒在地。我咕哝了一声，试图侧过身保护我受伤的腿。房间在旋转，有那么一会儿，我感觉自己就像一只被绑在飞盘上的蚱蜢。

当视力逐渐恢复稳定后，我发现自己蜷缩在一堆倒下的金属块旁。那一刻，我感觉很真实。在这里，在梅根合二为一的融合世界中，"幻觉"是真实的。

我的血液渗出临时绷带，弄脏了地板，就像有人用脏抹布擦过一样。梅根跪在我身旁，低着头发出急促的呼吸声。

"梅根？"我用盖过无人机射击的声音问道。扯火……不管封锁与否，他们很快就会盯上我们。

梅根双目圆睁，张着嘴巴，露出了紧咬的牙关。汗水顺着她的鬓角往下淌。

不管她最近用超能力击退了什么，那都会强势向她反攻。

第六章

这本不该发生的。

我们发现了秘密，找到了不让史诗派受超能力反噬的方法：如果你直面内心最深处的恐惧，黑暗会退却。

故事本来早就结束了。为了救我，梅根冲进了一座燃烧的大楼，直面她的恐惧。她原本该是自由的。然而，不可否认的是，那时她的表情完全失控了——紧咬的牙关，绷紧的眉毛。她朝我转身，眼睛都不眨一下。"我能感觉到他，戴维，"她低声说，"他想要进来。"

"谁？"

她没有作声，但我知道她指的是谁。灾星。灾星，天空中出现的红斑，预示着史诗派到来的新星……那颗星本身就是史诗派。我知道灾星极为愤怒，尤其是了解到史诗派的恐惧和他们的弱点相关后，我们弄清了如何克服超能力对梅根的影响。

无人机的枪声停止了。

"刚刚的突然塌陷是一种幻象，不是吗？"前面传来的声音在走廊里回响，"为了获得这项技术，你杀死了哪个史诗派？是谁告诉你怎样制造激活器的？"

至少他是在说话，而不是在开枪。

"梅根，"我挽着她的胳膊说，"梅根，看着我。"

尽管她的眼里还残留着些许野性，但注意力挪回到我身上，这似乎有所帮助。我很想往后退几步，好让她释放能量。这样做也许能救我们的命。

但这会毁了她。当教授屈服于自身力量带来的黑暗时，他亲手杀死了朋友，毫无畏惧。那个男人一生都在与别人斗争，现在却完全听命于自己的超能力。

我绝不会让同样的事发生在梅根身上。我伸手摸向大腿上的口袋，一边扭动受伤的腿，一边抽出打火机，疼得龇牙咧嘴。我把打火机举到梅根面前，点燃了火焰。

她往后缩了一下，嘶嘶作声，伸手去握火焰，结果灼伤了自己的手。我们用来做掩护的掉落的金属块不停地左右摇晃，紧接着就消失不见。天花板却自行修复了。火仍然是梅根的弱点——就算她正视了恐惧，这项弱点也废掉了她的超能力。可能永远如此。

幸运的是，只要愿意面对自身的弱点，她仍旧可以驱散黑暗。紧张的情绪离梅根而去，她瘫坐在地上，叹了口气。"太好了，"她喃喃自语，"现在我的头和手都开始痛了。"

我没精打采地笑了笑，把枪从地上滑走，然后又把梅根的枪挪开。无人机包围了我们，我举起手来。其中大部分无人机是地上跑的，带着突击型步枪，也有一些是会飞的。很走运，它们没有开火，按兵不动。

其中一台机器滚近了一点。它从底座升起一个小屏幕，投射出一个背光的身影。"那是来自新加哥的枪战画面，对吧？它完全骗过了我的传感器，"那个声音说道，"任何普通的幻象都做不到这一点。你用的是什么技术？"

"我来告诉你，"梅根说，"不过请别开枪。"她站了起来，正当她这么做的时候，她用脚后跟向后踢了一脚什么东西。

她的耳机。我仍然侧身躺着，用手抓住了它，然后翻身到上面，用流血的腿部挡住移动的耳机。我想没有无人机发现我们的把戏。

"怎么？"那个声音道，"我在等着。"

"维度的阴影，"梅根说，"它们不是幻象，而是另一种状态下的现实涟漪。"她站在机器人大军面前，置身于机器人和我之间。大多数无人机把武器对准了她。如果被杀的话，她会转世重生。

我很欣赏挺身而出的梅根，但是扯火，重生可能会对她产生不可预知的影响——尤其考虑到她超能力最近的表现。自从我们到了巴比拉，她就没死过，希望一直如此。

我需要做点什么。我蜷缩着，仍旧抱着受了伤的腿。疼痛来得真真切切。当我把头靠在耳机上，对着麦克风悄悄耳语时，只希望自己颤抖和流血的样子能让那些无人机不屑一顾。

"苏苏？你在吗？科迪？亚伯拉罕？"

并没有人应答。

"不可能,"那人对梅根说,"我尝试过无数次,想在激活器中捕捉这种力量,我不信有人能做到连我都办不到的事。维度裂变太过复杂、强烈到……"

我抬头看了一眼梅根,她正直挺挺地站在那支无人机梯队面前。而我心里清楚此时的她头痛欲裂。早些时候,她说话时显得唯唯诺诺,像被人打了一顿,但她的站姿完全是另一回事——拒绝让步,拒绝服软,拒绝向任何人或任何事物低头。

"你是史诗派,对吗?"那个声音说,语气略显冷酷,"既没有技术,又没有激活器。乔纳森在招人吗?他现在转变了?"

真令人窒息。他怎么知道教授的事?我想知道答案,但没资格这么做。我把头贴在地板上,昏昏欲睡。扯火。我流了多少血?

我的头挨到了耳机,噼啪作响,苏苏的声音插了进来。"梅根?扯火,说话啊!你怎么……"

"我在这里,苏苏。"我轻声说。

"戴维?终于!听着,我已经投放了炸药,准备炸毁隧道。你能从那条路出去吗?等你通过后我再炸。"

炸药。我瞥了一眼周围的无人机。

梅根的幻象……

"现在炸吧,苏苏。"我低声说。

"你确定?"

"确定。"

于是我振作起来。

爆炸声在上空响起,可能是因为早有预料,声响似乎显得更大了。金属块正好落在原来的位置,离我蹲着的地方只有几英寸远,但我没有受伤,梅根也毫发无损。

而在另一处,机器人就像一群年轻人的梦想,被彻底粉碎了。

一眨眼的功夫,梅根就出现在我身边,她从大腿处的枪套里拔出手枪,对着剩下的无人机开火。我使劲把刀从我的小牛皮刀鞘里抽出来,将其举起。梅根瞥了我一眼,那眼神仿佛在说"认真的吗?"

"至少这不是一把愚蠢的武士刀。"我背对着废墟喃喃自语。随着下落的灰尘渐渐散去,梅根击垮了最后一架无人机,任其在地上团团打转。

我挣扎着站起来,一瘸一拐地沿着隧道废墟走向我的枪。

"这是从哪儿来的?"梅根指着破裂的天花板问道。苏苏的炸药并没有让隧道完全坍塌。事实上,据我所知,倒下的残骸和梅根制造的碎片幻影完全一样。

"苏苏说等我们逃走后,她会把这里炸掉。"

"你就让她把炸药扔到我们头上?"梅根说着,把我的枪递给我,然后抓起她的步枪。

"我在想,你的幻象来自另一个现实,对吗?现实离我们越近,就越容易被拉进来?你刚刚一定很累……"

"现在也累。"

"——我以为你模拟了和我们非常相似的现实。苏苏投放了炸药,从上方爆破。所以我猜它也会以同样的方式发生。"

梅根又钻到我的胳膊下,扶着我一瘸一拐地走过残骸。她击中了一架试图从落石中逃生的无人机。"那可能行不通,"她柔声说,"事情并不总是像在其他现实中那样发展。你差点就压扁了自己,戴维。"

"好吧,我没被压扁,"我附和道,"至少现在我们是安全的……"

我渐渐钳口不言,走廊里回响着从我们身后传来的声音:金属的声音,直升机的嗡嗡声,金属上履带的摩擦声。

梅根看了我一眼,又看了看前面通往森林的出口,离我们还有一百英尺。

"我们得快点。"我说着,蹒跚地向前走去。

然而,梅根把我的胳膊从她肩膀上挪开,让我的一只手扶在墙上,这样我就能稳住自己。"你需要一些时间来提取玻璃瓶里的物质。"她说。

"所以我们得抓紧时间。"

梅根扛起步枪,然后转身走回走廊。

"梅根!"

"废墟旁的那个角落可以用来防御,"她说,"我还能再拖它们一段时间。走吧。"

"可是——"

"戴维，拜托，你走吧。"

我抓住她的肩膀，拉她入怀吻了她。结果扭到腿，腰伤也发作了。但不管怎样，为了梅根的吻是值得的。

我松开她，照她说的那样离开了。

我就像个懦夫，但作为团队的一员，就是要认识到总有人比你做得更好。而作为一个男人，要学会让贤，让你的女朋友成为不朽英雄。

不管她死没死，我都会尽快回来找她的。我不可能就这样走掉，让她像我在那些浴缸里发现的尸体一般死去。我跌跌撞撞地走上斜坡，尽量不去想梅根会发生什么意外。一旦被无人机打败，她就得开枪自杀，绝不能冒被抓的风险。

在我身后，梅根开始射击，枪声在钢铁架成的走廊里回响。无人机疾驰而来，啪嗒作响。自动武器开火，紧随其后。

快要走到出口时，却看到隧道外阳光下的影子。我厌倦了无人机，拔出手枪，往后退了几步。万幸那影子化为一名健壮的黑衣人，穿着深色紧身衣，额头上戴着夜视镜，手里端着一把特大号的枪。亚伯拉罕一见到我就骂骂咧咧，他的语音带着法国腔。

"你没事吧？"他说着，匆匆跑下那一小段斜坡，"梅根呢？"

"她要掩护我们逃跑，"我答道，"想让我们撇下她离开这里。"

他迎着我的目光，点了点头，转过身和我走完最后几步。"一旦你被发现，外面的无人机就会撤回，"他说，"其他人都在吉普车上。"

那时我们还有机会。

"她是个史诗派。"

我跳了起来，四处张望。是之前的那个声音。有无人机发现我们了吗？

没有。墙上的一块嵌板变成了一个显示器。屏幕上还是那个身影，面对着我们。

"戴维？"亚伯拉罕说，站在出口处露橡屋顶的阳光下。"我们走。"

"她是一个史诗派。"我面对着屏幕说。那个身影……有点眼熟？

一盏灯突然亮了起来，驱散了阴影，照出一个秃顶的矮胖老头，他的圆脑袋上只剩几缕像皇冠一样竖起来的白发。我以前见过他一回，在教授几年前拍的一张照片上面。

"今天我看到了一些不可思议的事情，"那人说，"这让我很好奇。你就是他们口中的'钢心终结者'吧？没错……来自新加哥的孩子。你不杀史诗派？"

"只杀罪有应得的人。"我回答道。

"乔纳森·菲德拉斯呢？"

"乔纳森·菲德拉斯死了，"亚伯拉罕轻声说，"史诗派绿光还在。我们会做需要做的事。"

我什么也没说。并不是不同意阿伯拉罕，而是这些话实在难以启齿。

那人打量着我们。突然，身后的枪声停止了。"我召回了我的机器，我们需要谈谈。"

作为回应，我晕了过去。

第七章

"如果你愿意和我们做交易的话，就不会有这个问题。"

梅根的声音。唔……我躺在黑暗中，享受着那个声音，当下一个说话的人不再是她时，我变得恼怒起来。

"我该怎么办？"这是那个人的声音，出自骑士鹰，"我先是得知菲德拉斯已经变节的消息，紧接着你便联系了我，索要武器？我不想和它有任何瓜葛。"

"你应该猜到了我们会抵抗他，"亚伯拉罕说，"清算者不会因为他曾是我们的领袖，就轻易联合暴君。"

"你没明白我的意思，"那人说，"我一开始没拒绝你，是以为你和他是一伙的；现在拒绝你，是因为我不是一个扯火的白痴。菲德拉斯太了解我了。我不会背叛他，更不会出卖他。我不想和你们这些人有任何瓜葛。"

"那你何苦把我们请来这里？"梅根问道。

我呻吟着，强迫自己睁开眼睛。腿部隐隐作痛，但并没有想象中那样疼。我挪了挪腿，只感到表皮疼痛。扯火。此时的我精疲力竭。

我眨了眨眼睛，很难集中注意力，不一会儿，梅根的脑袋从上方出现，金色的头发垂在她的脸上。"大卫？"她问道，"你感觉怎么样？"

"像摇滚派对上的一块面包。"

她明显放松下来，转过身来。"他没事了。"

"一块什么？"骑士鹰男问道。

"一片面包，"我说着，艰难地坐起身来，"摇滚派对供应的那种。你知道，在摇滚派对上没人想吃面包。他们是来看炫酷的摇滚乐的。所以他们把面包扔在地板上，任人踩踏。"

"这是我听过的最蠢的话。"

"抱歉，"我咕哝道，"我一挨枪子儿就变得侃侃而谈。"

昏暗的房间里摆满了沙发，我正躺在其中的一张上。在另一面墙附近，摆着一张鼓鼓囊囊的黑色沙发，前面是一张矮桌子，上面放着一排显示器和其他电脑设备，还有一小堆脏兮兮的盘子。骑士鹰男坐在离我更近的另一张沙发上，近旁是小床头柜，上面堆满了花生壳和两个空空的塑料口杯。他旁边坐着一个大号的人体模特。

看上去真的像模特。就是那种你可能会在一家老百货商店里看到的类型，服装模特。那是一张毫无面部特征的木制脸，穿着新加哥精英般的细条纹西装，戴着宽边帽。它的坐姿看上去很放松，双腿交叉，双手紧握。

好吧……

亚伯拉罕站在沙发前，交叉着胳膊，依旧穿着他那黑色的防渗透服。他摘下挂在腰带上的面具，背着那把气派的

灾星

P328重型迷你枪。除了梅根，他是这个房间里唯一的队友。

"好地方，"我说，"你把所有的装修预算都花在那个古怪的实验室里了吧？"

那人吸了吸鼻子。"实验室需要保持清洁，以便我正常工作。年轻人，我邀请你来我家，已经是难得的殊荣。"

"我很抱歉没有把发霉的披萨皮作为祭品送来。"我说着，对房间另一头桌子上的脏盘子点了点头。我晃晃悠悠地爬起来——一只手放在沙发扶手上，设法保持了直立。我的腿在打颤，低头一看，发现裤子被割破了。

伤口已经结痂了，看上去愈合了几个星期，也许好几个月了。

"唔，"那个男人说，"很抱歉，伤口还没有完全愈合。我的装置不像其他的那么强大。"

我向梅根点点头，表示我没事。她没有给我一个可以依靠的手臂，也不在敌人面前，但她确实停留在附近。

"我们在哪儿？"我问。

"在我的铸造厂下面。"那人说。

"你是？"

"厂长骑士鹰。"

我眨了眨眼睛。"真的吗？这是你的名字？"

"不，"那人说，"但是我的名字很蠢。所以我用这个代替。"

好吧，说明他很诚实，尽管一想到放弃本名我就汗毛直竖。我甚至不喜欢别人给我起的绰号，钢心终结者。戴维·查尔斯顿已经够好了。这是我父亲给我取的名字。这些天来，这几乎是他留给我的唯一念想了。

骑士鹰确实是我在巴比拉见过的、教授照片里的那个人。他现在年纪大了些，头顶更秃了，肚子也胖了，下巴耷拉在脖子旁边，就像微波炉里融化的奶酪从面包上掉下来一样。

他和教授显然是朋友，而且他知道教授是史诗派，很早就知道了。

"你是教授的一线队员，"我猜测道，"和圣凛、幽暗密林一伙的那个人，当他们都变成史诗派的时候。"

"不，"骑士鹰说，"我不是，但我的妻子是。"

没错。他们一共四个人，我记得教授说过。一个叫……阿玛拉的女人？她好像是个重要人物，具体我记不清了。

"我是兴致勃勃的观察者，"骑士鹰说，"一位科学家，不像乔纳森那样'嘿，孩子们，看我用液氮冷冻葡萄'。一位真正的科学家。"

"也是一位正经生意人，"亚伯拉罕说，"你在死者尸体上建立了一个帝国。"

在骑士鹰身边，人体模特张开双臂，把双手放在两侧，仿佛在说："罪名成立。"我惊得跳起来，瞥了一眼梅根。

"没错，"她低声说，"它会动，想不通是怎么做到的。"

"苏苏和科迪呢？"我低声说。

"待在外面，以防这是个陷阱。"

灾 星

"我发明了激活器的技术，"骑士鹰对亚伯拉罕说，"没错，我从中受益良多。但你也一样。所以，我们就不要相互指责了，德斯贾尔丁先生。"

亚伯拉罕还是一脸平静，但他肯定不满骑士鹰直呼其名。连我都不知道他姓什么，我们很少提及过去。

"太棒了。"我说着，从亚伯拉罕身边走过，一屁股坐在骑士鹰和他那令人毛骨悚然的人体模特对面的沙发上。"再问一句，你为什么邀请我们来这里？"

"那个史诗派，"骑士鹰说，他的人体模特指向梅根，"是火凤凰，对吧？她一直是名维度论者？"

事实并非如此。当梅根谈到火凤凰时，指的是来自外部世界的他——来自另一个维度的生物。只要一瞬间的工夫，梅根就能把他带进我们的世界。她不认为自己是火凤凰，虽然两者之间区别并不大。

"对。"梅根说着走上前来，考虑片刻后在我旁边落座。她把胳膊搭在沙发背上，露出腋下的枪套，方便拿取。"不仅仅如此，但基本上……是这样。我就是你说的那个人。"

我把手放在她的肩上。梅根有点冷漠，一部分是她天性如此，另一部分是想与人保持距离，因为……呃，结识史诗派往往很危险。我注意到她看骑士鹰时紧张的神情，以及她扭动拇指的样子，仿佛在给一把想象中的左轮手枪上膛。她手上抓过火的地方，起了一个红色的大水泡。

我们知道怎样阻止黑暗，但这场战争还没有取得胜利。

她担心之前发生在她身上的事。坦白说，我也很后怕。

骑士鹰的人体模特以沉思的姿势向前倾着身子，把帽子往后一仰，以便露出它那平淡无奇的脸。"女士，你在实验室里所做的一切，"骑士鹰说，"骗过了我所有的传感器、相机和程序。你不仅仅是维度论者，还是一个狠角色。我的机器人在房间的墙壁上留下了划痕，一些无人机也被摧毁。这是我从未见过的。"

"你拿不到我的DNA。"梅根说道。

"嗯？"骑士鹰说，"哦，我已经有了。在你俩跑进通道入口前，我就收集了十二个不同的样品。你以为你可以穿着无尘服来去自如，而不留下皮肤细胞吗？不过别担心，我才不会依赖你的细胞来创造激活器。事情远不止……人们通常认为的那样。"

当骑士鹰说话时，人体模特继续比画着手势。但我注意到，骑士鹰一动也不动。鼓鼓囊囊的沙发和枕头，让他看上去像是被卡在了座位里。厂长骑士鹰很可能半身不遂。他能说话，每一个字都是从他嘴里吐出来的。但除了脑袋，他哪儿也没动。

他怎么会变残了呢？如果他有技术可以治愈我，那为什么不先治愈自己呢？

"不，"骑士鹰仍旧对着梅根说，"我现在对你的能力毫无兴趣，但确实想了解一二。你刚刚的行动太猛了，令人难以置信。操控现实世界可不是一件小事，小姐。"

灾 星

"我并不觉得，"她干巴巴地说，"你想说什么？"

"你打算牺牲自己，"骑士鹰继续道，"你留在后面，好让其他人逃跑。"

"是吗？"梅根说，"这没什么大不了的，很多事情我都能挺过去。"

"啊……这么说你是高等史诗派？"骑士鹰问，他的人体模特坐得更直了，"我早就猜到了。"

梅根的嘴抿成了一条线。

"说正事吧，骑士鹰。"我提醒道。

"重点是，"他回答说，他的人体模特向我们挥手，"这次谈话。那个女人对自身超能力爆发式的使用，会使她感到孤立、愤怒，厌烦身边的任何一个人。乔纳森是我所知道的少数几个能够控制黑暗的史诗派之一。使用了超能力后，他常常会在恢复自控前疏远人们几天。然而，这位年轻的女士使用了她的力量，却并没有被黑暗吞噬。事实证明，后来为了她的团队，无私地冒了生命危险。"

人体模特身子向前一倾。

"那么，"骑士鹰追问道，"秘诀是什么？"

我望着亚伯拉罕，他微不可察地耸了耸肩。他不确定是否应该分享这个信息。直到现在，我们还没想好在何时与何人讨论驱散史诗派体内黑暗的办法，我们对此十分谨慎。搞清楚这些，我们便可在人称"散众国"的国度颠覆权力结构——因为克服黑暗的秘密也暴露了史诗派的弱点。

我真想把这些事情全部抖出去。如果史诗派发现了彼此的弱点，他们也许会自相残杀。然而，真相往往更加残酷。超能力会转移，一些史诗派会崛起，而另一些则会衰败。我们可能会以一群史诗派统治整个大陆而告终，被迫与一个有组织的强大政权打交道，而非城邦之间相互斗争并以此制衡。

我们迟早要让这些知识传播出去，传播给世界上的博闻士，看看他们能否把史诗派从黑暗中解放出来。不过，我们得预先测试这一发现，弄清这些方法是否对其他史诗派起作用。

我有长远的打算，想要改变世界。但这一切都是从一个陷阱开始的。这将是一次重击，也许是清算者有史以来最猛烈的一击。

"我会告诉你让史诗派摆脱疯狂的秘诀，骑士鹰，"我下定了决心，"但你得答应我暂时保密，并给我们提供装备和所需之物。"

"你要把他打倒，是不是？"骑士鹰说道，"乔纳森·菲德拉斯。人们都喊他绿光。你会杀了教授的。"

"不，"我轻声说，直视他的目光，"远比想象的要困难得多，我们要把他带回来。"

第八章

骑士鹰让人体模特扛着他。

我走近模特，看得更清楚了。它不是平时在商店里看到的普通人体模特。它有关节接合的木制手指，身体比我想象的要结实。看上去更像是一个大版的牵线木偶，只是没有绳子。

它很强壮，能轻松扛起骑士鹰，它的胳膊在骑士鹰捆着的背带里滑动。整个架势让木偶人看起来像从背后抱着他，手臂搭在他的胸腹部，骑士鹰身体保持直立，系好保护带，双脚悬在离地几英寸的地方。

这架势看起来既不舒服又不正常。就算如此，在我们走路的时候，骑士鹰仍在聊天，就好像一个四肢瘫痪的人被高大的木制假人拖着到处走是很自然的事情。

"基本上就是这样。"我对他说，这时我们正沿着一条毫无特色的走廊朝骑士鹰的军械库走去，"弱点和恐惧脱不了干系。如果一位史诗派能直面恐惧并将它赶走，也定能驱走黑暗。"

"基本驱走。"梅根在我们身后说道。亚伯拉罕已经到上面去接苏苏和科迪了，因为我们已经决定，不管怎样都必须相信骑士鹰。我们没得选。

骑士鹰咕哝了一声："恐惧，说得简单。"

"是，也不是，"我说道，"很多被自身力量所吞噬的史诗派，并不甘心居于弱势。他们不会去面对这些事情。而这基本上就是问题所在。"

"为什么没有其他人把这一切联系起来。"骑士鹰补充道，略带怀疑的口气。

"我们做到了，"梅根轻声说，"我敢保证，每一位史诗派都想到了这一点。只是我们想错了——把我们的恐惧和弱点联系在一起，却有悖事实。

"这些都是噩梦。它们令人发疯。把你从床上赶下来，喘着粗气，满头大汗，一身血腥味。噩梦折射了你的弱点，丧失力量，恢复凡人身，回归粗俗的日常生活，一次小事故就能要了你的命。我们害怕可能会杀死我们的东西再寻常不过，所以在某种程度上，做噩梦也很正常。但是，我们从来没有意识到，弱点衍生于恐惧——先有恐惧，再有弱点，而不是反过来。"

骑士鹰和我都在走廊上停下来，回头看着她。梅根的目光与我们相遇，还是那样的目中无人，但我能看出一些裂纹。扯火……这就是这个女人被迫忍受的东西。我们的发现正在帮助她，但在某种程度上，这些裂纹也在扩大，暴露了她极力掩盖的内心世界。

灾 星

她曾经做过可怕的事情,为钢铁心效力。我们没说起过这件事。她在潜入清算者队伍时被迫放弃了超能力,才得以逃脱。

"我们能做到,骑士鹰,"我说道,"我们可以利用教授的弱点来对付他。不至于杀了他,可以设下一个陷阱,让他直面自己的恐惧。我们会把他带回来,以此证实史诗派的问题还有另一种解决方案。"

"这行不通,"骑士鹰说,"他了解你,也了解清算者的规矩。灾星——他写了清算者协议。他会想办法对付你。"

"瞧,事情就是这样,"我说道,"没错,他是认识我们。但我们也了解他。比起其他史诗派,我们更容易发现他的弱点。除此之外,我们还知道一些重要的事情。"

"什么?"他问道。

"在他内心深处,"我答道,"教授希望我们赢。他已经做好了死亡的准备,如果发现我们是在救他的话,会惊诧不已。"

骑士鹰看着我说道,"年轻人,你有种奇怪的说服力。"

"你根本不懂。"梅根喃喃地说。

"不过,我们需要技术来打败他,"我说道,"所以很想看看你有什么。"

"好吧,我有几样东西可以借给你,"骑士鹰说着,又沿走廊走去,"但与人们的设想相反,这个地方并不是隐藏技术的巨大宝库。每次一得到有用的东西,我都会马上卖掉它。你知道的,所有的无人机都不便宜。我得从德国订购,而且拆包裹简直是一种折磨。说到这，我要让你为你毁掉的那些东西买单。"

"我们是来求你的，骑士鹰，"我一边说一边追上他，"你希望我们怎么付你钱？"

"大家都说你是个小机灵鬼。你会想出办法的。倘若你那疯狂的计划失败了，不得不杀了他，乔纳森的冷冻血液样本就可以了。"

"计划不会失败的。"

"是吗？回顾一下清算者的历史，我绝不会把钱押在留不下尸体的计划上。我们走着瞧吧。"他的假人朝梅根点点头。

那个假人……它的某些方面触动了我。我思考了一会儿，然后它在我的脑海里咔哒作响，就像玩扑克的巨型甲虫的大颚咀嚼时发现的声响。

"木制的灵魂！"我说道，"你有她的DNA吗？"

我们走路的时候，骑士鹰扭头看着我。"你怎么……"

"这种联系很简单，我曾经想到过。外面没有多少操纵木偶的史诗派。"

"她住在一个偏远的旁遮普村庄！"骑士鹰说道，"去世将近十年了。"

"戴维很欣赏史诗派，"梅根在后面补充道，"我想说他痴迷来着，但这都不够。"

"不是那样的，"我说道，"我像一个——"

"不。"骑士鹰说。

"这说得过去。我就像——"

"不,"骑士鹰打断了我,"*真的没人想听,孩子。*"

我完全泄了气。地板上,一台小型的清洁机器人正快速移动。似乎是出于报复,它撞在了我的脚上,然后溜之大吉。

骑士鹰的人体模特指着我。由于它的胳膊和骑士鹰绑在一起,手只能从侧面伸出来,它不得不侧过身来,"对史诗派着迷并不利于健康,你得小心一点。"

"冷嘲热讽的话,出自一个利用史诗派超能力创业的人,他正靠着这种力量四处走动。"

"你凭什么认为我没有同样的困扰?这么说吧,都是经验之谈。史诗派既陌生又奇异,同时还令人生畏。不要让自己卷入其中,那会让你的处境变得……艰难。"

他声音里的某种特质让我想到了实验室,那些尸块在大桶里随意地漂浮。这个人精神不太正常。

"我会记住的。"我说道。

我们一起沿着走廊往里走,经过一处敞开的门,我忍不住往里面窥视。那一头的小房间窗明几净,中央放着一个金属大盒子,看上去有点像棺材。房间里昏暗的灯光和死气沉沉的冰冷气息也无助于改善这种印象。棺材旁边放着一个木制大陈列柜,形状像一个书架,有宽敞的大柜子。每个柜子里都放着一些小东西,其中很多似乎是衣服。还有帽子、衬衫和小盒子。

柜子上都贴了标签,我只能勉强认出几个:演示、抽象人、爆破……

史诗派的名字。也许这些冷冻柜是骑士鹰保存 DNA 样本的地方，但这是他保存战利品的地方。奇怪的是，其中一个最大的柜子上没有铭牌，只有一件背心和一副看上去像手套的东西，打着聚光灯，放在显眼的位置展示。

"你在那里是找不到激活器的，"骑士鹰提醒道，"只是些……纪念品。"

"那怎样才能找到激活器呢？"我问道，眼巴巴望着骑士鹰，"他们究竟是什么人，骑士鹰？"

骑士鹰笑道，"孩子，你不知道阻止人们找到这个问题的答案有多难。诀窍是，需要有人帮我收集资料，但我不希望乔和萨莉知道如何制作他们自己的激活器。这将造成信息被误传，真假参半。"

"你并不是唯一能造出这些东西的人，骑士鹰。"梅根说着，走到我们身边，"罗梅罗公司就是这么做的，就跟伦敦的国际技术中心一样。这不是什么大秘密。"

"哦，但这确实是机密，"骑士鹰说道，"你知道的，其他公司都知道保守这个秘密有多重要。我想就连乔纳森也不知道事情的全部真相。"他微笑着，无力地垂下假人的手臂。我已经厌倦了那种假笑。

人体模特转身穿过大厅，朝另一扇门走去。

"等等，"我说，急忙跟在他后面，"我们不用去那个装满纪念品的房间吧？"

"不用，"骑士鹰答道，"里面没有食物。"他的人体模特推开了第二扇门，不远处有一个炉子和冰箱，尽管中间的油毡地板和板状桌子给人感觉更像是工厂里的自助餐厅，而不是厨房。

我瞥了一眼梅根，她和我并肩站在走廊里，正对着门口。假人走了进去，把骑士鹰放在桌子旁加有厚软垫的安乐椅上，然后走到冰箱前，翻找着什么东西，我看不清。

"我可以咬一口。"她说。

"你不觉得这一切有点病态吗？"我轻声问道，"我们说的是用你们史诗派尸体制造的机器，梅根。"

"我并不是一个不同的物种。我还是人类。"

"但是你的 DNA 不一样。"

"我仍然是人类。不要试图去理解它。不然你会疯掉的。"

这是一种再普通不过的情绪。试图用科学来解释史诗派，顶多会令人抓狂。当美国通过《投降法案》，宣布史诗派不受法律约束时，一位参议员解释说，我们不应该指望，人类的法律能够约束史诗派，他们甚至不遵循物理学定律。

不过，叫我傻瓜也罢。我还是想弄明白，让一切说得通。

我望着梅根。"不管你是什么人，只要你是你就行，梅根。但我不想在不了解对尸体做了什么的情况下使用尸体，也不喜欢这一切的运作模式。"

"那就从他身上把秘密探出来，"她走近我低声说道，"你说得没错，激活器应该很重要。如果那些装置的工作方式与弱点或恐惧有关呢?"

我点了点头。

厨房里传来些许声响。爆米花?我往里看了看,惊讶地发现骑士鹰正放松地坐在安乐椅上,他的人体模特站在爆爆米花的微波炉旁边。

"爆米花?"我向他喊道,"做早餐?"

"十多年前,世界末日袭击了我们,孩子,"他应声道,"我们生活在边疆,那里是一片荒原。"

"那和这个有什么关系?"

"意味着社会习俗的消亡与埋葬,"他说道,"谢天谢地。早餐我想吃什么就吃什么。"

我正打算进去,却被梅根抓住肩膀,她挨得更近了,身上散发着一股烟熏味,像是被引爆的军械、废弃弹壳里的火药,还有森林起火时燃烧的木头。这是一种美妙且醉人的气息,比任何香水都好闻。

"你刚才想说什么来着?"她问道,"当你谈到自己的时候,骑士鹰打断了你,不让你说完吗?"

"也没什么,只是我太蠢了。"

梅根不死心,看着我的眼睛,默默等待。

我叹了口气。"说得我有多执迷似的。但事实并非如此。我就像……呃,就像一个房间大小并由蒸汽驱动的、自动剪脚指甲的机器。"

她扬起眉毛。

灾 星

　　"我基本上只能做一件事，"我解释道，"不过，管他的，我要把那件事干得漂亮。"

　　梅根笑了，真是让人赏心悦目的画面。出于某种原因，她吻了我。"我爱你，戴维·查尔斯顿。"

　　我咧着嘴笑道："你确定自己会喜欢剪脚指甲的巨型机器人吗？"

　　"你就是你，不管你是什么，"她答道，"这才是最重要的。"又停顿了一下，"但是请不要长到房间那么大。那样会很尴尬。"

　　她松开手，我们走进厨房，边吃爆米花边讨论世界的命运。

第九章

我们在一张大桌子旁坐下，桌上盖着一层别致的玻璃，下面透出黑色的石板。这里给人一种威严的感觉，与厨房里剥落的油毡和褪色的油漆似乎格格不入。骑士鹰的人体模特端坐在他那大椅子旁边的凳子上，正一个接一个地给他喂爆米花吃。

我对木制灵魂只有一些模糊的认识，他从这个史诗派身上窃取了超能力，创造出仆人。据说她能用意念控制木偶人，这意味着装备里的东西并不自主。它更像是一套供骑士鹰专用的额外假肢。他极有可能佩戴了某种带有激活器的设备，以便控制人体模特。

房间外面传来了新客人的声音。一架小型无人机从地板上疾驰而来，骑士鹰派它去给亚伯拉罕引路，也许是为了防止他乱闯不该去的地方。没过多久，那个高个儿加拿大人走进了房间，向我们点头示意。

团队里另外两个成员跟着他。最先露面的是科迪，三十多岁的瘦高男人。他穿戴着迷彩服和帽子，倒不是特意为了此次任务。科迪基本上只穿迷彩服，已经好几天没刮胡子了，

灾星

他解释说那是"高地人的传统作战准备"。

"这是爆米花吗?"他用浓重的南方口音慢吞吞地问。他走过去,从模特右手边的碗里抓了一大把。"厉害啊!亚伯拉罕,你不是在跟那个怪异的木制机器人开玩笑吧?"

苏苏跳到他身后,她皮肤黝黑,身材苗条,一头乱蓬蓬的卷发向后梳着,爆炸式的发型无比蓬松,有点像非洲的蘑菇云。她在桌旁占了一个座位,尽可能远离梅根,给了我一个鼓励的微笑。

我尽量不去想那些失联队员。瓦伦和艾科瑟尔死在了教授手上。缇雅不知去向,可能已经死了。尽管我们对这类事情往往缄口不提,但亚伯拉罕告诉我,他知道另外两个清算者的牢房在哪。他在逃离新加哥时曾尝试联系他们,却没有得到任何回应。看样子是教授先找到了他们。

科迪嚼着手里的一把爆米花,嘎吱作响。"一个人怎样能再多挣点呢?不知道你们咋想的,我们已经累了一天了。"

"是的,"骑士鹰回应道,"一整个上午都在攻击我的家,试图抢劫。"

"现在,还不是时候,"科迪说道,"别生气。为什么在古老国家的一些地方,自我介绍时得给对方一拳才算礼貌?没错,除非是挥棒子,不然没人认为你在动真格。"

"敢问……"骑士鹰问道,"你说的是哪个古老的国家?"

"他以为自己是苏格兰人。"亚伯拉罕接过话茬。

"我就是苏格兰人,你这个疑神疑鬼、单调乏味的家伙。"

科迪说着,从椅子上爬起来。显然,他决定自己动手做爆米花,既然没人愿意为他效劳。

"说出苏格兰的一个城市名,"亚伯拉罕说道,"爱丁堡不算。"

"啊,没错,爱丁堡,"科迪答道,"亚当和夏娃被埋在了那里,不用说,他们也是苏格兰人。"

"那还用说?"亚伯拉罕追问道,"说一个城市名。"

"这还不简单,我可以说一堆,伦敦、巴黎、都柏林。"

"那些……"

"**完全**是苏格兰风格,"科迪答道,"是我们建造了它们,结果被其他家伙给偷走了,你们都得好好学习下历史。要来点爆米花吗?"

"不了,谢谢。"亚伯拉罕说着,对我露出困惑的微笑。

我向骑士鹰倾过身子,"你之前答应过给我们技术的。"

"'**答应过**'用词太过了,孩子。"

"我想要那个治疗仪。"亚伯拉罕说道。

"轻安仪?想都别想,我没有备用设备。"

"你也这么叫?"梅根皱着眉头问。

"乔纳森的一个老掉牙的笑话。"骑士鹰说着,他的模特耸了耸肩。"它只是卡住了。不管怎么说,我的设备都不如乔纳森的治疗效果好。我只有这些了,你不能拿走。不过我可以借你两个好玩意。——……"

"等等,"苏苏打断了他,"既然你有一台治疗仪,却还带着这个恐怖微笑脸到处走动,为什么不,不先修好你的腿呢?"

骑士鹰直勾勾地盯着她,他的人体模特摇了摇头。好像询问他的残疾打破了某种禁忌似的。

"你对史诗派的治疗了解多少,小姐?"他问道。

"呃……,"苏苏回答说,"我们杀掉的史诗派基本都死透了,所以几乎看不到治愈过程。"

"史诗派的治疗,"骑士鹰说道,"并不会改变你的 DNA 或者免疫系统,它只负责修复受损的细胞。我现在这样也不是因为事故。当初如果只是断了根脊髓,就没啥大碍。但问题远比这严重得多,虽然我发现四肢恢复了一些知觉,但很快又退化了。所以只能靠曼尼来替代我。"

"你……给它起了名字?"亚伯拉罕问道。

"当然,为什么不呢?听着,我现在觉得,你们根本不想让我转让这门技术。"

"我们想要,"我应声道,"请继续。"

他翻了翻白眼,又从木偶手里接过一块爆米花,"几个月前,一个史诗派死在了西伯利亚。两个暴君之间争吵不断,太戏剧了。那个地方有一位很有魄力的商人,居然得到了一个……"

"水银手套?"我问道,精神一振,"你成功模仿了**蒂奇**?"

"孩子,你知道得太多了。"

我没有理会他的话。蒂奇曾是一位强大的史诗派。我一直在寻找能让我们和教授面对面较量的东西。我们得有优势，一些让他意想不到的……

梅根用胳膊肘捅了捅我的肚子，"呃，要分享吗？"

"哦！"我说着，注意到骑士鹰停止了他的解释。"好吧，蒂奇是一位俄罗斯史诗派，集多种能力于一身。从技术上讲，她不是高等史诗派，但她非常强大。我们是在谈论她的职位吗，骑士鹰？"

"每个激活器只能提供一种能力。"他说道。

"好吧，"我站起来说，"那么我想你是在模仿她的水银球了。我们还坐着干吗？一起去拿吧！我想试试。"

"嘿，苏格兰人，"骑士鹰说，"你起来的时候能从冰箱里帮我拿瓶可乐吗？"

"当然。"科迪说着，把一堆现炸的爆米花倒进碗里。他伸手从冰箱里拿出一瓶可乐，正好是缇雅喜欢的牌子。

"对了，"骑士鹰补充道，"还有那盒土豆沙拉。"

"土豆沙拉配爆米花？"科迪问道，"你真是个古怪的家伙，别介意我这么说啊。"他走过去，把上面放着可乐的半透明盒子滑过桌子。然后他扑通一声坐在苏苏身边，把工作靴搭在桌子上，身子向后靠在椅背上，狼吞虎咽起来，像是他的房子曾经被玉米穗的烈火烧过一样。

我继续站着，希望其他人都能加入我。我不想闲坐着谈论史诗派的超能力，而是想对其加以利用。这种特殊的能力应该像水湃漓那样令人兴奋，尽管没有水，但我准备好了。

为了救我的朋友，我宁愿让深渊吞噬我，但那并不意味着水和我喜欢彼此。我们得多休战几次了。

"怎么？"我催促道。

骑士鹰的人体模特"砰"的一声打开了那盒土豆沙拉，中间有一个小黑盒子。"就在这里。"

"你把你那无价的超能力装置放在土豆沙拉里。"梅根直说道。

"你知道有多少人闯进来抢劫我吗？"骑士鹰问道。

"从来没人成功过，"我说道，"大家都知道这个地方坚不可摧。"

骑士哼了一声。"孩子，我们生活在一个人们可以穿墙而过的世界，没有坚不可摧的地方。我只是擅长撒谎。我的意思是，即使你们这些人也设法从我这里偷几样东西——不过你们会发现亚伯拉罕偷来的东西大多没用。一种会发出狗叫的声音，另一种会让指甲长得更快，但不会让人变强大。不是所有史诗派的超能力都那么神奇。不过我还是想要回那两个东西，它们是很好的诱饵。"

"诱饵？"亚伯拉罕惊讶地问。

"当然啦，"骑士鹰继续说道，"总是会漏掉一些，这样人们就觉得凭一己之力得到了有用的东西。每次我都经历着同样的情绪，被人抢走了东西，暴跳如雷，发誓要报仇之类的。往往我又一个人待着，为他们的所作所为感到高兴。不管怎样，在几十起入室盗窃事件中，你知道有多少人想到去查看土豆沙拉盒吗?"

他的人体模特把小盒子挖出来,放在桌子上——至少,他把它装进了一个防水袋——我坐下来欣赏它,想象着各种可能性。

"你怎么把精灵弄进那么小的东西里去的?"科迪手指着盒子问道,"不会压碎她们的小翅膀吗?"

我们没人搭理他。

"你是说另一项技术?"亚伯拉罕说。

"是啊,"骑士鹰答道,"这附近有一个老式的晶体炉。把它连接到纯晶格上,就能在几秒内生成新的结构,应该很方便。"

"呃,"苏苏说着,举起了一只手。"还有人不明白我们为什么想要那样东西吗?听起来很酷,不过……你说晶体?"

"嗯,你看,"骑士鹰说,"盐就是一种晶体。"

我们齐刷刷地看向他,目瞪口呆。

"你打算去追乔纳森,对吗?"骑士鹰问道,"你知道他在亚特兰大?"

亚特兰大。我坐回座位上。亚特兰大受制于女巫团,这是一个松散的史诗派联盟,她们承诺过互不打扰。偶尔一人会协助同盟除掉掠夺其城市的对手,这对史诗派来说就像是结拜兄弟一样。

但就史诗派而言,我对世界的认知参差不齐。巴比拉的大自然,再加上晶莹剔透的水果和超现实绘画,令人万分惊喜。在内心深处，我仍是一个需要庇护的孩子，几个月前还从未离开过家。

"亚特兰大，"亚伯拉罕轻声说道，"或者说是现在的伊迪西亚，到底在哪？"

"在堪萨斯州东部的某个地方，"骑士鹰说。

堪萨斯州？这句话触动了我的记忆。没错，伊迪西亚的位置一直在变。但现在呢？我读到过该地移动的消息，以为它会停留在大致相同的区域。

"他为什么在那儿？"亚伯拉罕问道，"乔纳森·菲德鲁斯在盐城有何贵干？"

"我怎么知道。"骑士鹰回答，"我尽量避免引起他的注意。依我看，他去那里纯粹是为了自保，但我绝对不会拿棍子去戳灾星的。"

骑士鹰的人体模特放下了碗。"爆米花吃完了，是时候给我的小礼物附加一些条件了。你可以拿走水银手套和晶体炉，条件是马上离开这里，不要再联系我。也别跟乔纳森提起我，你们没事也不要谈论我，免得被他听见。他喜欢把事情做到位。如果他来找我的话，只会留下一个冒着烟的洞。"

我看了一眼梅根，她正抿嘴目不转睛地盯着骑士鹰。"你知道我们有秘密，"她轻声对他耳语道，"你知道我们已经接近答案了。一个真正的解决方案。"

"这就是我一开始要帮你的原因。"

"半吊子，"梅根指责他说，"你愿意向房间里扔一枚手榴弹,却不看是否起到了作用。你知道这个世界上有些东西需要改变,却不跟着一起改变。懒汉一个。"

"我是个现实主义者,"骑士鹰说,他的人体模特站了起来,"我接受这个世界的本来面目,并尽我所能在其中生存。仅仅给你这两个装置对我来说就够危险了,乔纳森会认出我的杰作。但愿他以为你是从一个军火商手里弄到的。"

人体模特走到冰箱前,挪走了三两个杂物,把其中一些扔进了麻袋里。他在桌上给我们留了一个,看起来像一桶蛋黄酱。他撬开盖子,黏糊糊的调味品里嵌着另一个小装置。模特用一条带子把麻袋吊在胳膊上,然后走过去从后面提起骑士鹰。

"我还有别的问题。"我站起来说。

"真糟糕。"骑士鹰应了一声。

"你可以给我们其他的技术,"亚伯拉罕指着麻袋说,"你给的那些,不过是你认为不会惹到教授的东西。"

"猜得好,你说对了,"骑士鹰答道,"出去。我会用无人机发送一份账单。如果你们能活下来,我希望能付清这笔钱。"

"我们正在努力拯救世界,你知道的,"苏苏说道,"也包括你。"

骑士鹰哼了一声。"你知道来找我的人,有一半都是为了拯救世界吗?真见鬼,我以前和清算者合作过,而你们总是试图拯救世界。但到目前为止,在我看来还没有得救。事实上,乔纳森的失控让事情变得更糟了。

灾 星

"如果一直免费给你东西,我早在几年前就破产了,你甚至不会有机会来抢我的东西。所以,别趾高气扬地对我口吐陈词滥调。"

模特转过身走了出去。我沮丧地站在椅子前,回头看着其他人。"你们觉得他的退场唐突吗?"

"你是不是忘了他是个很奇怪的家伙?"科迪问道,用脚轻轻碰了碰土豆沙拉箱。

"至少我们得到了一些东西,"亚伯拉罕说着,把手上的一个小盒子翻了过来,"这比一开始的起点高了许多。除此之外,我们知道乔纳森在哪里建立了基地。"

"对。"我说,看了一眼梅根,她似乎有些不安。所以她也感觉到了。当然,我们得到了一些武器,但错过了一个寻求答案的机会。

"带着那些东西,"我说道,"科迪,在冰箱里找找,别漏了。然后离开这里吧。"

大家按照指示行动起来,我发现自己正盯着门外和走廊。仍有许多问题待解决。

"那……"梅根走到我旁边说道,"你想让我带领其他队员出去吗?"

"嗯?"我问道。

"还记得你是怎么把教授和我们赶到新加哥的地下街道上的吗?当时有人明确告诉过,如果你不待在原地,就会被击毙。"

我笑了笑。"是啊，那时我以为被清算者打中会很酷。想象一下，向你的朋友炫耀一块子弹留下的伤疤，说**乔纳森·菲德拉斯**亲手开枪打伤了你。"

"你真是个呆子。我的意思是，你要去追骑士鹰吗？"

"我当然要去找他，"我答道，"确保每一个人都安全离开，如果事情搞砸了，尽量把我从我的愚蠢行为中拯救出来。"我飞快地亲了她一下，一把握住了亚伯拉罕扔来的步枪，动身去追赶骑士鹰。

第十章

我不用走得太远。

走廊是空无一人,但我走到我们之前经过的那个房间——后墙上挂着奖杯的那间——往里偷窥。我发现骑士鹰坐在房间另一边的安乐椅上。意料之中。他身边的燃气壁炉噼里啪啦地响着,他的人体模型躺在旁边的地板上,看不见的线被割断了。

一开始我很担心。骑士鹰没事吧?

我看到他的眼睛——反射出翻腾的火焰——盯着房间中央的银色盒子,那个看起来像棺材的盒子。一颗泪珠顺着骑士鹰的面颊滚落下来,我意识到这个男人可能想一个人待着,甚至想避开假人的无声凝视。

"教授杀了她,不是吗?"我低声说,"你的妻子。她变坏了,教授不得不杀了她。"

我终于记起几周前和教授一次谈话的细节,就在巴比拉城外,在他做科学实验的一个小地堡里。他告诉我说,他的那帮朋友都是史诗派。他、圣凛、幽暗密林和阿玛拉。随着时间的推移,其中三个走火入魔。

扯火。包括教授在内的话,有四个。

没用的,戴维,他说。它正在摧毁我……

"你不太听指挥,是不是,小伙子?"骑士鹰问道。

我溜进了房间,走向棺材。盖子有一部分是半透明的,可以看到一张安宁、美丽的脸,金色的头发在后面散开。

"她拼命在抗拒,"骑士鹰说,"有一天早上,我起床后……她就走了。从六杯喝光了的咖啡判断,她彻夜未眠,一直不敢睡觉。"

"噩梦。"我低声说,手指搁在棺材玻璃上。

"我认为整夜不睡的压力让她崩溃了。我亲爱的阿玛拉。乔纳森帮了我们两个的忙,找到了她。我必须这样想。就像你应该抛弃拯救他的愚蠢想法一样。杀了他,孩子。为了他自己,也为了我们大家。"

我把目光从棺材移到骑士鹰身上。他还没有擦掉眼泪。他做不到。

"你还心怀希望,"我说,"否则就不会邀请我们进来了。你见识过梅根的行动,第一反应就是我们找到了打败黑暗的方法。"

"也许我是出于怜悯才邀请你来的,"骑士鹰说道,"同情那些特别崇拜史诗派的人。就像我那样,像缇雅那样。我邀请你进来只是想给你个警告。准备好,孩子。有一天早上你一起床,她就不在了。"

我穿过房间,肩上扛着步枪,径直走向骑士鹰。我没料到他的人体模特反应这么快。它跳了起来，抓住我的胳膊，我的手还没来得及搭在骑士鹰肩上。

骑士鹰的眼睛闪向我的手，他知道我无意伤害他，于是假人放开了我。扯火，它的手劲真大。

我的手垂落在他的肩上，在他的椅子前蹲了下来。"我要解决这个问题，骑士鹰，但我需要的答案只有你能给我。关于激活器，以及它们是如何起作用的。"

"愚蠢。"他答道。

"你让阿玛拉血流停滞。为什么？"

"因为我也很蠢。我找到阿玛拉时她已经死了，她的胸前有个乔纳森拳头大小的洞。但不这么做也很愚蠢。"

"可是你复原了她的躯体，"我说，"保存了她。"

"你看到那些了吗？"他说着，朝房间的另一边点了点头。那里是倒下的史诗派残骸。"那些超能力并没有把她带回来。每一个都来自具备治愈力量的史诗派，我用他们来制造操作装置。但没有一个起作用。没有答案，也没有秘密。我们就生活在这样的世界里。"

"灾星是史诗派。"我低声说。

骑士鹰吃了一惊，然后把目光从墙上移开，再次聚焦在我身上。"你说什么？"

"灾星，"我重复道，"是一名史诗派。一个……人。圣凛发现了真相，甚至和他或她谈过。这个摧毁我们生活的东西，不是自然的力量，不是恒星，也不是彗星……而是一个人。"

我深吸了一口气。"我要消灭灾星。"

"我的天哪，孩子。"骑士鹰说。

"拯救教授是第一步，"我说，"我们需要他的能力来完成这件事。但在那之后，我要去那里，我要摧毁那个东西。我们要让世界回到灾星现世前的样子。"

"你绝对疯了。"

"嗯，杀死钢铁心后，我漂流了一段时间，"我说，"我需要一个新的人生目标。我想我不妨把目标定得高一些。"

骑士鹰盯着我，接着把脑袋往后一仰，大声笑了起来。"我从没想过我会遇到比乔纳森更有野心的人，孩子。杀了灾星！为什么不呢？听起来很简单！"

我看向那个人体模特，它抓住自己的肚子，前后摇晃着，好像在笑。

"那么，"我说，"你会帮我吗？"

"你对同卵双胞胎的史诗派有什么了解？"人体模特伸手去擦他的脸颊时，骑士鹰问道。欢笑的泪水和他为妻子流下的泪水混在一起。

"据我所知，只有一对。女巫团里的克里尔男孩，汉扎和疯笔。他们最近在……查尔斯顿很活跃，不是吗？"

"好，很好。"骑士鹰回复道，"你对自己的领域很精通。要坐下来吗？你看上去不太舒服。"

人体模特把凳子拉过来，我坐了下来。

"这两个人可以追溯到，"骑士鹰解释道，"灾星现世后的

灾 星

一年左右，也就是教授和其他人获得超能力的时候。第一波，你们这些卖艺人这么称呼它。这让我们开始思考这些力量是如何运作的。他们有——"

"一模一样的超能力组合，"我说，"气压控制，疼痛操纵，预知能力。"

"是的，"骑士鹰说，"你知道吗，他们不是唯一一对孪生史诗派。他们是唯一一对没有杀死对方的。"

"不可能，"我补充道，"我太了解他们了。"

"是啊，我和我的同事确保没人听说过其他人。因为他们当中有一个秘密。"

"每对双胞胎都有相同的能力，"我猜测道，"他们共用一套超能力组合。"

骑士鹰点点头。

"所以，在某种程度上这是遗传的。"

"是，也不是，"骑士鹰说道，"我们找不到任何与史诗派有关的基因线索，来揭示它们的超能力。那些关于线粒体的胡言乱语？我们编出来的，不过倒也合理，因为史诗派的 DNA 会很快降解。你所听到的关于激活器的其他一切，都是些技术呓语，我们特意用这些术语来迷惑试图与我们竞争的人。"

"怎么竞争？"

"你知道，如果我告诉你的话，就违反了与其他公司的协议。"

"这样我就很感谢你了。"

他挑了挑眉毛，他的假人交叉着双臂。

"哪怕有一丁点机会证明我是对的，"我说，"就可以永远制服史诗派，不值得冒这个险吗？"

"值得，"骑士鹰答道，"可我还是希望你能答应我，孩子。别公开这个秘密。"

"你不该藏着掖着，"我说，"如果世界各国政府掌握了这方面的知识，也许就能反击史诗派了。"

"现在说这些，"他说道，"太迟了。"

我摇了摇头。"好吧。我会告诉我的团队，但也会让他们发誓保密，绝不会告诉任何人。"

他听后想了一会儿，叹了口气。"细胞培养。"

"细胞……什么？"

"细胞培养，"他重复道，"你知道，提取一些细胞样本，并让它们在实验室里生长吧？这就是答案。取一个史诗派的细胞，把它们和一些营养物质置于试管内，然后给它们供电。等待繁殖，就可以模仿史诗派的超能力了。"

"你在开玩笑吧。"我说。

"没有。"

"不可能那么简单。"

"这一点也不简单，"骑士鹰说，"电流的电压决定了得到的超能力。必须正确地引导它，否则你可能会把自己甚至整个国家炸向月球。我们的大多数实验，所有这些设备，都是利用了来自细胞的能力。"

"哈,"我说,"所以你是说无法区分灾星是一个实实在在的人还是一堆细胞?"聪明人居然也会犯这种低级错误。

"呃,"骑士鹰说,"更像是他们根本不在乎。我是说,如果灾星是史诗派的话。此外,也许我们并不了解激活器的交互作用。即使在最好的情况下,这些事情也相当棘手。有时候,超能力对某些人来说是不起作用的。其他人都可以正常使用,但总有一个人不能操作这个装置。"

"这种情况经常发生在史诗派身上。乔纳森证明了史诗派可以使用激活器,但偶尔会碰到一个无法操作的。同样的道理也适用于,同一个人可以使用两种不同的激活器。有时候装置之间会相互干扰,而其中一个就会出局。"

我坐回凳子上,若有所思。"细胞培养。嗯,似乎说得通,不过……这也太简单了。"

"最高机密往往是这样,"他说道,"但也只是回想起来简单而已。你知道灾星现世前科学家们花了多长时间,才研究出如何培养正常人类细胞吗?这一过程绝非易事,激活器也是同理。我们费心费力才创造出第一批。而你所谓的激活器,其实是一个小孵化器。这个装置用于培养细胞,调节温度,排出废物。一个好的激活器,如果制造得当的话,可以用上几十年。"

"圣凛知道你的秘密,"我说,"她占有了湮消,用他的细胞制造了一个炸弹。"

骑士鹰沉默了。当我看着他的时候，他的人体模特正靠在墙上，手放在背后，低着头，似乎有点迟疑。

"什么？"我问道。

"从活着的史诗派身上弄出激活器，是极其危险的。"

"对史诗派而言？"

"扯火，不，对你来说很危险。当自身的超能力为他人所用时，他们能感觉得到。这一体验异常痛苦，他们也清楚是哪个部位出了状况。于是，他们便会找出痛苦的根源，并将其摧毁。"

"这个时候双胞胎就能上阵了，"我说，"你说过……"

"一个差点杀死另一个，"他说，"每当有另一个人使用他们的超能力时，其中一个就会感到痛苦。这就是为什么我不用活着的史诗派制造激活器，真是个糟糕透顶的主意。"

"是啊，据我所知，湮消他可能很享受这种痛苦，就像一只猫一样。"

"一只……猫？"

"是的。这是一只喜欢被伤害的猫，性情古怪，神经兮兮，还会引用《圣经》里的话，"我抬起头，"什么？你觉得他更像只雪貂？我看得出来。但圣凛给湮消做了手术。她不是只需要一份血样吗？"

骑士鹰的人体模特轻蔑地摆了摆手。"老把戏。在我决定不再利用活着的史诗派制造激活器之前，就试过这一招。不让他们察觉这一切是多么简单。不管怎样，你已经知道了秘密。也许会有帮助，我也不清楚。现在能让我独自伤感一会吗？"

我爬了起来，感到一阵倦意。也许是我之前治疗的后遗症。"你知道教授的弱点吗？"

骑士鹰摇了摇头。"不知道。"

"你在说谎？"

骑士鹰哼了一声。"不，我没有。他从来不让我知道那是什么，结果证明我的每一个猜测都是错的。去问缇雅。他可能告诉过她。"

"我想缇雅已经死了。"

"该死。"骑士鹰渐渐安静下来，他的目光似乎也已飘远。我本来希望这些激活器的秘密能让我们了解教授和他把超能力转赋给别人的方法。我还是不明白，为什么有些史诗派可以这样避开黑暗。

除非他们其实做不到。我想。我得和埃德蒙谈谈，那个叫电老虎的史诗派。

我走向门口，经过棺材里逝去的史诗派。我暗自希望骑士鹰永远想不到如何把这个女人带回来；我怀疑他是否能从此次重聚中得到他想要的东西。

"钢心终结者。"他在我身后喊道。

我转过身，那个假人走了过来，一只手托着一个小装置。它看起来像一个圆柱形电池，就像我在工厂晚餐后播放的玩具广告中看到的那种笨重的老式电池。我们小孩子喜看广告。

不知怎么的，它们似乎更真实一些——更像是史诗派诞生前的世界——相比他们打断的动作场景而言。

噢，一个孩子们吃着五颜六色的早餐麦片，向父母讨要玩具的世界里。

"这是什么？"我一边问，一边从人体模特手里取下装置。

"组织样本培养箱，"他说，"它能让细胞保鲜足够长的时间，以便你把它们寄给我。如果你失败了，必须杀了乔纳森，拿给我一份他的 DNA 样本。"

"这样你就可以制造某种装置，奴役他的细胞来充实自己？"

"乔纳森·菲德拉斯是我所知道的史诗派中最具治愈力的，"骑士鹰说，模特对我比画了一个粗鲁的手势，"他会制造一种轻安仪，远远强过我所测试过的任何装置。它可能……可能对阿玛拉有用。我已经一年多没试验过她了。但也许……我不知道。不管怎样，你应该让乔纳森在死后继续治疗别人。你知道这是他想要的。"

我没做任何承诺，但确实拿了培养箱。

你永远不知道什么东西会派上用场。

part two

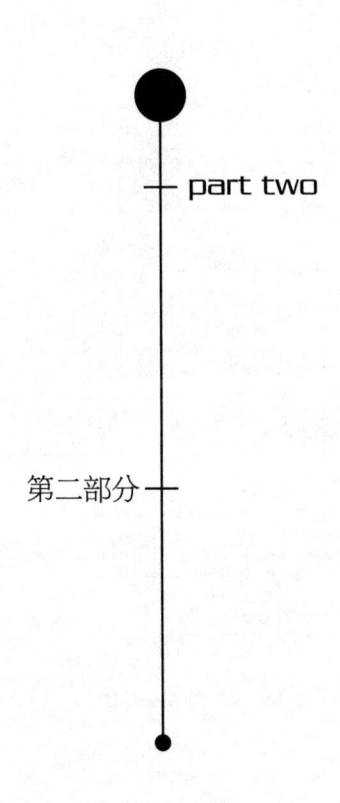

第二部分

第十一章

我在一个又冷又黑的地方。

我的世界里只有声音。每一种都很瘆人,先是一次袭击,紧接着是一声尖叫。我在炮火前蜷缩着身子,但随后灯光却发起了攻击。既刺眼又可怕,暴力不断。我再恨他们也无济于事。我哭出声来,但这又把我吓坏了。连自己的身体也背叛了我,从内袭击我不说,还联合了那些来自外部的攻击。

攻势渐渐升至高潮,轰鸣、闪光、燃烧、撞击、尖叫声和可怕的爆炸声,直到——

我醒了。

我笨拙地蜷缩在一辆吉普车的后座里。一整夜,车子都在一条破损的公路上行驶。当我们加速驶往亚特兰大时,那辆汽车"砰砰"地发出闷响,颠簸起伏。

我眨巴了几下惺忪的睡眼,想弄明白这场梦。一场噩梦?心跳开始加速。我记得当时被那些噪音和混乱吓坏了,但这和之前做过的其他噩梦完全不同。

梦里没有水。我依稀记得身在巴比拉时做过的几个噩梦,都是关于溺水的。我靠在椅背上陷入了沉思。当我们发现史诗派的秘密之后，我不会忽视任何噩梦。但这让我怎么判断？人们仍然会做噩梦。你怎么知道其中哪一个重要？也许只是一个随机的梦。

好吧，我不是史诗派。所以这可能无关紧要。

我伸伸懒腰，打了个哈欠。"情况怎么样？"

"今晚进展不错，"亚伯拉罕坐在副驾驶座位上说，"路面上的碎石变少了。"

我们尽可能在夜间行驶，分散在两辆吉普车上，不开车灯，用夜视镜导航。在亚伯拉罕的建议下，我们每隔几个小时就换一次驾驶员。他说这样有助于保持对话的新鲜感和司机的警惕性。除了我以外，每个人都轮流开车。但这也太不公平了。就因为那一次。好吧，还有另一次。还有带邮箱的那一次，不过说真的，谁还记得那些？

苏苏和亚伯拉罕坐在我的吉普车里，梅根和科迪则开另一辆车。我把步枪拿出来搁在脚边。只要轻轻碰一下枪托，就能用夜视镜和热成像仪看到车外的动静。

亚伯拉罕说得没错。这条高速公路虽然有几处断裂，但总体上比我们从新加哥到巴比拉的那条路更为平整，也比去骑士鹰地盘的那条公路好走得多。我们从路边废弃的汽车旁经过，这里的城镇没有一处亮着灯——要么是因为房子无人居住，要么是因为任何居民都不想被史诗派盯上。我更倾向于前一种。人们总是被更大的城市吸引，就算被史诗派统治，他们也能获得生活必需品。

新加哥固然可怕，但至少提供了一种相对稳定的生活。其中一家工厂生产包装食品，还有供电和纯净的饮用水。这里没有彩色的水果麦片，但比生活在荒地强多了。另外，说到史诗派，城市里的你就像一群微不足道的游鱼，不可能被单独拎出来，只希望自己不会因为对方一时的愤怒而被杀害。

我终于看到一个老旧的绿色路标，上面写着离堪萨斯城不远了。我们会绕城而行，因为史诗派统治着那里，最引人注目的就是硬核。幸运的是，目前亚特兰大的地理位置并不是很远。不过，坐在这些吉普车的后座上一点也不舒服。扯火，这个国家在四分五裂之前也曾强大过。

我拿出手机。尽管为了防止照亮车身，需要把屏幕亮度调低一些，但再次使用这样的设备确实感觉很棒。我给梅根发了一条信息。

吻你。

一秒钟后，手机屏幕闪了一下，我点开查看回复。

呕。

我皱起眉头，过会儿才发现不是梅根的短信，而是一个陌生号码发的。

骑士鹰吗？我猜测着，回复了短信。

好吧，严格来说是曼尼，我的人体模特。对方回了我。没错，是我，我在监视你们的通信。处理一下。

你知道每个人都认为你的手机是绝对安全的。我打字道。

那些人都是白痴，他回复道，我当然能读懂你发过来的

灾星

内容。

如果教授杀了我，又夺走了这部手机呢？我问道，你不担心他会发现你给我发了短信吗？

紧接着，他发来的短信都清空了，我的回复也消失不见了。扯火，他能侵入我的手机内存吗？

别忘记我们的交易。来了一条新短信。我要得到他的细胞。

尽管没做过这样的交易，但现在提也没用了。我在一张纸上草草记下了他的电话号码，然后眼睁睁看着他最新的短信消失了。过了一会儿，梅根发来一条短信。

回吻你，跪娃。

那边一切还好吧？我问道。

如果"还好"是指我听科迪一个接一个编故事快要疯了的话，那就没错。

我给她发了一个笑脸。

你知道他自称参加过奥运会，她回复我说。但奖牌被一只小妖精偷走了。

等一等，我发短信给她。通常都会有一个糟糕的结局。

接下来我要跟亚伯拉罕一起走，她回复道。说真的，我以为自己已经不再想要勒死这个团队的成员。但事实证明，我仍然想用一种暴力且泯灭人性的手段谋杀科迪，和黑暗毫无关系，这种想法是油然而生的。

唔，我回信道。我们也许该查查科迪的所作所为，是否与你的精神状态有关。虽然可能性不大,但如果你直面恐惧可以抑制黑暗,那其他的外界刺激可能会将其激怒。

过了一会儿。

呆子,终于来了短信。

我只是在考虑所有的可能性。

说正经的,她回复道,为什么我不能和一个有"实用"癖好的男人约会呢?

我笑了笑。比如?

言情小说?勾搭技巧?关于男朋友的那些。也许那时你会因为别的事而称赞我,而不称赞我在随身武器上的选择。

抱歉,我回了短信,我在这方面没啥经验可言。

你不用告诉我,她回复道,说真的,戴维,你的屁股长得这么好看,真是太好了。

你知道骑士鹰很可能在监视我们的聊天对话,我警告她。

好吧,他的屁股奇丑无比,她回了短信,我管他的呢?

我们遇到了一段崎岖不平的路,颠来簸去。苏苏放慢了车速,带我们绕过了这段路。你想念新加哥吗?我发现自己在问梅根,有时我很奇怪,不是吗?

不,她在短信上写道,那是你长大的地方,你的家在那儿。有时我会想念波特兰,那是最后一个能让我过上正常生活的城市。我还有个洋娃娃——艾丝梅拉达。但却不得不离开她。

我抬起头。梅根她很少谈起那段时光。

如果我真的被治愈了,她发短信给我,就动身去寻找他们。这一点我很确信。

你的家人呢?我写道,知道他们在哪个城市吗?

就我所知,他们并没有待在城市里,梅根写道,生活在黑暗中的人远比你想象的要多,都是些幸存者。我敢打赌他们的人数比城市里的人还多,只是你看不到而已。

我对此表示怀疑。真有那么多人隐而不见吗?若是其中一个变成了史诗派会怎样?新诞生的史诗派往往在获得力量后变得失控。他们的结局……不堪入目。

你知道这一切最让我烦恼的是什么吗?梅根回信道。

我愚蠢的父亲说的没错。他那关于世界末日的所有疯狂言论,训练他的女儿射击,为最坏的打算做好准备……他做得没错。他认为引发这一切的会是核能,也已经足够接近了。

梅根再没有回信了,我留她自己想一想。片刻之后,苏苏减慢了车速。"我得休息一会,"她说,"要换着开吗,亚伯?"

"如果你愿意的话。"他答道。

"愿意,我当然愿意。"

看来我们要停车换司机了,我发短信给梅根。里程标志……32。

我们比你们超前几英里,她发短信道。我让科迪开慢一点,好让你们赶上来,反正我们快到城里了。

我们把车靠边停在一辆破旧的半挂拖车后面,驾驶室不见了。我试着用望远镜打探，发现车里有一团奄奄一息的火苗。

"我需要活动活动腿脚，"亚伯拉罕说道，"戴维，掩护一下？"

"当然可以。"我说着，给步枪上了子弹。他下车散了一会儿步，我站在吉普车的敞篷顶上观察情况，以防有人或什么东西藏在路旁高高的草丛里。苏苏滑到副驾驶座上，把座椅向后一靠，满意地长舒了一口气。

"你对这个计划很确信吗？"苏苏问道。

"没有，但目前来看这是上策。"

"除非直接杀了教授。"她轻声说。

"你也这么想？"我问道，"骑士鹰也说我们应该干掉他。"

"你知道这是他想要的，戴维。我的意思是他会板着脸说，'你别想着救我，去解决当务之急。'"她不做声了。"他杀了瓦伦，戴维。他谋杀了她和艾科瑟尔。"

"并不是他的错，"我脱口而出，"我们已经谈过这个了。"

"是呀，我知道。只是……你从未给过钢铁心第二次机会，不是吗？这太危险了。你得拯救这个城市，是时候复仇了。为什么这里如此不同？"

我把瞄准镜转向一丛沙沙作响的杂草，一只野猫窜了出来，匆忙逃走。

"这次谈话并不是关于教授的，对吗？"我问苏苏。

"也许不是，"她承认道，"我知道现在情况不同了。我们知道了弱点之类的秘密。但我一直在想……为什么是你去复仇,而不是我上呢?我的情感和愤怒又算什么?"她把头在座位的靠枕上磕了几下。"喋喋不休,听起来像在发牢骚。'哎呀,戴维。我真想杀了你的女朋友。为啥不让我去?'抱歉。"

"我理解你的情绪,苏苏,"我说道,"我真的理解。别以为我花了这么长时间追杀史诗派,结果却和梅根在一起,就不会感到内疚。谁能想到爱和恨会如此相似,你明白吗?"

"谁?"苏苏答复道,"基本上每个哲学家都是这样生活的。"

"什么,真的吗?"

"对啊,还有很多摇滚歌曲。"

"哇哦。"

"你知道,你是在枪械工厂接受的教育,这一点有时会表现出来,戴维。"

亚伯拉罕活动完毕,向吉普车走去。我觉得我应该给苏苏一个更好的答案,但又能说什么呢?"我们这样做不仅仅是因为我们喜欢教授,或者是因为我对梅根的感情,"我轻声说着,爬回到自己的座位上,"我们这样做是为了去伊迪西亚拯救教授,因为我们快要输了,苏苏。清算者是唯一有能力反击的人,但他们基本上都阵亡了。

"如果我们不想出一个办法来扭转这一局面,制止史诗派的行动,那么人类就完蛋了。我们不能总想着赶尽杀绝,苏苏。这样做太慢,而我们太脆弱。我们必须设法转变他们。

"我们救教授不仅仅是为了他自己。扯火,如果营救顺利,他可能会因此而恨我们。他也许宁愿死也不愿承受自己所做的一切。但我们无论如何都要做,因为我们需要他的帮助。我们要**证明**这是可以办到的。"

亚伯拉罕上车时,苏苏缓缓点了点头。我把枪放了下来。

"我想我只能坐等复仇了,"苏苏说,"遏制冲动真不错。"

"不。"我说道。

她转过身来看着我。

"让火继续烧着,苏苏,"我说着,指了指车顶,"但要瞄准真正的目标。就是那个杀了你朋友的人。"

灾星悬挂在车外,天空中有一个鲜明的红点,就像望远镜上的瞄准点。每晚都清晰可见。

苏苏点点头。

亚伯拉罕发动了车子,不想被我们的谈话打断。朝前行进的时候,我的手机闪了一下,我往后倚靠,期待着和梅根的另一轮玩笑。然而,她的文字很简短,却令人不寒而栗。

开快点。我们决定在城市附近侦察,一探究竟。出状况了。

什么?我急忙回了短信。

堪萨斯城。已经不存在了。

第十二章

我试图想出一个恰当的比喻,来形容矿渣在脚下嘎吱作响的动静。就像在……上的薄冰……不对。

我走过一片开阔的地段,地面上有融化的岩石,这里是曾经的堪萨斯城。这一次,我竟说不出话来。唯一能想到的恰当描述是……令人悲伤。

就在前一天,这里还是黑暗地图上的一处文明地。没错,它曾是被史诗派占领的地方,但也是一个充斥着生活、文化和社会的城市。居住着十多个,甚至成千上万的人类。

全没了踪影。

我蹲下来,伸出手指在光滑的地面上摩擦。天气还很暖和,可能会持续好几天。爆炸使石头变形,顷刻间建筑物就变成了一座座熔化的钢铁山。地面上覆盖着小面积的玻璃脊,像冻结的波浪一般,高度不及一英寸。不知怎么的,这一切给人以不可思议的感觉,有一股风从毁灭中心吹来。

所有人都无影无踪。我向上帝或任何可能在聆听的人祈祷,希望他们中的一些在爆炸发生前已经逃出去了。传来一阵脚步声,是梅根。晨光照耀着她。

"我们快要死了，梅根，"我说道，声音沙哑，"即使向史诗派投降，我们也会被斩尽杀绝。他们挑起的战争将结束这个星球上的所有生命。"

她把一只手搭在我的肩上，我蹲在那里，摸着那块曾是血肉之躯的玻璃。

"这是湮消？"她问道。

"跟他在其他城市的做法一样，"我说，"据我所知，没有其他人有这种能力。"

"那个疯子……"

"那个人有严重的问题，梅根。在他看来，摧毁一座城市也是一种仁慈。他似乎认为……似乎认为要想真正摆脱世界上的史诗派，就必须消灭每一个有可能成为史诗派的人。"

黑暗给了湮消一种特殊的疯狂，即清算者自身目标的扭曲版本。好让世界摆脱史诗派。

无论付出什么代价。

我的手机闪了一下，我把它从平时放的地方扯下来，绑在夹克的肩膀上。

你看到了吗？是骑士鹰，他还发了一份附件。点开是一个大爆炸的画面，看样子是在堪萨斯城。这张照片是在远处拍摄的。

人们四处分享着这一切。骑士鹰又发了短信，你们不是往那个方向去了吗？

你知道我们在哪儿，我回信道，你在追踪我的手机。

灾星

我只是出于礼貌,他发送道,给我一些市中心的照片。湮消会是个麻烦。

是什么?我发了短信。

好吧,看看这个。

接下来的镜头是一个留着山羊胡的瘦高男子走在拥挤的街道上,长款的风衣在他身后飘动,腰上绑着剑。我立刻认出了他,正是湮消。

堪萨斯城?我问。在爆炸发生前。

是的,骑士鹰回信道。

那件事的后果已经清楚了。我匆匆拨通了骑士鹰的电话,把手机举到耳边。一秒钟后,他接起了电话。

"他并没有在发光,"我急切地说,"也就是说——"

"你在干什么?"骑士鹰问道,"蠢货!"

他挂上了电话。

我困惑地盯着电话,直到有另一条消息传来。我说过你可以打电话给我吗,小子?

但是……我回信给他,你一整天都在给我发短信。

完全不同,他写道,迪吉里杜管,侵犯隐私,未经允许就擅自打电话给别人。

"迪吉里杜管?"梅根在我身后问道。

"我手机上的脏话过滤器。"我回答她。

"你还用脏话过滤器?什么情况,在幼儿园吗?"

"不啊,"我说道,"太滑稽了,让人听起来很蠢。"

骑士鹰又发了一条短信。你说过圣凛从湮消体内造出了激活器。你敢赌她造了不止一个吗？看看这些图片。

他发来了另一段视频，画面上是身在堪萨斯城的湮消，正研究着某种发光物。那玩意很亮，但可以看出是它在发光，而不是湮消自己。

最后一张的时间戳，截止到这个地方被蒸发以前，骑士鹰发送道，他用一个装置摧毁了堪萨斯城。但是为什么要用这些工具而不亲力亲为呢？

更为隐秘吧，我回信给他，他坐在市区中心，就像在得克萨斯州做的那样。在他炸毁这里之前，整个人光芒四射，警示人们趁早逃离此地。

这简直令人作呕，骑士鹰写道。

你能用其他手机监视他吗？

孩子，要筛选的数据太多了。骑士鹰发给我。

你还有更好的办法吗？

嗯，也许吧。我又不是你们清算者的人。

话虽没错，但你首先是一个人。拜托尽你所能。如果你在另一个城市看到他，不管他是否发光，给我捎个信。也许可以预先警告人们。

走着瞧吧。他发送道。

梅根盯着我的手机看。"他对手机的掌控程度这么高，我应该感到害怕，不是吗？"

我和她又拍了一些市区的照片。当把照片发送给骑士鹰之后，我和他所有的聊天记录都从我的手机里消失了。我给梅根看了看，尽管她正心不在焉地望着那片似乎无边无际的田野，那是一片由玻璃、岩石和钢铁构成的土丘，曾经是一座城市。

"那样会杀了我的，"她轻声说道，"火。永久的结束。"

"那样会杀掉大多数史诗派，"我说道，"甚至包括一些高等史诗派。"这是克服他们刀枪不入之躯的一种方式——用核武器将他们一网打尽。正如一些国家所述，这是再糟糕不过的解决方案。既然没有任何东西可施以保护，就只能用核武器摧毁如此多的城市。

梅根靠向我，我把手搭在她的肩上。她曾爬进一幢着火的大楼救了我的命，不顾自己的安危。但这并不意味着她的恐惧消散了，她只是尽量在控制和管理情绪。

我们两个人一起加入了在爆炸中心附近停留的其他清算者——亚伯拉罕测试了这一区域的辐射，以确保我们的安全。

"我们得想个办法，戴维。"亚伯拉罕说着，我走了过去。

"赞成，"我说道，"不过我们得先救教授，都没有异议吧？"

大家都点了点头。从一开始，亚伯拉罕和科迪就与我和梅根统一了战线，他们愿意把教授带回来，而不是杀了他。我和苏苏在车里的谈话似乎说服了她，她连连点头。

"还有人担心教授为什么会去亚特兰大吗？"科迪问道。"我的意思是，他本来可以留在巴比拉，让各种等级的史诗派听命于他。然而他却搬来了这里。"

"他一定是有所打算。"我说道。

"他掌握了圣凛的所有信息。"亚伯拉罕说,"圣凛很了解史诗派,包括他们的超能力,以及灾星——我想她知道的比任何人都多。我很好奇他在她的数据中发现了什么。"

我点了点头,若有所思。"圣凛说她想要一位继任者。我们知道她卷入了比那座城市更重大的事件。她一直与**灾星**保持着联系,想要弄清他的超能力是怎样发挥作用的。无论她在癌症恶化前策划了些什么,也许教授是在继续她的工作。"

"有可能,"苏苏说,"但会是什么呢?她在计划着什么?或者换一种说法,教授的计划又是什么?"

"不知道,"我答道,"但我很担心。教授是我见过最有效率、最聪明的人之一。他显然不会像史诗派那样坐视不管,只是统治一个城市。他有更大的野心。不管他要干什么,都会**大有作为**。"

我们离开堪萨斯城的时候,要比来这儿的时候严肃得多。两辆吉普车排成单行,这一次离得更近了。我们花了很长时间才到达一个地方,目之所及没有熔化的建筑和伤痕累累的地面。太阳已经升起,我们仍在继续前进。亚伯拉罕认为我们快要接近目标了,最多再开两三个小时。

要让自己从堪萨斯城的恐怖中解脱出来,最好的办法就是做点有意义的事情。于是,我拿出骑士鹰给我们的一个盒子。苏苏在座位上转过身来,好奇地从靠枕上往后看。亚伯拉罕从后视镜里瞥了我一眼，但什么也没说，我读不懂他的情绪。我知道成堆的弹药比亚伯拉罕更善于表达。这家伙有时候就像个禅僧，带着一把小机枪的禅僧。

我打开盒盖，把盒子转了半圈，好让苏苏能看到里面。盒子里有一双手套和一个装满银色液体的罐子。

"水银？"苏苏问道。

"是的。"我说着，拿出一只手套，把它翻过来。

"那些东西真的对你有害吗？"

"不太确定。"我承认道。

"真叫人抓狂。"亚伯拉罕说完停顿了一会儿，"所以这辆车里的每个人都没有太大的变化。"

"哼哼。"苏苏应了一声。

"汞毒性很大，"亚伯拉罕说道，"会迅速吸收到皮肤中，甚至可以释放出有毒气体。当心点，戴维。"

"我先把盖子盖上，搞清楚自己在干什么。看看能不能让水银在罐子里动起来。"

我匆忙戴上手套。顷刻间，一道道紫光顺着指缝流淌到手掌心的水潭。亮莹莹的淡紫色让我想到了震击手套，这完全说得通。教授创造这些也是为了模仿史诗派衍生科技。他很可能借鉴了骑士鹰的设计。

"肯定会令人叹为观止。"我说，想象着读到的关于水银手套力量的信息。我把手放在那罐水银上，但又停了下来。我到底是如何运用超能力的？水湃漓一向很难控制，尽管一开始简单易上手。但是对于震击手套，我花了很长时间才能运用自如。

我试着在心里发出指令，试着用能使震击手套起作用的技巧，但什么也没发生。

"会让我喘不过气来吗，"苏苏问道，"还是，在未来的某个时候？我想先做好准备。"

"我不知道怎么让这些装置工作。"我说着摆了摆手，并再次尝试。

"也许有什么说明？"亚伯拉罕问道。

"得多么精湛的史诗派技术才会附带一本使用说明书？"我说。这也太平淡无奇了。尽管如此，我还是把箱子翻了个遍。什么都没有。

"没有最好，"亚伯拉罕说，"我们应该在一个更加可控的环境中进行尝试，或者至少等我们驶离这坑坑洼洼的路段。"

我叹了口气，脱下手套，拿起那一大罐水银盯着看。这东西很是奇怪。我曾想象过液态金属会是什么样子，但这完全出乎意料。它流动得相当轻快，极具反射性，就像有人熔化了一面镜子。

亚伯拉罕又一次敦促后，我把罐子收了起来，把盒子放在脚边，不过我还是发了一条短信给骑士鹰，寻求指示。然而没过多久，梅根的车就在我们前面减速了。亚伯拉罕的手机嗡嗡作响。

"是吗？"他一边说，一边轻敲着耳机，把它压得更紧，

"哈,感兴趣。我们现在就停车。"他放慢了车速,然后回头看了我一眼。"科迪发现前方有东西。"

"那座城市吗?"我问道。

"很近,有它的踪迹。看两点钟方向。"

我掏出枪,拉开吉普车的顶篷,站起身来。从这个角度,我可以看到路面上一些非常有趣的东西——一大片被夷为平地的荒野,一直延伸到远方。

"城市当然是这样来的,"亚伯拉罕在下面说道,"你从这里看不出来,那只是一条枯草带的一部分,有一座城市那么宽。伊迪西亚在它移动时留下了这些痕迹,就像一条巨大的鼻涕虫踪迹。"

"太好了,"我打着哈欠说,"我们去追它吧。"

"附议,"亚伯拉罕补充道,"看仔细点,科迪说他发现有人在这条行迹上走。"

我又看了几眼,确实有几小队人在宽阔的路面上跋涉。"哈,"我说,"他们要离开这座城市,正朝着北面移动,对吗?"

"对,"亚伯拉罕答道,"科迪和梅根也被弄糊涂了,你想去调查吗?"

"没错,"我说着,坐回吉普车里,"我会派另外两个人过去。"

当我给梅根发短信的时候,我们驶离了公路,向那片枯草带移去。看看你们能从那些掉队的人身上发现什么,但别冒险。

他们是难民，她回信道，会有什么样的风险呢？坏血病？

• • •

科迪和梅根继续往前走，我们犹豫了一下，踌躇不前。我本想打个盹，但吉普车的座位太不舒服了。尽管没什么理由瞎操心，我还是替梅根捏了把汗。

终于，她来短信了。他们是难民，也知道教授这个人，尽管他们称他为绿光。但他在这里已经待了两三个星期，其他的一些史诗派都在反抗他，而带头人则是一个叫盗窃者的人。

人们逃离这座城市，是因为他们认为教授和盗窃犯之间的对抗即将来临，他们认为自己会暂离一两个星期——在离开这片土地之前，回去看看谁最终控制了这里。

他们有说这座城市有多远吗？我问道。

他们已经走了好几个小时了，她回信道，也许……坐吉普车只用一两个小时？他们说我们会赶超其他向伊迪西亚行进的难民——来自堪萨斯城的人。

所以至少有一些居民逃脱了。听到这里我就放心了。

我给苏苏和亚伯拉罕看了短信。

"这篇关于伊迪西亚政治的笔记写得很好，"亚伯拉罕说道，"这意味着教授在这座城市里没有稳定的超能力。他没有资源来监视我们。"

灾 星

"我们能进去吗?"苏苏问道,"不会被怀疑?"

"我们可以混入堪萨斯城的难民中。"我答道。

"我们甚至不需要这样做,"亚伯拉罕说,"盗窃者允许人们进出伊迪西亚而不受惩罚,所以经常有一小拨人进进出出。我们可以扮成乐观的劳动者,他们很快便会接纳我们。"

我缓缓点了点头,然后下达了继续越野的命令,但对那一片死寂的土地敬而远之。在世界大部分地区,工作中的汽车都是新奇玩意儿,必须将其改装成动力电池驱动。如果我们离那些绝望的人太近,谁知道会陷入怎样的愚勇?

梅根和科迪重新回到队伍,我们一起在崎岖不平的地面上走了大约一个小时。透过望远镜,我发现了伊迪西亚的第一个痕迹:田野。它们沿着城市生长,绕过了死寂的土地。我有预感:亚特兰大以农产品著称。

发现田野后不久,我注意到面前的地平线上出现了另一种景象:一条天际线从一处大到毫无特色的景观中心升起,显得不太协调。

我们发现了亚特兰大,或者叫伊迪西亚,这是它现在的名字。

一座盐城。

第十三章

我坐在吉普车的引擎盖上,用瞄准镜打量这个城市,车停在离伊迪西亚一两英里远的一片小树林里。伊迪西亚是由一大片老亚特兰大城——市中心、中城区和一些周边的郊区——组成的。据亚伯拉罕说,整座城大概有七英里宽。

这里的摩天大楼让我想起了新加哥——不可否认的是,生活在城市里并没有让我对天际线印象良好。这些建筑物的间距似乎更大,楼顶也更尖。更何况,它们是用盐造的。

当我听说盐城的时候,想象中的画面是一座半透明的水晶城。天啊,我错了。这里的建筑物大多是不透明的,只有阳光照射到的角落呈半透明。它们看起来更像是石头,而不是由可食用粉末状晶体构成的庞大楼体。

摩天大楼五彩斑斓。粉红色和灰色占了上风,瞄准镜的放大效果让我分辨出墙面上的白色、黑色甚至绿色纹理。说实话,看上去真的很美。

城市景致也不是一成不变。我们是从背后接近的——这座城市肯定有一个"背面"和一个"正面"。城区的后方正在慢慢地崩塌,就像雨中的土墙一般。在我观望时,一座摩天

灾 星

大楼的整个侧面都散架了。紧接着整个楼体轰然倒塌，即使在这么远的地方也听得见。

盐在下落时堆砌成块，越往下体积越小。但这也说得通，大多数史诗派的超能力都造不出永久的物品。倒下的盐体建筑最终会融化并蒸发不见，留下我们走过的被夷平的死寂地面。

据我所知，在城市的另一边，新的建筑会像水晶一样崛地而起，亚伯拉罕解释说。伊迪西亚在移动，但不是借用腿或轮子。它像霉菌一样爬过一片被丢弃的面包。

"哇哦，"我放低步枪说道，"太不可思议了。"

"是啊，"亚伯拉罕在吉普车旁说，"生活在这里很难过活。你看，整个城市每周都在循环往复。即使在后方朽坏的建筑也会在前方再生。"

"听上去很酷。"

"实则是一种痛苦，"亚伯拉罕重复道，"想象一下，如果你的家每七天就坍塌一次，你不得不因此穿过城市搬到一个新的地方。不过，当地的史诗派并不比其他地方的更残忍，而且这座城市也有一些便利条件。"

"水源？"我问道，"电？"

"他们的水源收集自雨水，因为当地的史诗派，这里降雨频繁。"

"暴风，"我点着头说，"况且——"

"盐不会化吗？"我还没来得及问，亚伯拉罕就插嘴了：

"是的,但这关系不大。背面的建筑物在倒塌时确实会风化,也许还会漏水,但过程是可控的。更大的问题是如何收集到不太咸的饮用水。"

"用不到管道了。"我说。清算者在巴比拉的藏身处有一个化粪池,那是很棒的奢侈品。

"富人有的是电,"亚伯拉罕说道,"这个城市拿食物换电池。"

梅根信步走来,用一只手遮着眼睛,观察这个城市。"你确定你的计划能让我们进去吗,亚伯拉罕?"

"哦,当然,"亚伯拉罕答道,"进入伊迪西亚从来都不是问题。"

我们再次挤进吉普车,小心翼翼地绕城一周,并与伊迪西亚保持一定的距离以防万一。最后,我们把吉普车丢在了一座旧农舍里。不管有没有清算者花里胡哨的锁,心里都十分清楚,回来的时候吉普车可能已经不在那里了。我们还换上了破旧的牛仔裤、脏兮兮的外套和背包,包的两侧塞着旧水瓶。等我们出发的时候,看起来就像一群孤独患者,为了生存而努力工作。

接下来的徒步旅行让我躲过了吉普车的颠簸。当接近伊迪西亚市的边缘时,我们走过了不少田野——我曾读到过,也听说过,但在这之前却从未见过。

在"散众国",城市与国家之间的联系比我设想的要多得多。也许史诗派可以在没有任何基础设施的情况下存活,但是他们想要统治臣民。如果没有随意处杀的农民，拥有强大的毁灭和愤怒之力又有何用？不幸的是，农民得有饭吃，否则他们会在被杀之前活活饿死。

这意味着要在你的城市建立起某种结构，找到可以交易的产品。市内生产的盈余粮食可用来交换电池、武器或奢侈品。这种经营方式很令人满意。史诗派最初现身时，肆意破坏了一切，连国家的基础设施也不放过。现在他们被迫物归原位，成为城市的管理者。

生活不总是公平的。你不能在摧毁周围的一切后，又活得像个国王。

田地亦是如此。我注意到市内道路旁的那些地已经收割，但是这里还有大片待收成的玉米地。人们大批量地耕种，尽管是早春，已然迎来了收获季。

"暴风又来了？"我低声对身旁同行的亚伯拉罕说。

"没错，"他答道，"她带来的雨水能使城市里的作物快速生长，每十天就有一次新收成。人们周期性地和她一起旅行，在城市的道路和植物前停留几天，然后由她浇灌田地。劳动者走在前面，管理着农田。等暴风穿城而过时，他们又折回城内。哦，你最好低着头。"

我无精打采地低下了头，俨然一副生活在史诗派统治下的姿态。亚伯拉罕不得不用胳膊肘轻推了一下梅根，因为她碰到了我们经过的一名警卫，目光挑衅，那是一名肩上扛着步枪、唇上挂着一丝讥笑的女人。

"继续往城里走,"那个女人边说边用枪指着伊迪西亚,"你们要是胆敢碰一根玉米穗,就杀了你们。想要吃的就去跟工头说。"

随着离城市越来越近,我们找到了一群腰上系着棍棒的护送者。他们的注视让人很不自在,但我一直目光低垂,审视着靠近城市的过渡段。起先,地表上有些许硬壳。我们越走越近,脚下嘎吱嘎吱地响个不停,岩层也越来越厚,直到我们踏上了真正的盐石。

再靠近一点,我们又经过了一些象征建筑物的突起。这里的盐是灰白色的,由几十层不同的分层融合而成,像一缕缕彩带,像冻结的烟雾。我能看到石头的纹理,让人想伸手去触碰,去感受。

这地方闻起来怪怪的,我猜是咸味。市内空气干燥。田地里湿漉漉的,更能反衬出空气是多么干燥。我们加入了一小队人,等着进入市区。那里的建筑不大不小,正好合适。

目光所及还有一种熟悉感——均匀的质地和色调,甚至夹带着颜色的变化,这让我想到了新加哥的钢铁。这个地方对他人而言可能极为陌生,所有的东西都是用固体盐做的,但在我看来却不以为奇,感觉就像回家一样。又是一种讽刺。对我来说,舒适与史诗派所创造的东西有着内在的联系。

我们有了大概的方向。同我们聊天的人很惊讶我们不是来自堪萨斯城的难民,他讲话又快又直接。这里的食物属于盗窃犯。如果想要的话,就得努力争取。这个城市没有警察,所以他说，如果能找到一个接纳新成员的社区，我们可能会想加入其中一个。史诗派可以为所欲为，最好离他们远点。

这里似乎缺了点新加哥的城市结构。在那里，钢铁心创建了一个非史诗派的上流社会，并使用了强大的警力来维持公众秩序。而且我们在新加哥不仅有电有手机，甚至还有电影看。

这让我很困扰。我不想承认钢铁心作为领导者比别人要能干得多，尽管我对此早已心知肚明。见鬼，梅根在我刚加入这个团队的时候，基本都告诉了我。

定位完成后，我们遭到搜查——亚伯拉罕警告过我们，所以梅根打算在几个袋子上小心翼翼地使用超能力。这样一来，我们的电池和先进武器等工具就被伪装成了寻常物品。她留下一把漂亮的手枪作为赃物，完全不加掩饰，好让守卫们自己拿去"充公"，这是进入城市的一种变相收费。不过他们允许我们持有普通武器，就像亚伯拉罕说的那样。在城市里持有武器并不违法。

搜索结束后，我们消除了嫌疑。之前给我们指路的那个人提醒道。"你们可以占领任何未被占领的建筑。但如果我是你，我会在接下来的几个星期里低调行事。"

"为什么？"我问道，把背包挂在肩上。

他打量着我。"史诗派之间的纠纷。只要保持低调，就没什么可烦恼的。未来几天的食物可能会更少。"他摇了摇头，然后指着边境外的一堆板条箱。"我告诉你们吧，"他对我们和几个新来的人说,"今早我失去了我的工作人员。扯火的白痴跑掉了。你们帮我把那些板条箱运进来,我就给你一整天的征收粮食,算你早上就开始工作。"

我看向其他人,他们只耸了耸肩。如果我们真的是假装独行的人,我们绝不会错过这样一个机会。几分钟之内,我们就搬上了板条箱。这些木制容器上印着 UTC 的刻痕,UTC 是一群游牧商人,受制于界石(一名能操纵时间的史诗派)。很不幸,我好像错过了她的来访。我一直想见见她本人。

工作很辛苦,但也确实给了我一次参观城市的机会。伊迪西亚人口稠密,即使有大量的人在田间劳作,街道还是很拥堵。路边只停靠着用盐造的车辆,而盐则是城市最初改造时的残余物。显然,当这个城市每周重新发展的时候,这些盐车也会被复制,当然这些车仅仅是摆设。相反,自行车多得惊人。

洗好的衣服晾在窗外的绳子上。孩子们在路边玩塑料车,他们的膝盖浸在地面上的盐里。人们手提着从集市上买来的商品。我跑了几趟后,终于找到了离我们那条路不远的第一街道,这条街介于城市的外围和一个仓库之间,大约半个小时的路程。

当我搬着一个又一个箱子来回走动时,我对这些建筑的生长有了直观的印象。就在边界内,凸起的部分形成了地基的旋钮,就像在风中屹立了几个世纪的石头,饱经风霜。除此之外,建筑已经开始完全成型,墙壁向上延伸,开始出现砖块了。反观之正如侵蚀一般。

  整个过程并不完美。偶尔我们会经过地面或建筑物间未成型的块状物，就像盐的癌变一样。我寻问另一位搬运箱子的人，他耸了耸肩，告诉我每周都有一些违规行为。下次这个城市开始循环的时候，这些块状物就会消失，但会长出其他的东西。

  在我看来，这一切都很迷人。我在那里逗留了很长一段时间，直到形成了一排公寓，由一层黑蓝色的盐层组成，其上有漩涡状的图案。尽管非常缓慢，我几乎可以看到建筑物在上升，就像未被舔过的冰棒一样。

  这里也有树，但不同于新加哥——那里没有任何有机物发生变化。这些树木就像建筑一样，由盐精心制作而成。在这里，它们只是树桩，但在更远的地方，它们已经长成了大树。

  "不要盯着看太久，新来的。"一个女人走过时提醒道，掸去她手套上的灰尘。"那是英科姆的地盘。"她是从田地里雇来和我们一起运货的工人之一。

  "英科姆？"我问道，追上亚伯拉罕，在他经过时向他点头示意，推着另一个箱子。

  "那片社区，"高个女人说，"大门紧闭——他们不接受新成员。他们会等到后缘分解才行动。然后通常会搬进那片公寓群，直到他们的家园重建完毕。在英科姆迁出后，巴尔钦则会乘机而入。你不会想和他们打交道的，一群讨厌的家伙。

他们允许任何人加入,然后拿走你一半的口粮,只让你睡在两栋建筑物之间的阴沟里,就这样待够一整年。"

"多谢指点,"我说着,扭头看了看那些笨重的建筑,"不过,这地方这么大,看起来有不少空地。我们为什么偏要加入一个家庭呢?"

"为了寻求保护,"女人答道,"当然,你完全可以在空屋子里安营扎寨——有很多人这样做——但如果没有一个好的家庭在背后提供支持,你可能会被打劫、失明,或者落得更惨的下场。"

"暴徒,"我说着,声音有些颤抖,"还有什么我应该知道的吗?难道就没有新的史诗派值得担忧吗?"

"绿光?"她说道,"是啊,我不会妨碍他。不会妨碍任何史诗派,甚至比以往更加注意。绿光正主宰这座城,但也有一些钉子户——比如暴风和盗窃犯。一场战争正在酝酿之中。不管怎样,史诗派就像摩天大楼一样,最好离市中心远点。现在市中心快到五了。"

"……五岁?"

"它长了五天了,"她答道,"再过两天,摩天大楼就会解体消失。通常来说,那会是一周内最困难的时候。当市区里较高的建筑开始倒塌时,史诗派开始感到厌烦,便想找点乐子。一些人搬到了中城区。另一些则四处游荡。大概过了一天左右,他们的套房又会重新长出来,他们的仆人负责把一切都搬走。一般来说,这时再现身就遇不到什么麻烦。但我也不清楚，超能力斗争将如何改变这一切。"

我们走到城市边缘的一堆板条箱处，我从那堆箱子里抱起了一个，仍然背着我的背包，我并不打算撇下包，即使它增加了我每次旅途的负担。我还有其他可以问的问题要问这个女人吗？

"你和你的朋友都是好工人，"那个女人一边说，一边给自己也拿了一箱，"也许能在我家附近给你们找个地方住。但也说不准，得由道格决定。不过我们算得上公平，只拿四分之一的口粮——用来喂老人和病患。"

"听上去很诱人。"我说道，尽管一点也不吸引人。我们想在城市的某个地方建立自己的安全屋。"我要怎么申请呢？"

"最好别，"她答道，"只需早上在边缘地带出现，做一些苦力活。我们会监视的。千万别来找我们，否则会倒大霉。"

她举起箱子，大步走开了。我调整了一下自己手中的箱子，注视着她离开，发现在她的外套后侧，微弓的背部藏着一支很可能是手枪的东西。

"艰苦之城。"苏苏嘟囔着，搬起一个箱子从我身边走过。

"是啊。"我说。但其实并非如此。

我把箱子扛在肩上，沿着路往下走。这一切刚开始的时候，我年龄尚小只有八岁，是一个流落街头的孤儿。在被骗之前，我独自生活了一年。我记得大人们悄无声息地谈论社会的崩溃瓦解，预言可怕的事情，比如同类相食、帮派焚烧他们能找到的任何东西、家庭破裂——每个人都在为自己而活。

这并没有发生。人类就是人类。无论发生什么事,他们都会自发组成社区,为恢复正常的生活而斗争。即使有史诗派的存在,我们大多数人也只想过自己的日子。那个女人的话很刺耳,但也充满了希望。只要你努力工作,就可以在这个世界上找到一个容身之处,哪怕这个世界很疯狂。这还算振奋人心。

我笑了笑。就在那时,我才发现街道上早已空无一人。我停下了脚步,紧皱着眉头。孩子们都散伙了。路上一辆自行车也没有。窗帘被拉了下来。我转过身去,看到其他几个工人正往附近的建筑物里钻。那个和我说话的女人从我身边匆匆经过,她的板条箱也不知掉到哪里去了。

"史诗派。"她发出嘘声,冲向一处敞开的门,那里曾经是一个店铺,然后跟着另外几个人走了进去。

我急忙把板条箱撇在一边,紧随其后,拨开挂在门上的布帘,和她一起同一家人挤在昏暗的灯光下。一个比我们先进来的男人掏出了手枪,警惕地看着我俩,但他并没有用枪指着我们。目前的含义再清楚不过了:我们可以一直待到史诗派离去。

门口的布帘轻轻飘动着。他们用这种门遇到的麻烦可能不比我们在新加哥时少。我确信盐做的门很难用,所以门被砸掉了,仅仅用一块布来代替。并不是特别安全,但这也是持有枪的原因。

灾星

  商店的前窗是用更薄的盐造的，几乎是一扇玻璃窗。由于窗子一片雾蒙蒙，根本看不清里面的情况。商店里透着光亮，能看到有一个影子经过。那是一个人影，身后拖着一个球形的发光物。

  绿光。我认出了那个人的影子。

  哦，不，我内心喊道。

  我只好走近去看，别无他法。当走到门口，瞥见外面街道上随风飘荡的衣服时，其他人都对我发出嘘声。

  那个人是教授。

第十四章

　　我曾以为自己能一眼认出史诗派。但事实上我和清算者一起待了两周的时间，也没能认出这群人里混着的不止一个而是两个史诗派。

　　也就是说，史诗派正处于超能力的阵痛之中。他们站着时那么高大，他们笑起来那么自信。史诗派很引人注目，就像祈祷时的打嗝声一样。

　　教授和上一回见到时没多大变化，穿着黑色的实验室工作服，手上微微泛着绿光。他顶着一头灰白的头发，没有人能想到他的体格如此强健。教授身强体壮，坚如石墙一般，或是一台推土机。你从不会用优雅一词来形容他，但也绝不敢在他面前插队。

　　他大步走在灰白相间的街道上，背后是一个球形的力场，有一个人被困在里面。长长的黑发遮住了她的脸颊，身着一件传统的旗袍。她就是暴风，是这位史诗派带来了雨水，使农作物飞速生长。之前和我交谈过的那位女士说，她一直在反抗教授的统治。

　　看起来一切都变了。教授在我藏身的商店外停下了脚步，然后转身朝着沿街建筑的窗户望去。我便低下头回避，心怦怦直跳。他似乎在寻找什么东西。

扯火！怎么办？逃跑？我的步枪放在背包里，被拆卸开了，不过衬衣下面的腰带里还塞着一把手枪。正如亚伯拉罕所言，外面的守卫对他放行了。他们显然不在乎里面的人是否持有武器。似乎早就料到了。

好吧，枪并对教授不起什么作用。他是坐拥**两**大无敌装置的高等史诗派，他的力场不仅能保护他免受伤害，而且就算他真的受伤了，也会很快痊愈。

我还是把手枪从腰带上脱了下来。房间里的其他人挤在一起，默不作声。如果还有别的出路，他们可能已经择路而逃——尽管不是百分之百的确信。许多人选择躲避史诗派而不是逃跑。他们认为唯一的解决办法就是蹲下身子，等待一切过去。

我又一次透过门口偷看，心如鼓擂。教授逗留在原地，但他转身看向了街对面的一栋建筑。我赶紧擦去额头上的汗，以免汗水流进眼睛，然后从口袋里掏出耳机塞了进去。

"有人见过戴维吗？"科迪问道。

"我在最后一轮碰到过他。"亚伯拉罕回应道，"我想他应该在仓库附近。离教授挺远。"

"是啊，差不多。"我低声道。

"戴维！"梅根的声音，"你在哪儿？快躲起来，教授正沿着街在走。"

"我看到了，"我说道，"他似乎在找某样东西。大家都在什么位置？"

"我发现了一处视野开阔的地方，"科迪说道，"离目标大概十五码远，在一栋建筑的二层，窗户是敞着的。我正盯着他呢。"

"梅根拉住了我，"亚伯拉罕说，"把我拖到一个角落里。我们在东边的一条街上，看着科迪用我们的手机发信息。"

"守住阵地。"我低声道，"苏苏？"

"还没有她的消息。"亚伯拉罕说。

"我在这儿，"苏苏气喘吁吁地应了一声，"嘿，我差点撞到他了，伙计们。"

"你在哪里？"我问道。

"快跑，径直来我们的街道。我好像在一个市场，每个人都躲起来了，这里挤满了人。"

"待在原地别动，"我小声说道，"接入科迪的频道。这可能与我们无关。他显然是在炫耀自己捕获了暴风，而且……扯火。"

"什么？"苏苏问道。

教授在发光。当他在街上转过身时，淡绿色的光从他身上发散开来。"你要出来吗？"他怒吼道，"我知道你在这里！快现身！"

我憎恶教授的声音听起来那么……像一名史诗派。他向来粗暴，但这一次却有所不同。怒火中烧，专横又苛刻。我握着枪,手掌心直冒汗。身后,一个孩子吓得哭了起来。

"我负责把他带走。"我低声说。

"你说什么!"梅根追问道。

"没时间了,"我说着站了起来,"如果他开始在这个地区搜捕我,他会杀人的。我得率先引起他的注意。"

"戴维,不行,"梅根说道。"我正在朝你这边赶来,只是……"

教授伸出胳膊,指着他面前的那座建筑——不是我这座,而是街对面的一栋公寓楼。大约有八层楼高,完全由粉红色和灰色的盐建成。

教授弹指一挥间,那栋楼蒸发了。

我看过他在新加哥用超能力干了不可思议的事情。他打败了一支执行小分队,并摧毁了他们的武器、子弹和铠甲。但与此相比,那些都算不了什么。一眨眼的功夫,他就把整幢大楼夷为了平地。

教授的力量不仅摧毁了盐造的建筑物,还摧毁了其中的家具,让人们和其个人物品直线下降。人们重重摔倒在地,传来一声声可怕的重击和惨痛的哭喊声。只有一个人还在二十英尺高的空中飞行。他举起一对乌兹冲锋枪,冲着教授开枪射击。

当然,子弹并不起作用。转眼间,那个盘旋的人就被一个发光的绿色球体包围了。他扔掉了枪,惊慌地摸着新监狱的墙壁。

教授捏紧了拳头。球体缩小至一个篮球大小，把里面的史诗派挤成了肉酱。

我看向别处，突然感到一阵恶心。那个……他就是这样杀死艾科瑟尔和瓦伦的。

"虚惊一场，"科迪在线路那头说，听起来松了口气，"他不是在找我们。他在追捕那些一直跟踪盗窃犯的史诗派。"

教授松开了球体，把死去的史诗派的残肢甩到地上，发出了一种恶心的啪嗒声。这时，有人从我隔壁的一家商店里走到街上——还是个十几岁的少年，打着松垮的领带，头戴一顶帽子。他面对教授站了一会儿，然后单膝下跪向他鞠躬。

一团球形的发光体重新出现在他周围。年轻人惊慌地抬起头。教授伸出一只手掌，似乎在掂量这个新来的人。然后他把手往旁边一划，球体就消失了。

"记住那种感觉，小史诗派，"教授嘱咐道，"你就是他们口中的迪纳摩吧。我接受你的忠诚，虽然有点晚。你的主人呢？"

他倒吸了一口气后才敢开口。"我以前的主人？"年轻人问道，声音有些哽咽。"大人，他是个懦夫。他背弃了您。"

"今天早些时候，他还和你在一起。"教授说道。"他去哪里了？"

年轻人沿街指了一下，手微微颤抖。"他在那条街上有一个安全屋。不准我们加入。我可以指给你看。"

教授做了个手势，那个年轻人摇摇晃晃地从他身边跑过。

教授把手背在身后，开始跟在后面溜达，但又停了下来。

我屏住了呼吸。哪里出错了？

教授朝我的方向走了几步，然后跪了下来，观察着我刚才掉在地上的板条箱。箱子的侧面裂开了。他用脚踹了一下，若有所思。

"大人？"年轻人问道。

教授转身抛下板条箱，扫了一眼年轻人的背影，他的实验室工作服呈现出波浪状的起伏。携带着暴风的力场像一只听话的小狗一样，乖乖跟在后面。躲在室内的女人没敢抬头。

我松了一口气，倒在墙上，放下了紧握在手里的枪。

"苏苏，"我对着电话低声说道，"他朝你那边去了。"

"看来他是在找盗窃犯，"梅根在线路的另一头说。"我们成功让他和这座城市的前首领交了最后一次手，太值得高兴了。"

"我在用瞄准镜跟踪他，"科迪说道。"但等他走过下一条街口时，我就看不太清了。需要我继续监视吗，兄弟，还是暂停收手？"

"离他太近的话很危险，"亚伯拉罕说道。"若是他瞥见我们中的任何一个人……"

"是啊，"科迪说道，"但我很想知道，在被我们打倒之前他要做些什么。想想他对那栋建筑的作所作为……相比之下，震击手套脆弱得就像小孩子的玩具。"

"比喻还不错，"我心不在焉地说道。"我们需要知道他和盗窃犯对峙的战果，如果对战发生的话，科迪，就看你能不能及时就位。苏苏，我要你离开那里。"

"正在试着离开，"她咕哝着说，"我和很多人挤在一个房间里，况且……我不清楚自己多久才能出去，伙伴们……"

好吧，我们不会在自己人有危险的时候选择撤退。"梅根，准备分散他的注意力。亚伯拉罕，跟梅根待在一起，"我深吸了一口气，"我去跟踪教授。"

没人反对，他们都信任我。没时间收拾我的戈特沙尔克步枪了，我背起背包站在门口，透过飘动着的布帘窥视。在离开之前，我瞥了一眼房间里的其他房客。

他们所有人都目瞪口呆地盯着我，包括带着孩子的男人和刚才跟我说话的女人。

"你是说你要跟踪那名史诗派吗？"那人质问道，"你疯了吗？"

"不，"那女人轻声说道，"你是他们中的一员，不是吗？那些作战的人。我听说你们在纽约都被杀了。"

"请不要告诉任何人你看见我了。"我说着，举起枪向他们敬礼，然后溜到了空荡荡的街道上。

我停下脚步，轻推了一下教授为之停留过的箱子——我扔下的那个板条箱。里面装满了各种食品，就是那种必须通过贸易才能买到的包装食品，它们来自仍建有工厂的城市：豆类、鸡肉罐头、苏打水。我点了点头，匆匆朝教授的方向赶去。

第十五章

"好吧,"我说着,把车停在一条小巷子的墙边,手里紧握着手枪,"我们一定要格外当心。首要目标是确保苏苏能安全撤退。信息收集排第二位。"

一连串的"收到"出现在线上。我把手机屏幕接入了科迪的信号。我们的耳机有一部分缠绕在耳朵上并指向前方,可以让我们中的任何一人看到另一个人在做什么。

他正沿着黑暗的走廊往下走。朦胧的灯光从他右侧的墙体上透了过来,像是在某人的嘴里打着一个手电筒。他来到一间还保有一扇盐门的房间。令我很惊讶的是,他推门的时候门居然动了。他溜进了房间,蹑手蹑脚地走到窗前,用步枪的枪托把窗户上的盐玻璃杵碎了一块儿,这远比我想象的要困难,然后他把枪口伸了出去。当他用瞄准镜代替耳机接通信号的时候,我们便在几层楼高的地方占据了有利位置。

市场的位置很显眼,那里是一处老旧的停车场,四周挂着五颜六色的布帘和遮阳篷,一直延伸到周边的街道上。

"是啊,"苏苏说,科迪正专注地看着镜头,"我到那里了。被人群挤到了较低的一层楼。正在爬楼梯,还有很多人藏在这里。"

教授径直走向市场，力场发出的绿光把整条街映照得通亮。我沿着与之平行的小路走进一条小巷子里，最后在一些粉色盐造的灌木丛旁躲了起来。

事实上，这片灌木丛还在生长。我盯着小树枝上冒出的水晶般的盐叶，瞬间被惊呆了。我原以为这里的一切都是在城市的边缘发展起来的，一旦扩张成亚特兰大般的规模就会停止生长，保持静态。不过，市内的部分地区似乎还处于发展阶段。

"戴维？"一个声音低声说道。我转过身，看到梅根和亚伯拉罕朝着我爬过来。

行吧，行吧。朋友和导师杀人不眨眼。我应该集中注意力。

"梅根，"我说道，"加一点掩护也许会更好。"

她点了点头，全神贯注。一眨眼的功夫，我们前面的灌木丛就变得密密麻麻。这是一种幻术，把另一个世界更为稠密的灌木阴影拉了进来，整个过程完美无瑕。

"谢谢。"我说着，脱下了背包，迅速组装好步枪。

教授大步流星地走到离我们不远的街上。之前见过的少年史诗派在给他带路，他们一边走一边比画着手势。暴风的泡影停留在一条巷子的入口处，盘旋了许久。

和教授同行的年轻的史诗派……迪纳摩？我不确定他有什么超能力。在这样的城市里会有许多资质平平的史诗派，

灾 星

我根本没记全他们。

　　迪纳摩指了指地面，而后又指向市场。教授点头示意，可惜我离得太远，听不见他们在说什么。

　　"一间地下室。"亚伯拉罕低声说，"那里一定是安全屋，或许是一间连通停车场的办公室？"

　　"这座城还能有地下室？"我问道。

　　"不会很深，"亚伯拉罕说着，用脚轻轻地踏了踏地面，"依地区不同，伊迪西亚可以在一些地方几层楼高的盐岩上生长。伊城复制了原来亚特兰大的景观，填补了坑洞，创造了山丘。它和几英尺外的地方一样浅，但这里的地表很坚实。我们去仓库的时候，你注意到那个斜坡了吗？"

　　我没怎么注意。"苏苏，"我说道，"他可能会进去。状态如何？"

　　"被困住了，"她低声说，"楼梯上挤满了人，每个人和他们的狗都想藏在这里。说真的，这里有四只狗。我找不到出路。"

　　教授并没有跟着年轻的史诗派去停车场。他沿街走得更远了，两只手在前面扫来扫去。

　　街道融化不见了。盐变成了粉末，飘散在空气中被阵风吹走。这是由于教授快速推动两个凹形力场生成的。剩下的部分被排进了下方一个凹陷的空间，只留下一段楼梯，教授迈着大步走了下来。

　　这太不可思议了。我研究过史诗派，提出过自创的分类系统。我承认自己对此有点痴迷。就像一百万学龄前儿童在同一时间一遍又一遍地问问题一样，或多或少都会令人反感。

教授的力量是独一无二的——他不仅能摧毁物质，还能塑造物体。这是一种美好的毁灭方式，我发现自己十分嫉妒他。在过去，我也拥有过那种与生俱来的力量。钢铁心死后，教授就不再这么做了。尽管我有水湔漓可供消遣，但我看得出来，那时的他已经要离开我们了。

当时他从治安军手中救了我，我意识到，那也正是问题的开始。

是我让他走上这条路的。我知道，不管自己是否加入了清算者的队伍，圣凛想要转变教授的阴谋都会得逞，我不可能承担所有的责任，但也免不了责任。

"苏苏，"我对着线路说，"坚持住。你那里也许是最安全的。"

教授下行至他刚刚发现的房间，科迪在上面的有利位置方便让我们用手机观看动静。教授下去没多久就拽住一个人的衣领，转身大步走了上来。重回到街上，他把那个人扔在一边。那人四肢无力地倒在地上，脖子歪成了不太自然的角度。

"一个诱饵，"教授咆哮道，他的声音传遍了广场。"盗窃犯是个懦夫，我明白了。"

"诱饵？"梅根说着，从我手里接过步枪，拉近了尸体的镜头。

"哦哦,"我兴奋地小声说道,"盗窃犯吸收了死落。我从前就想过他会不会这么做。"

"说人话,跪娃,"梅根说,"死落?"

"一名曾经住在城市里的史诗派。他可以制造自己——类似于有丝分裂,但死落一次只能造几个。我猜最多三个?不过,这些分身各自保留了他的其他力量。而且,呃,你知道盗窃犯是多么……"

另外两个人茫然地看着我。

"他是冒充者……你不知道那个人干了些什么吗?"

"当然,"科迪对着电话说道,"把你和梅根弄得像个傻瓜,好让你们恨那个家伙。"

我叹了口气。"你们这些人知道得很少,因为你们训练有素,是专门负责狩猎史诗派的队伍。"

"缇雅的职责是维护史诗派和他们的超能力,"亚伯拉罕说道,"现在归你管了。我们还没有得到简报。"

我在城里待了几天,花时间调查清楚有哪些人在这里,哪些人不在。我本打算让他们坐下来,向他们说明所有需要监视的史诗派。我应该早点准备好对付盗窃犯的。我们太专注于教授了。

"冒充者,"我说道,"是赋能者的反面教材。盗窃犯从其他史诗派身上窃取力量——这是他与生俱来的一种能力,也因此变得无比强大。也就是说,大多数冒充者只是'租用'了力量。盗窃犯可以永久占有另一名史诗派的能力,且想要多少就留多少。他收集到了各式各样的超能力组合。如果教授发现了一个分身，就意味着盗窃犯霸占了死落的力量。这是一种会克隆自己作为诱饵的史诗派，为其灌输自己的意识和力量，并在诱饵受到威胁时全身而退。"

我从梅根手中拿回了枪，仔细端详诱饵。它被杀死后身体开始快速腐烂，骨头上的皮肤融解了，就像棉花糖从烤棒上脱落一样。毫无疑问，教授意识到自己并没有干掉真正的盗窃犯。

"盗窃犯让其他史诗派很不舒服，"我解释道，"他们不喜欢被人夺走自身的能力。对他们来说幸运的是，他不是很有野心，总是满足于待在伊迪西亚。女巫团会依赖他——或他的思想——来阻止其他史诗派进入他们的领地……"

梅根和亚伯拉罕正在对我翻白眼。

"怎样？"我问道。

"你看上去像刚刚找到了一个旧硬盘，"梅根答道，"里面全是你最喜欢的灾前乐队的失传老歌。"

"这东西真酷。"我一边观察着教授，一边嘟囔道。他似乎不太满意之前在那个洞里发现的东西。现在他正在考虑去市场，我从外面就能看到像苏苏说的那样挤满了人。

"我不喜欢他脸上的表情。"亚伯拉罕说道。

"伙计们，"苏苏说，"我想我在一堵外墙旁边，眯着眼睛就能透过它看见阳光。也许可以从这里把我弄出去。"

亚伯拉罕看着梅根。"你能在没有墙的地方，开一个通往另一个维度的传送门吗?"

梅根对此持怀疑态度。"我不知道。我施的大部分幻术都转瞬即逝，除非我最近才重生。只要另一个世界和我们的非常相似，我可以把一个人困在那个世界一段时间，或者把那儿拉入我们的世界。但它们只是影子，有时万物似乎会在影子消失后重置。"

教授仍在移动，大步流星地走向市场。他打了个响指，迪纳摩朝他冲了过去。随后教授便开口了，他的声音在这片区域里低沉地响了起来，如同被扩音器放大了一般。

"我要毁了这座建筑，"教授指着市场说，"还有附近的所有人。"

啊，对，我一下想到。*迪纳摩，他的手法很高明。*

然后我被吓坏了。

"想活下去的人，"教授继续说道，"都必须到广场上来。逃跑的会死，留下来的话也会死。给你们五分钟的时间。"

"哦，该死，"科迪在电话里说，"你想让我干掉他？让他分神？"

"不，"我说，"他会来找你的，我们会用一个问题来交换另一个问题。"我看着梅根。

她点了点头。如果她故意制造干扰，教授会来找她，她将随之重生。扯火。我讨厌把她的死亡能力视为一种可以任意处置的资源。

希望我们不需要这样做。

"亚伯拉罕，往后退，支援科迪。"我命令道，"如果出了什么问题，你们两个继续执行在城里建安全屋的计划。千万别被他发现。"

"收到，"亚伯拉罕问道，"你俩呢？"

"我们去和苏苏接头，"我说，"梅根，你能给我们变出一些临时的面孔吗？"

"没问题。"她集中意念，转眼间我们就变了——眼睛的颜色不对，脸型太圆了，头发是黑色的，不是金色。我以为自己也经历了类似的改头换面。我深吸了一口气，然后把步枪递给亚伯拉罕。虽然我在伊迪西亚看到过有人拿枪，但我的枪太先进了，会格外引人注目。

"我们走吧。"我说着，从掩体后溜了出来，加入了一群人的行列。他们离开了建筑物和市场，怯生生地站在教授面前。

第十六章

苏苏当时在对面的停车场，和我们隔着一条街，这就造成了问题。"你需要靠多近才能给她变一张虚幻的脸？"我小声对梅根说。

"越近越好，"我们走进人群时，她低声回答道，"否则，我可能会在不同世界之间的涟漪里，捕捉到更多的人。"

所以我们只得在教授的眼皮底下穿过马路，做不到掩人耳目。他完全被自己的超能力所控制，所以自私到极致，丧失了同理心。我们是谁或者长什么样都不重要。如果有人给他带来不便，他不费吹灰之力便可杀死他们，就像随手拍死一只蚊子般轻易。

我耷拉着肩膀，眼睛呆呆地盯着地面。此举对我来说仍然是第二天性，他们在工厂里成天给我们灌输。离开人群时，我有目的地向东穿过街道，同时又谨慎地保持着俯首帖耳的姿态，好让自己变得不起眼。

我偷偷地瞥了一眼身后，看看梅根跟没跟上，她确实还在后面——但她就像生日蛋糕上的锤子一样引人注目。她把双手插在口袋里，显然是想装出一副无辜的样子，但走得太过趾高气扬。扯火。教授肯定会认出她的。我伸手牵住她，然后小声对她说："你得更怯懦一点，梅根。假装你背着一尊铅制的佛像。"

"一个……什么？"

"某样很重的东西，"我说道，"这是我们在工厂里学到的把戏。"

她朝我歪着头，随后便没精打采了。这样就好很多，我还可以给自己加戏，吓得边走边紧紧地搂着她，把她的后脑勺往前一推，这样我们手挽手并行的时候，她的头就低得更低了。我在拖着步子的同时又表现得格外紧张，当别人靠得太近时，我就躲闪着保持距离。就这样我们走过了半条街，但随后人群变得太多拥挤。

"鞠躬！"教授对我们吼道，"给你们的新主人跪下。"

人们一波接一波地往下走，我只好拖着梅根跟在后面。我们之间的差异从未如此明显。是啊，她有史诗派的力量，而我没有——但在当时，与她显然不知道如何适当地畏缩相比，这种区别似乎微不足道。

我身强体壮，不甘接受史诗派的统治而选择战斗。但灾星……我仍是人类之躯。史诗派开口时，我惊得跳了起来。尽管内心愤怒，但有人让我跪下时，我还是照做了。

人群变得鸦雀无声，更多的人从车库里涌出来，双膝跪地挤满了街道。我低着头什么也看不见。"苏苏？"我低声问道，"你出去了吗？"

灾 星

"靠近后方,"她对着线路低声说,"在一根捆有蓝丝带的灯柱旁边。我要跑开吗?"

"不,"我说,"他正候着呢。"

我抬头瞥了一眼教授,他威严地站在我们面前,身边的跟班是一名新来的史诗派。上空,暴风在她的监狱里盘旋。教授扫视了一下人群,当发现有人从附近的一栋大楼里出来时,他突然转身,飞快地跑开了。

教授捕捉那人时并没有祭出力之球;相反,他向两边举起双手,露出两支如水晶般透明的长矛,朝逃跑的女人射去。长矛刺穿了她,在街上化作一堆碎骨。

我咽了口唾沫,额头被汗水打湿了。教授朝前迈了一步,一个发光的东西从他脚下冒了出来。浅绿色的力场为他开路。那是属于他自己的通道,他比我们高出三至四英尺。这样一来,他就不必与那些挤成一团的人擦身而过了。

我们蹲得更低了,我把耳机从耳朵里扯了下来,担心这会让他想到清算者。我们并不是唯一使用耳机的人。梅根也在用。

"为伊迪西亚而起的斗争已经结束了,"教授说,他的声音愈发响亮,"可以看看,你们最强大的史诗派主人暴风也臣服于我。你们的老首领在我面前就是个懦夫。现在我才是你们的上帝,我的到来将创造新的秩序。我这样做是为了你们好。历史已经证明人类无力自保。"

在他光芒四射的大道上,他停了下来,离我近得让人不适。我一直低着头，满头大汗。扯火，我能听到他说出每一句豪言之前的呼吸，甚至伸手就能够到他的脚。

他是我敬爱又钦佩之人，我花了半辈子的时间研究他，希望能效仿他。如果知道我在那里，他会毫不犹豫地杀了我。

"我会照顾你们的，"教授说道，"只要别惹我。你们都是我的孩子，而我是你们的父亲。"

他还是老样子，我想着。不是吗？ 尽管这些话有些别扭，但让我想起了我认识的那位教授。

"我认得你。"一个声音在我旁边低语。

我吃了一惊，转过身来，发现火凤凰跪在我身边。他不像在铸造厂时那样冒着火焰，现在的他看起来像个普通人，身穿一套西服，戴着一条很窄的领带。他跪了下来，但没有退缩。

"你是戴维·查尔斯顿，对吗？"火凤凰问道。

"我……"我颤抖着说，"是的。你是怎么进来的？我们是在你的世界里还是在我的世界里？"

"我也不知道，"火凤凰答道，"好像是你的。所以在这个世界里，你仍然活着。他知道吗？"

"他？"

还没来得及回答，火凤凰就消退了。我发现自己正盯着一个吓得头发直竖的年轻人。我一直在和他说话，这似乎让他很困惑。

究竟是怎么回事？ 我瞅了一眼跪在另一侧的梅根，用胳

胳膊肘碰了碰她。她看向我。

干吗？她只动嘴唇不出声。

什么干吗？我也只动嘴唇。

你什么意思？

教授继续在人群中穿行，他迈开步伐，脚下形成一片发光的力场。他走的路线转了个弯，又回到了我的另一边。

"我需要忠诚的士兵，"他宣称道，"你们中间有谁愿意侍奉我，统领不如自己的人？"

人群中大约有二十多个投机分子站了起来。如此露骨地听命于史诗派是极为危险的——仅仅站在他们面前就可能会让你丧命——但这也是在世界上出人头地的一种方式。看到有些人如此热切地站出来，让我很不舒服。尽管大多数人仍旧跪着，他们要么太害怕，要么太理智。在新的史诗派还没有完全确立统治地位的情况下，他们无法把自己的命运与他结合起来。

我以后得多问问梅根关于火凤凰的事。现在，我又有了一个计划。

我深吸一口气，然后站了起来。梅根看了我一眼，也跟着站了起来。我们在干吗？她以口型示意。

"这样我们就能穿过人群了。"我也只动嘴巴不出声。这是去找苏苏唯一的路。

教授站在发光的走道上，双手放在背后。他打量着人群中的人，仔细观察他们。他转过身来，直视我们俩，我紧张地咽了口唾沫。这可能是一种淘汰那些忠诚时间过短之人的方法。他下一步可能要杀死我们这些站着的人。

不。我了解教授。他肯定清楚如果谋杀那些最渴望受命于他的人，将来再找仆人就难办了。他是一个领导者，也是一个建设者。即使是史诗派，也不会摒弃有用的资源，除非他把他们视为一种威胁。

对吧？

"很好，"教授说，"很好。我有个任务要交给你们。"他伸出双手，我感觉有什么东西在震动。一种熟悉的感觉，几天前、几个月前曾感受过，就在我戴上手套，使用教授的超能力时产生过的感觉。

我把梅根拉到一边，这时教授在人群上方释放出一股力量。空气扭曲变形，我们身后的整个停车场都被炸成了盐尘。人们尖叫着从坍塌的粉末中掉了下去。

"去吧，"教授说着，朝着被毁的停车场挥手示意，"处死那些侥幸活着的人，他们违背了我的意愿，像懦夫一样躲藏起来。"

我们二十来岁的小伙子一下子就动了起来。虽然停留在车库最上面两层的人已经受伤或死亡，但还有其他人没有掉下去——或者藏在地下部分。

教授转过身继续观察人群，这让我和梅根有机可乘。我们猛然改变方向，用苏苏指示的旗杆作为参考点。她就在那里，裹着一件连帽衫——我不知道她从哪儿弄来的——遮住了她的头。她正看着我们,我对她竖起了大拇指。

她毫不犹豫地跳起来,加入了我们的行列。一眨眼工夫,梅根就把苏苏的脸变成了不易辨认的样子。

"梅根?"我说道。

"看到那边的墙了吗?"她回应道,"坡道旁的那堵,通往车库以前所在的地方。一旦到达目的地,我将造出我们的分身。他们一出现,你就从墙边跳下去。"

"明白了。"我说着,苏苏点了点头。

我们到达了指定的地点,一个突然断在我们左边的盐坡道。我们三人的复制版中的一个分开,开始上斜坡。这些复制品穿着我们的衣服,有着和我们一样的假面孔。三个来自另一个现实的人,住在伊迪西亚。有时,我很想知道这一切是如何发生的。梅根的那些面孔使我们感到……这是否意味着这三个人在做和我们一样的事情?他们是我们的翻版,还是完全不同的人,以某种方式结束了与我们非常相似的生活?

我们三个人——真正的三个人——在我们的二重身到达坡道边缘并跳下车时,从墙上跳了下去,躲开了教授和人群。

一阵风把尘土吹向我们,尘土黏在我脸上,咸咸的。我还是不习惯这个城市有多干燥;我的喉咙因呼吸急促而发痛。

我们平安无事地到达了小巷,我们的空投机消失在被毁停车场的深坑里。我擦去脸上的灰尘,苏苏做了个鬼脸,伸出舌头。"恶心。"

梅根坐在墙边的地上,看上去筋疲力尽。我跪在她身边,她抓住我的胳膊，闭上了眼睛。"我很好。"她低声说。

她还需要时间休息，所以我给了她时间。我没有注意到她开始揉太阳穴，试图通过按摩来消除头痛。我跪在小巷的边缘，这样我可以确保我们是安全的。教授继续在人群中行走，经过了苏苏躲藏的地方。他偶尔使人抬头与他对视。

我想，他一定有一份关于史诗派，或这个城市的其他不满者的描述清单。

他来这里是有目的的。我简直不敢相信，教授竟然随便选了伊迪西亚来统治。我越来越怀疑，他之所以这么做，是因为他从圣凛夺取了超能力。

"孩子，我不是引诱乔纳森来杀他的。"雷贾利亚的声音在我脑子里回响。我这么做是因为我需要一个继任者。

伊迪西亚隐藏了什么吸引了教授的注意？

在我身后，苏苏告诉亚伯拉罕和科迪最新情况。我把注意力集中在教授身上，他看上去与"钢铁心"并无两样，虽然他个子更高，肌肉更发达，但他一直以那种盛气凌人的姿势站立着。

在广场上，一个婴儿开始哭了。

我倒抽一口气。我看见那个女人抱着她的孩子，离教授站的地方不远。她疯狂地试图安抚孩子。

教授向她举起手来，脸上带着烦恼的表情。这声音把他从沉思中惊醒，他对这种干扰嗤之以鼻。

不……

灾星

你学得很快：别去打扰史诗派。不引起注意。不惹他们生气。为了最简单的事情，他们会杀了一个人。

别……

我不敢呼吸。一时间，我仿佛身处他处。有另一个孩子在另一间寂静的屋子里哭泣。

我看着教授的脸，尽管距离很远，但我确信我看到了一些东西。一场内心的斗争。

然后他转身大摇大摆地走开了，只留下那个女人和她的孩子，对着他的新狗腿子狂吠。托着暴风的力场球跟在他后面，他离开了一群慌乱的人。

"我们准备好了吗？"梅根问道，站了起来。

我点了点头，长舒了一口气。

在乔纳森·菲德拉斯的内心深处仍然保留着一些人性。

第十七章

"我确实看见他了,梅根。"我说着,拉开了背包的拉链,"我跟你说,火凤凰混在人群里。"

"我一点也不怀疑你。"她靠在我们新藏身处的粉红色盐石墙上说。

"说实在的,"我说,"我相信你确实那样干了。"

"我是说我没有把他拉进来。"

"那是谁干的?"

她耸了耸肩。

"你能确定他没有溜走吗?"我说着,从背包里拿出几套换洗的衣服,跪在我唯一的一件家当大行李箱旁边。我把衣服塞了进去,然后看着她。

"有时,当我从另一个世界拉出影子时,交界的边缘会流血,"梅根承认道,"通常只会在我重生的时候发生,那时我的超能力最为强大。"

"那么当你感到压力或疲惫的时候呢?"

"从未有过,"她说,"可是……好吧,有很多事情我都没有尝试过。"

我抬头看着她。"为什么不尝试呢？"

"因为。"

"因为什么？你有惊人且能反抗现实的超能力，梅根！为什么不试试？"

"你知道吗，戴维，"她说，"你有时候确实会犯傻。你有很多超能力，但你不知道成为史诗派是什么样的感觉。"

"你这是什么意思？"

她叹了口气，在我旁边的地板上坐下来。那时还没有床和沙发——我们的新藏身处再也不会像巴比拉那般豪华了。但这里是我们目前能找到的最安全的地方。在过去的几天里我们亲自建造了它，将其隐藏起来，就像长在伊迪西亚的一大块"癌变的"盐块。

一开始我给了梅根一些时间，不想因为火凤凰把她逼得太紧。在过度使用超能力之后的几天里，她经常躲躲闪闪，好像一想到超能力她就会头疼似的。

"大多数史诗派不像钢铁心或者圣凛，"梅根解释道，"他们都是些无足轻重的恶棍——不论男女都有足够的力量去制造危险，也有足够的暗黑嗜好去忽略他们伤害了谁。

"他们不喜欢我。好吧，史诗派不喜欢绝大多数人，尤其是我。我的超能力吓到他们了。其他现实？他们的其他幻影？他们痛恨自己无法限制我的能力，但与此同时，我的超能力也无法保护我。不够积极。所以……"

"所以呢？"我一边问，一边迅速靠近，用胳膊一把搂住了她。

"所以他们杀了我,"她耸耸肩说,"我处理了这件事,学会了更巧妙地运用自身力量。直到被钢铁心收留,我才有了安全感。他总是把我的行动视为一种希望,而不是威胁。

"不管怎样,就像以前告诉过你的,我继承了父亲教给我和姐妹们的关于枪支的知识,成为了一名专家。我学会了用枪来掩盖事实——我的超能力不能伤害任何人。我隐藏了自己的实力,成为钢铁心的间谍。但是我没有做实验。我不想让别人知道我能做什么,甚至不想让他知道我的能力有多强大。生活教会了我,如果人们对我了解太多,我就会因此丧命。"

"还有重生。"我说着,试图去鼓励她。

"是的。除非回来的人不是我,而是来自另一个维度的幻影,相似但又有所不同。戴维……万一你爱上的人真的死在了新加哥呢?如果我只是某个冒充者呢?"

我把她拉近,不知道说什么好。

"我一直在想,"她低声说,"下一次会是时候吗?我会以不同的发色重生吗?我会不会带有不同的口音,或者突然讨厌某样食物?只此一次,你可知道自己所爱的人已经死了吗?"

"你,"我扬起下巴,看着她的眼睛,"是升起的太阳。"

她歪着头。"一轮……日出?"

"没错。"

灾 星

"不是一个土豆?"

"目前还不是。"

"不是一只河马?"

"不是,还有……等等,我什么时候说你是河马来着?"

"上周。你昏昏欲睡的时候。"

扯火。我一点也不记得了。"不,"我坚定地说,"你就是日出。我有十年没见过日出了,但我一直记得日出是什么样子。在我们失去家园、父亲还有工作之前,一位朋友会让我们在早上去摩天大楼的观景台。从那里可以看到城市及湖泊的壮丽景色。我们会看着太阳升起。"

我笑了笑。那是一段美好的回忆,我和父亲一起吃百吉饼,享受着清晨的凛冽。他总是开同样的玩笑。*儿子,昨天想看日出来着,但我没准备好……*

有些日子,他能陪我的唯一时段便是早上,他总是这样做。他比上班时间早一个小时起床,而且是在工作到深夜之后才起床的。一切都是为了我。

"那么,我能听听这个华丽的比喻吗?"梅根说,"我的眼里闪烁着期待的光芒。"

"哈哈,"我说,"我会看着太阳升起,希望自己能捕捉到这一刻。我从来没有办到过。照片也不管用——日出不如电影上那般壮观。最终我意识到,日出并不是一个瞬间,而是一个活动。你无法捕捉到日出,因为日出在不断变化——太阳在眨眼之间移动,云在打转。不断有新的画面涌现出来。"

"梅根,你和我并未定格在瞬间,而是经历着动态的过程。你说你可能不是一年前的你了?可谁又是呢?我相信没人如此。我们一直在改变,就像盘旋的云朵和冉冉升起的太阳。我体内的细胞不断新陈代谢。我的想法也变了,不再像以前那样,因为杀史诗派而感到兴奋。我不再是以前那个戴维了,但我还是我。"

我注视着她的眼睛,耸了耸肩。"我很高兴你不是原来的梅根了。我不希望你一成不变。我的梅根是日出,一直在变,但自始至终都很美。"

她泪流满面。"那个……"她吸了一口气,"哇。你不是不擅长这个吗?"

"好吧,你知道他们怎么说的,"我笑着对她说,"就算是跑得快的钟表,一天也有两次是准的。"

"实际上……你知道吗,算了。谢谢你。"

她吻了我。唔……

过了一会儿,我跟跟跄跄地走出房间,一只手摸了摸蓬乱的头发,然后去拿些喝的东西。科迪在走廊的另一边,用骑士鹰给我们的晶体炉,装饰藏身处的屋顶。它看起来有点像抹子,就是那种用来抹平混凝土或灰泥的泥铲儿。当你沿着盐拉动它时,晶体结构就会延伸,形成一片新的盐层。有了这个装置附带的手套,你可以在短时间内随心所欲地塑造新盐,直到它变硬变牢固。

我们叫它赫尔曼。好吧,是我叫它赫尔曼的,谁也想不出更好的名字。我们花了两个晚上的时间，利用晶体炉在一条小巷里把整栋楼盖了起来，在已经茁长的一大块盐上扩建。这个地方位于城市的北边，且仍在发展扩大，所以完工一半的建筑看起来并不奇怪。

即将完工的藏身所又高又窄，有三层楼那么高。在某些地方，我张开手臂可以同时够到两面墙。我们把安全屋的外围弄得像块石头，以配合城市里其他类似的生长物。总而言之，我们之前便决定去一个更安全的地方，自己建房子，而不是搬进外面现成的一座房子里。

我走下陡峭的粉红色晶体台阶，来到位于下一层的厨房——或者说至少我们在那里放了一个电热炉和桶装水，还有一些由吉普车的电池供电的小型家电。

"包裹都拆完了吗？"苏苏拿着咖啡壶从我身边走过时问道。

我在最下面的一级台阶上停了下来。"呃……"实际上，我还没拆完。

"只忙着亲热了，嗯？"苏苏说，"你知道没有门，我们什么都能听到。"

"呃……"

"是啊……，我希望有一条规则能禁止团队成员卿卿我我，但考虑到教授和缇雅是一对，他永远不会这么做。"

"一对？"

"你最好不要再说这个词了，"她说着，递给我一杯咖啡，

"亚伯拉罕想见你。"

我把咖啡放在一边，给自己倒了一杯水。我不明白人们为什么要喝那种东西。尝起来像煮在泥里的土，上面浮有一层污垢。

"你还留着我的旧手机？"苏苏走上台阶时，我问她，"湮消摔坏的那个？"

"是的，不过它裂得很彻底，部分零件还能用。"

"帮我拿一下，好吗？"

她点了点头。我爬到一楼，那里藏着我们的大部分物资。亚伯拉罕跪在这两间屋子里的一间，房间里只透出电话屏幕的光亮。楼上两层有隐蔽的天窗和窗户，但照不到这么靠下的地方。我们用石英石给他打了一个工作台，他好挨个检查团队的武器，并加以清洗。

我们大多数人都非常愿意自己动手，不过……呃，知道亚伯拉罕认可你的武器让人备感宽慰。再说了，我的戈特沙尔克并不是一支简单的猎枪。配有电子版压缩的弹匣，超先进的瞄准镜，还有连接到我手机上的电子系统，我自己只能完成基本的工作。这就是给热狗涂番茄酱和装饰一个蛋糕间的区别。最好让专家来接手。

亚伯拉罕冲我点头示意，然后向附近地板上的背包挥了挥手，背包还没有完全卸下来。"我在去吉普车的路上给你带了点东西回来。"

出于好奇，我走过去在背包里翻找，挖出了一个头骨。

灾 星

头骨完全由钢铁制成,其怪异光滑的轮廓反射了手机的光线。头骨缺少下巴。那个自称为"钢铁心"的人在爆炸中被炸死,下巴也被炸飞了。

我盯着眼窝看。如果早知道有机会挽回史诗派,我还会继续坚持杀了他吗?即使是现在,拿着这个头骨也让我想起了我的父亲——他是那么充满希望,那么自信,相信史诗派最终会成为人类的救世主,而不是破坏者。钢铁心杀了我的父亲,最终辜负了他的期盼。

"哦,我忘了,"亚伯拉罕说,"在最后一分钟把它扔了进去,正好包里还放得下。"

我皱起了眉头,把头骨放在头顶的盐架上。我又在背包里掏了掏,找到一个重金属盒子。"扯火,亚伯拉罕。你把这个带进来了?"

"我作弊了,"他一边说,一边把扳机护圈组件扣合在我的步枪上,"我的背包底装有重力控制系统。"

我咕哝一声,把盒子拖了出来。我想我知道那是什么了。"一个成像仪。"

"想着你可能想要一个,"亚伯拉罕说道,"制定计划,就像我们以前做的那样。"教授经常把团队召集到一个房间里,检查我们的计划,他用这个设备把想法和图像投射到墙面上。

我做事没什么条理,但还是打开了成像仪,把它插进了亚伯拉罕正在使用的能源电池里。成像仪投出的光影散射到房间里。没有经过校准,所以有些图像模糊到失真。

它展示了教授的笔记。潦草的几行文字，像是用粉笔写在黑色背景上的一样。我走到墙边，摸索着其中一些潦草的字迹。字被擦花了就像真的一样，而我的手在墙上一点影子也没有。这台成像仪并不是普通的放映机。

我翻阅了一些笔记，但几乎没有什么实质性的内容。这些是在我们和钢铁心战斗时留下的。只有一句话打动了我：**这样做对吗？**孤独的几个字，独自待在角落里。剩下的部分写得过于局促，文字之间争夺空间，就像小水箱里的鱼太多一样。但它们是独立存在的。

我回头看了看钢铁心的头骨。成像仪将它视为房间的一部分，并把单词投射在它的表面。

"计划如何？"亚伯拉罕问道，"我猜你在酝酿着什么事吧？"

"有几件事，"我答道，"它们是随机的。"

"我也这么想，"亚伯拉罕说，嘴角上挂着一丝微笑，他把枪托固定在戈特沙尔克上，"要不要我把其他人召集起来再赶到其他房间，我们好好谈谈？"

"当然，"我说，"抓住他们，但别去任何一个房间。"

他疑惑地看着我。

我跪下来关掉了成像仪。"也许改天我们会用到它。现在，我想去散散步。"

第十八章

苏苏把摔坏的手机扔给我,然后和我们一起走到藏身处外的街上。我们从一扇暗门偷偷溜进了隔壁那座几近废弃的公寓楼,以此保全这个地方。公寓楼里没有家庭,只有那些找不到自己人加入的孤家寡人,希望他们不会太在意像我们这样的陌生人。

"安全措施做好了吗?"我问苏苏。

"好了。如果有人试图进入这个地方,我们就会知道。"

"亚伯拉罕?"我问道。

他晃了晃自己的背包,里面装着我们的数据板、额外的能源电池,还有骑士鹰给我们的那两件史诗派产高科技装备。如果真有人抢劫我们的藏身处,他们最多只能带走几把可替换的枪。

"不到五分钟,"科迪说,"还不错。"

亚伯拉罕耸了耸肩,看上去还算乐呵。这个藏身处远不如我们之前占用的安全。这意味着,我们要么留下至少两个人随时守卫,要么在执行任务时拿出一套常规的撤离方案。我更倾向于第二个想法,这样我们就敢安排更大规模的队伍。

不管怎样，我们先让苏苏在门上安装了一些传感器，一旦被打开，就会向我们的手机发出警告。

我把步枪挂在肩膀上——亚伯拉罕把枪磨损后，在上面装涂了几处油漆，使它看起来既破旧又不先进。这样一来，我就不会引起注意了。我们每个人都顶着一张梅根施以的新面孔。那时是在午后不久，我奇怪周围突然冒出来这么多人。一些人在晾晒衣服，另一些人正往返于市场。许多人用麻袋搬运财物，他们被赶出城市衰败的一隅，被迫寻找新的居所。这种事情在伊迪西亚时有发生，总有人在搬家。

我没看到有人独自待着——孩子们在空地上打球，四五个上了年纪的男女站在一旁围观。那些去市场的人也是出双入对、成群结队去的。人们聚集在通往房屋的台阶上，尽管他们有说有笑，附近却有不少人拿着步枪。

这是一种怪异的平静。这种氛围意味着只要每个人各司其职，大伙便可以和睦相处。然而令我不安的是，多数群体似乎是按种族隔离的。像我们这样的混血群体并不正规。

"那么，小伙子，"科迪说着，把手插进他的迷彩裤口袋里，走到我身边，"我们怎么又到街上来了？原本打算今天下午稍睡一会儿。"

"我才不愿被关起来，"我回应道，"我们是来拯救这座城市的。我不想坐在一个无菌的小房间里空想，而避开人群。"

"无菌的小房间是安全的。"梅根在我身后开口道，她和亚伯拉罕并肩走着。苏苏走在我右边，自言自语。

我耸了耸肩。我们照样自由交谈,不怕被偷听。街上的人们都不跟陌生人来往,若有人走近,他们就避让而行。实际上,规模较小的群体被更多尊重——当一个人独自走过时,所有人都会以一种微妙的动作移到街道的另一边。一名独行的男人或女人很有可能是史诗派。

"这,"我边走边说,"就是当今所谓的健全社会。每个群体都有专属的领地,每个群体都有潜在的暴力威胁。这里不是一座城市,而是上千个社区,彼此之间离战争只有一步之遥。这是世界上最好的东西了。我们要彻底改变这一切。从教授开始,我们该怎么救他?"

"让他直面自身的弱点,"苏苏说,"要想个办法。"

"我们必须先找到弱点是什么。"梅根指出。

"我有个计划。"我说。

"是什么,真的?"梅根问道,她走近科迪身边,"怎么做?"

我拿出那部坏掉的手机,来回晃动。

"伙计们,"科迪说,"看来这小伙子终于崩溃了,完全疯了。我全权负责。"

我取出工作用的手机,给骑士鹰发了一条短信。嘿。我这里有个手机屏幕坏了。不过电池还在耗电。你能跟踪到它吗?

他没有立即回复。

"假设我能发现教授的弱点,"我说,"我们该怎么办?"

"很难说。"亚伯拉罕回答道。当我们沿街往下走时,他仔细观察着街上的每个人。"弱点的本质往往决定了计划的雏形。找出万全之策可能需要几个月的时间。"

"强烈怀疑我们是否还有几个月的时间。"我补充道。

"我同意,"亚伯拉罕说,"教授有他自己的计划,他已经在这里待了几个星期了。尽管不知道他为什么来这里,但我们肯定不想在一旁观望。必须尽快阻止他。"

"另外,"我补充道,"我们等得越久,教授就越有可能发现我们。"

"你这是在帮倒忙,小伙子。"科迪摇着头说,"弄不清弱点,我们无法策划任何事情。"

"不过——"亚伯拉罕吃了一惊。

我看着他。

"我们确实有一张王牌,"他看着梅根说,不住地点头,"我们有一名队员可以变出任何东西。也许我们可以开始策划一个陷阱,假想他会害怕的任何东西,梅根都能造出来。"

"这会是一次突破,"苏苏说,"如果他害怕……我不知道,一个有知觉的墨西哥玉米卷。"

"我应该可以办到。"梅根说。

"行,好吧。如果他害怕处于恐惧当中呢?或者被证明是错的呢?还是其他抽象的事物?很多弱点不是来自于类似的东西吗?"

苏苏说得没错,其余的人都沉默了。我们经过一家老式快餐店，是用漂亮的蓝色盐精心建造而成的。我们走过的时候，这个区域的更多地段渐渐过渡成那种色调。我还没带团队去什么特别的地方；我们想在今天晚些时候做一些情报搜集工作，这是确保基地安全后签署的标准清算者协议。现在，我只想出去，多活动活动。走路、说话、动动脑子。

我的手机振动了一下。

对不起，骑士鹰答复道。刚刚带着一只考拉。另一部手机怎么了？

你说你可以追踪手机，我回消息给他。我这儿有部坏掉的。你能准确定位吗？

把它放在某个地方，他写道，然后继续前进。你们几个的信号离得太近了。

我照他说的做了，把手机留在一个旧垃圾桶上，让其他人分散开来。

是的，这部手机仍可以发出信号。他写道，为什么？

我一会儿告诉你，我发送道，跑回去拿坏了的电话。从那里起我带领队伍左转，沿着一条更宽阔的街道前进。悬挂在头顶上方的一些盐牌已被损毁，尽管我们所在的地方是城市里新长出来的。

"好吧，"我说着，深吸了一口气，"在弄清弱点之前，我们不能谈论与教授作战的细节，但仍有一些事情需要计划。比如，我们需要想办法让他面对恐惧，而不是有意避之。"

"就我的情况来说，"梅根把手插在上衣口袋里说，"我必须进入一座燃烧的大楼,尽力救出你,戴维。这意味着我必须足够清醒,弃用超能力足够长的时间,这样我才能救你。"

"这样的情况并不多。"苏苏补充道,"我并不想否定,可是话说回来,你不觉得我们太过依赖一个人的遭遇了吗?"

我保持沉默。除了梅根,我没跟任何人谈过这件事,但类似的事情也发生在我身上。我曾被……圣凛转赋过史诗派超能力。这与灾星有关,她和他的关系使她断言我将成为一名史诗派。

那些超能力从未显现。就在那一刻之前,我为了救出梅根和整个团队,要面对深深的水面。它们之间有某种联系。直面你的恐惧。还有……什么?对梅根来说,这意味着对黑暗的控制。对我来说,它从一开始就让这种力量不再显现。

"我们应该拿到更多的数据,"我承认道,"科迪,我还是想和埃德蒙谈谈。"

"你认为他也经历了同样的事情?"

"反正值得一问。"

"我们把他藏在新加哥郊外的一处安全屋里,"科迪说,"你和教授离开后我们安排的地方。我负责帮你联系他。"

我点了点头,我们继续保持着沉默。至少,这次会议帮助我确定了在伊迪西亚的目标。第一步,找出教授的弱点。第二步,用它来废掉他的超能力,直到他恢复理智。第三步,想办法让他面对并克服这个弱点。

我们又拐了一个弯,然后停下脚步。我本来打算把兵力

灾 星

部署在城外,可惜前面的道路被堵住了。每周搬运这道由铁链和铁柱组成的路障,一定花费了不少力气,但是根据建筑物顶部的人判断——他们装备的步枪看起来杀伤力极强——这支部队的人力很充足。

作为一个团体,我们一句话也不说,转身朝相反的方向走去。"史诗派的据点,"科迪猜测道,"有人已经被教授制服了,还是一个中立派?"

"那里可能是漏洞的地盘。"亚伯拉罕若有所思地说,"她一直是这座城市最有影响力的史诗派之一。"

"控制大小的超能力,对吧?"我问道。

亚伯拉罕点点头。"不知道她是怎么卷入教授和盗窃犯之间的冲突的。"

"调查一下。"我告诉他。但这又引发了另一个问题。"我们可能需要一个对付盗窃犯的计划。我不想把注意力集中在教授身上,以至于忽略了伊迪西亚的地盘之争。"

"好吧,"苏苏说,"要是能接触到某个对史诗派了如指掌的人就好了,他会忍不住把一切都告诉我们。总是会变成这样。"

"算了,这是我的事。"

"戴维,我跟你说过这个词吗?"

我笑了笑。"盗窃犯。根据此前的报道,灾星升起时他还是个十几岁的少年,甚至可能只是个孩子。他是最年轻的高等史诗派之一,现在大概二十出头。他个子很高,黑头发,皮肤苍白；我们回来后，我会把照片发到你的手机上。我的笔记里有几张他的照片。"

"他窃取超能力，并将其保留下来。他只要碰一下别人，就能夺走他们的超能力。盗窃犯之所以会如此危险，一部分是因为我们摸不清他有哪些能力，他不可能展现过所有的潜能。一级无敌属性包括危险感知、不可渗透的皮肤、重生，以及把他的意识和超能力投射到假身体的能力。"

科迪轻轻吹了一声长口哨。"那……相当多了。"

"他还能飞，能把物体变成盐，能操纵冷热，能随心所欲地变出东西，轻轻一碰就能让人睡着，"我补充道，"据说，他格外懒惰。可能是世上最危险的史诗派，但他满不在乎。他留在这里，统治着伊迪西亚，除非迫不得已，否则绝不会打扰别人。"

"他的弱点是？"梅根说。

"我也不清楚，"当我们到达城镇边缘时，我回答道，"我对他的了解，仅限于几则被广泛接受的报道，但这些报道过于笼统。他是个懒虫，我们或许可以利用这点。据报道称，他窃取新力量的速度也很慢；他发现让那些为他服务的史诗派保留自己的能力更轻松，如此一来他们便可以为他做苦工。据说他已经很多年没有使用过新的超能力了，所以当我发现他吸收了死落的能力后，才会吃惊不已。"

亚伯拉罕哼了一声。"我还是想了解一下他的弱点。"

"同意，"我说，"今天我们应该搜集一些情报，如果可能的话。我不想和盗窃犯死磕，要是能避开最好，但还是得有个计划。"

我们继续往前走，经过那些还在长地基的建筑物。它们看起来有点像牙齿，巨大且凹凸不平的牙齿。除此之外，人们还在田地里干活。城市里史诗派之间的冲突，并未影响到工人们的日常工作：收割粮食，交给最终掌权的人。避免挨饿。

当我在这里坐下来，边看手机边等待时，其他人向我投以困惑的表情。

你确定是今天吗？我打字道。

交货日期？骑士鹰问道。手机上是这么说的。我想不出他们撒谎的理由。

果不其然，一队卡车很快开了过来，车上装满了在联合技术公司①贸易网络上订购的货物。我不确定界石她本人是否会出席——这让我很苦恼，因为我想看到她的超能力发挥作用——我知道我可能不应该非要去看一眼。不过，我确实认出了几天前我们刚进来时遇到的那个监工。

"好吧，"我对队员们说，"我认为这是一个获取信息的好地方。如果我们还想猜测他的弱点，就需要关于盗窃犯的情报。去做你们最擅长的事吧。"

----

①联合技术公司：United Technologies Corporation，简称UTC，总部位于美国康涅狄格州，主要为全球航空航天和建筑业提供高科技产品和服务。

"编故事?"科迪搓着下巴问道。

"你承认了!"苏苏指着他说。

"我当然承认,小姑娘。我有七个博士学位。那些花在学习上的时间让人变得很有自知之明,"他犹豫了一下,"当然,这七个学位分属不同流派的苏格兰文学和文化。你知道的,一个小伙子必须对自己的专业驾轻就熟。"

我摇了摇头,向监工走去。即使我们换了不同的面孔,那个人也并不在乎。他让我们像之前那样轻松地工作,从联合技术公司装运的货物中搬运板条箱。队员们分散开来,跑去和其他工人攀谈,听着流言蜚语。我设法让自己从一辆卡车上卸下板条箱。

"这里真适合搜集情报,"亚伯拉罕一边走上来拿箱子,一边轻声对我说,"但我总觉得你别有用心,戴维。你想干什么?"

我露出笑脸,把破手机从兜里掏出来,用一块黑布包好。我专门挑了一个板条箱,然后把单薄的手机卡在一个角落附近的木制板条之间。正如我所希望的,把手机搁在那里几乎看不见。

我把板条箱递给亚伯拉罕,眨了眨眼睛。"把这个和其他的放在一起。"

他朝我扬了扬眉毛,然后瞅了一眼板条箱。他立刻咧嘴一笑,即刻照办了。

下午剩余的时间都被工作占据了,我们边搬运箱子,边和其他工人聊天。我没有知道多少信息，因为我被自己的计划分散了注意力，但我经过亚伯拉罕和科迪时，他们正在和其他工人闲聊。苏苏似乎最擅长这个。

要是艾科瑟尔在身边就好了。那个男人宽得像一条船，病态得像……呃……一只沉船，但他很会和人相处。而且善于搜集信息。

一想到他我就恶心。我曾说服自己，教授不该受到责备，扯火……我真的喜欢艾科瑟尔。

我强迫自己和另一个工人聊天。那个老头的口音让我想起了自己的祖母。当我们走向仓库时，这一次和上次不同，他似乎对这座城市很熟悉，不过对盗窃犯知之甚少，但也确实抱怨过史诗派的统治不够强大。

"在以前的国家，"那人解释说，"他们会很快干掉像盗窃犯这样的家伙。他让镇上所有的史诗派到处乱跑——就像一个意识不到要去管教孙辈的祖父。一位强有力的掌权者，才是我们这里所需要的。警察，规矩，宵禁。人们总是抱怨这种事，但不以规矩，不成方圆。"

我们从科迪身边经过，他正和另一个工人共抽一支烟。科迪乍一看似乎在闲逛，但若仔细观察，你会发现他在留心其他清算者的位置。如果需要知道其中一人在哪里，科迪就是你要找的人。

我发现自己可以轻松地和其他几个工人聊天。过了一段时间，我才意识到住在这里比在巴比拉更自在，这里的人观念更为开放，社会也不那么压抑。我不喜欢史诗派对伊迪西亚的所作所为；我不喜欢生活在恐惧当中的人们，那里的生活是何等分裂和残酷。但我已经习以为常了。

最后，我们领了各自的口粮，前往藏身处，分享情报。没人知道盗窃犯的弱点，虽然我们本来也没认为这会是公开的信息。问题是，似乎谁也没见过盗窃犯。他独来独往，谣言少得可怜。主要是关于那些被他偷走超能力的史诗派，他们沦为了普通人。

我听着这一切，越来越感到失望。我们到家时已经是傍晚了，苏苏用她的手机仔细检查了门上的安全传感器。我们挤进藏身的狭小铅笔盒，分道扬镳。科迪向亚伯拉罕索要水银手套，他想拿去练习。我还是没能让它发挥更大的作用；也许他会更走运一点。梅根缩回她的房间里，亚伯拉罕去修补一些武器，苏苏去做三明治。

我在底层主屋的地板上坐了下来，背倚着墙壁。屋里唯一的光亮来自我的手机，没多久就变暗了。我总是责怪教授做事太慢，太过谨小慎微。然而现在身在伊迪西亚，我的整个作战计划会议都变成了"是啊，我们确实需要阻止教授，找到盗窃犯的弱点。有人有主意吗？没有？哦，好吧，干得不错"。

回想一下过去，对付钢铁心似乎比较容易。我为之准备了十年，让教授和缇雅共同制定了详细计划。

我在这里做什么？

灾 星

  一个影子落在台阶上，梅根出现了，楼上的厨房里透出光亮。"嘿，"她说，"戴维？你为什么坐着不开灯？"
  "只是在想事情。"我回答说。
  她沿着楼梯走下来，然后坐在我旁边的地板上，点亮她的手机，把它放在我们前面照明。"我们在城里装了大约四十把不同的枪，"她嘟囔着，"但谁也没想到要带一个扯火的靠垫。"
  "你很惊讶吗？"我问道。
  "一点儿也不，今天表现不错。"
  "还不错？"我应声道，"我们啥也没想出来。"
  "前期的会议上什么也没决定，戴维。而你给每个人指明了正确的方向，让他们思考。这一点很重要。"
  我耸了耸肩。
  "隐藏手机也干得漂亮。"她提了一句。
  "你看到了？"
  "检查了箱子后我才明白。你觉得会有用吗？"
  "值得一试，"我说，"我是说，如果……"我的话音渐渐降低，挂在墙上的指示灯微微闪烁着。
  这意味着有人走进了我们旁边那栋公寓楼。那里的入口联通了我们的假门，这是我们的一大安全隐患。科迪用一些旧木板把假门掩盖起来，木板是他从偷来的货箱上取下的，正面有一层薄薄的盐，背面则是一块黑布。从外观看，那里和墙的其他部分没什么两样，但你可以把它往里推，然后滑开，露出一个门洞。他警告说，如果有人在入口处，他们可能会听到来自假区传来的声音。因此一旦有了灯光，一楼所有人都得保持安静，以防有人待在门外。

在等待人们离开的时候，梅根把胳膊搭在我身上，打着哈欠。我们需要在外面安一个压力板，好让我们知道他们什么时候走的，或者摄像头什么的。

我们的手机闪着光，暗门嘎嘎作响。

我眨了眨眼，然后爬起来，跟在动作比我快一瞬的梅根后面。不一会儿，我们俩都掏出了手枪，瞄准门口，亚伯拉罕在附近的房间里咒骂。没过多久，他便冲了出去，他的迷你枪已经准备好了。

门摇晃不定，刮擦着，然后滑到一边。"呃。"一个声音在门外说。我想象着教授突然破门而入，追踪到了我们。突然之间，我们所有的准备工作都显得简单而毫无意义。

在我的带领下，团队正走向毁灭。

门一直开着，露出一个背光的人影。不是教授，而是一位年轻男子，又高又瘦，皮肤苍白，留着短短的黑发。他打量着我们，眼里没有一丝不安，尽管他面对的是三个持枪的人。

"那扇门根本不管用，"那人说，"太容易通过了。我还以为你们有超能力呢！"

"你是谁？"亚伯拉罕盯着我问道，等着看我是否下令开枪。

灾星

我没有下令,虽然我认识这个人。我的文件里有几张他的照片。

盗窃犯——亚特兰大的帝王,前来拜访我们。

第十九章

"噢,把那些东西放下,"盗窃犯说着走进藏身处,把身后的门关上了,"子弹伤不了我,反倒会引起别人的注意。"

可惜他说的没错。这个人在很多方面都刀枪不入。我们的枪还不如湿面条呢。

我们谁也没有放下武器。

"怎么回事?"我问道,"你为什么来这里?"

"你没注意吗?"盗窃犯说话鼻音很重,出人意料,"你的朋友想杀了我。他为了找我把整个城市翻了个底朝天!我的仆人没本事,我的史诗派又太懦弱。一眨眼的工夫,他们就会投诚。"

他向前走过来,我们三个人都吓了一跳。他继续道:"我想如果有人知道的话,那么你们应该知道怎么躲开他。这个地方看起来很简陋。没一个垫子,闻起来像湿袜子。"他明显哆嗦了一下,然后摸索着走进了亚伯拉罕的工作室。

我们挤在门口,他在里面转了个身,向后一扑。不知从哪儿冒出来一把鼓鼓囊囊的大椅子,接住了他。他懒洋洋地躺在了椅子上。"谁给我拿点喝的来。尽量不要制造太多的噪音。我累了。你不知道像只普通老鼠那样被人追捕，是多么伤脑筋的事。"

我们三人放下了武器，被这位瘦弱的史诗派难住了。他躺在新的安乐椅上，闭着眼睛，低声喃喃自语。

"嗯……"我终于敢开口了，"如果我们不听你的呢？"

亚伯拉罕和梅根看着我，好像我疯了似的，但我觉得这个问题没毛病。

盗窃犯睁开了一只眼睛。"啊？"

"如果我们不服从你，"我说，"你要怎么办？"

"你们必须服从我。我是史诗派。"

"你知道，"我缓缓说道，"我们是清算者。"

"没错。"

"所以……我们经常违抗史诗派。我是说，如果我们听了史诗派的，我们的表现会很糟糕。"

"哦？"盗窃犯说，"可你们的整个职业生涯，不都是在按史诗派的指示行事吗？"

扯火。**大家都知道吗？** 我想这不难猜到，因为他已经搬进城里了。然而，我张开嘴想进一步反驳，但梅根拽着我的胳膊把我从房间里拉出来，亚伯拉罕和我们一起撤退，笨拙地举着他的枪。科迪和苏苏站在通向楼下的台阶上，神色担忧。

我们来到中层的厨房，围坐在一张窄窄的盐石桌旁，低声交谈。

"真的是他？"苏苏问道，"就像那个大个子，城市之王，瓦齐斯纳马古奥？"

"他变出了一把椅子，"我说，"这是一种非常罕见的超能力。是他。"

"扯……火……"苏苏说，"你想偷偷溜出去然后把这地方炸了吗？我把炸药都备好了。"

"不会伤到他的，"梅根说，"除非我们能利用他的弱点。"

"不然的话，这可能是他的圈套，"我说，"虽然我不确定可能性有多大，但盗窃犯的尸体可能在别的地方。它基本上是无意识的，处于一种恍惚状态。仍有呼吸和心跳，但不是真正的清醒。"

"似乎是一场危险的赌博，"梅根说，"想想他那畏怯的举动，难道他真想让自己像那样毫无防备吗？"

"谁知道呢。"我答道。

"我也好奇他为什么会在这里？"亚伯拉罕说，"他要求避难只是一种幌子，不是吗？他是最强大的史诗派。他没必要……"

楼梯间有脚步声。当盗窃犯爬上二楼时，我们都转过身来。"我的饮料呢？"他问道，"你们真的连一个简单的命令都记不住吗？我看出来了，对你们能力有限的假设是过高估计了。"

队员们紧张地握着武器，巧妙地组成一个联合阵线来对抗这家伙。一个高等史诗派。无拘无束地在我们的基地里游走。我们只是窗户上的泥点；而他则是一个报复心极强的巨型喷雾清洁剂。

浓郁的柠檬香型。

我小心翼翼地站起来。其他人早在我之前就已经是清算者了，教授训练他们要小心、安静。他们打算逃跑——先转移盗窃犯的注意力，然后溜之大吉，再建立一个不同的基地。

相反，我看到了一个机会。"你想一起合作，"我对盗窃犯说，"既然我们有共同的敌人，我倒想听听你的提议。"

盗窃犯吸了吸鼻子。"我只是不想被谋杀。**整个城市都在反对我。整个城市。**我是那个保护他们的人，在悲惨世界里给予他们食物和住所！人类真是忘恩负义。"

梅根听了这话僵住了。不，她不喜欢那种把人类和史诗派视为不同物种的理论。

"盗窃犯，"我说道，"我的团队不会当你的仆人。我会让你和我们住在一起，但有一定的条件——*我们是在帮你的忙。*"

我几乎能听到其他人的喘息声。对一个高等史诗派提出要求，肯定会让你死于非命。但到目前为止，他还没有伤害我们，有时这是唯一的选择。你要么玩火，要么让火把一切都烧掉。

"我明白了，他让你变得傲慢无礼，"盗窃犯说，"给了你太多的自由，让你*参与进来*。如果你把他拉下马，那是他活该。"

我坚持我的立场。最后，盗窃犯双膝弯曲，出现了一张有毛绒垫子的凳子，他一屁股坐下去。"我可以杀了你们所有人。"

"你可以试试，小伙子。"梅根咕哝着。

我走上前去，盗窃犯抬起头，目光锐利地盯着我，然后退缩了。我从来没有在他这个地位的史诗派身上看到过这种表现。他们中的大多数人，即使身处陷阱之中，也仍然目中无人，坚信自己能够逃脱。唯一让他们感到不舒服的，似乎是他们的弱点暴露出来的那一刻。

我弯下腰，去迎接盗窃犯的目光。他看起来就像个受惊的孩子，尽管他还比我大几岁。他用双臂抱住自己，转向一边。"我想我别无选择，"他说道，"否则他会毁了我的。你的条件是什么？"

我眨了眨眼睛。老实说……我还没想到那一步。我看向其他人，他们耸耸肩。

"嗯，不杀我们中的任何人？"苏苏问道。

"那个穿得很蠢的人呢？"盗窃犯指着科迪问道，他自己穿着迷彩服和运动队的旧 T 恤。

"他也不行。"我说。也许苏苏说得对，史诗派可能会有……关于社会习俗的怪念头。"第一条规则是，你不能伤害我们或我们带来的任何人。你留在基地里，不准用你的超能力为难我们。"

"好吧，"盗窃犯厉声说，把自己搂得更紧了，"等你们完成任务后,我就可以夺回我的城市了,对吗?"

"这个我们以后再谈,"我说,"现在,我想知道你是怎么找到我们的。如果教授能复制你的做法,那我们就得马上撤退。"

"呸,你们没事。我能嗅出史诗派的味道,但他不行。"

"嗅出他们?"我问道。

"当然,就像烹饪好的食物一样,行了吧?这种本事能让我找到史诗派……你知道的……偷取他们的超能力。"

所以他可能是任何东西,包括线粒体探测仪。我和梅根交换了一下眼神,她似乎有些不安。我们没有想到有人会通过追踪她的超能力找到我们。万幸探测是一种非常罕见的能力,尽管作为盗窃犯原有超能力体系的一部分,这说得通。

"线粒体探测仪,"我转过身来对他说,"城里还有其他人吗?"

"没了,不过那个引导你的怪物,有一些圆盘状的装置可以做到这一点。"

那么我们是安全的。那些光盘和我们在新加哥使用的一样;需要直接接触,而梅根可以用她的幻术来迷惑它。教授不可能把我们嗅出来。

"喂,"盗窃犯喊道,"看,我很配合。谁能给我弄点喝的?"

"你就不能自己变一个吗?"亚伯拉罕问道。

"不能。"盗窃犯厉声说,没有进一步解释。不过我总算知道了,他只能创造出有限数量的物品,当他不专注于这些物品时,它们就会消失。他自己变出的食物或饮料不能满足需要,因为总会消失不见。

"很好,"我说,"你可以留下来,但就像我们说的,不要伤害我们,包括夺走这里任何人的超能力。"

"我已经答应过你了,白痴。"

我向科迪点点头,然后指了指盗窃犯。

科迪轻拍了一下帽檐,表示同意。"你想喝点什么?"他对盗窃犯说,"我们有凉白开和温水,喝起来都是咸的。但从好的方面来说,我已经在老亚伯拉罕身上测试过了,绝对不会让你拉肚子。"

他会给盗窃犯打点水来,陪着他,看看能不能找到那个人。我拽着另外三个人,走下楼梯,科迪负责分散史诗派的注意力。当我们到达底层时,梅根拉着我的胳膊。"我不喜欢这样。"她压着嗓子用气音说。

"我倾向于同意,"亚伯拉罕说,"高等史诗派反复无常,一点也不可信。不包括在场的人。"

"他有点古怪。"我说着,摇了摇头,回头望着楼梯间,科迪的声音渐渐低沉下去,他开始给盗窃犯讲自己苏格兰祖母的故事。她显然是游到丹麦去了?

"我感觉到了黑暗,戴维,"梅根说道。"把他关在这里就像依偎在一个炸弹旁,满足于炸弹不会爆炸,因为你还能听到它滴答作响。"

"比喻得好。"我心不在焉地说。

"谢谢。"

"但不准确,"我说道,"他没有遵循这个模式,梅根。他很害怕,与其说是目中无人,不如说是傲慢自大。我不觉得他很危险,至少现在是这样。"

"你愿意把我们的生命,押在这种感觉上吗,戴维?"苏苏问道。

"我把你们带到这里,已经赌上了你们的性命。虽然这么说让人不安,但事实确实如此。我以前就说过:'我们要打赢这场对抗史诗派的战争,唯一的办法就是利用其他史诗派。'当一位强者有意与我们合作时,我们要把他赶走吗?"

其他人都沉默了。一片寂静中,我的手机嗡嗡作响。我瞥了一眼,有点希望是科迪发的,还有一些他想让我听的故事。结果却是骑士鹰。

你的箱子在移动,他写道。

怎么,这么快?我回复了他。

是的,离开仓库,去了别的地方。这是怎么回事?谁订的那个箱子?

"我得去追查这条线索,"我说着,抬头看向其他人,"梅根,留在这里。如果盗窃犯出了什么问题,你最有希望把其他人救出来。小心不要碰到他,以防万一。他要夺走你的超能力,必须先接触你,并坚持三十秒左右,至少我的报告是这么说的。当心点儿,不要让他和你们有任何直接的接触。"

"好吧,"她说,"但事情不会发展到这种地步。如果发现他有黑化的迹象,我就带上其他人逃走。"

"一言为定,"我说道,"亚伯拉罕,我需要你的支持。这次任务得弃用梅根的伪装,所以可能会很危险。"

"比待在这里更危险?"他抬头问道。

"老实说我也不清楚,这取决于我们目标对象的情绪有多糟糕。"

第二十章

我们从藏身处溜出来后,我给亚伯拉罕看了我的手机,里面有一张城市地图。骑士鹰所在的红点指示着目标的位置。

"这样移动的话,可能需要好几个小时才能追上来。"亚伯拉罕咕哝着说道。

"我们还是赶紧走吧。"我说着,把手机塞进了口袋。

"戴维,行行好,"亚伯拉罕说,"你今天的计划已经够让我精疲力尽了,现在你又想再次穿过这座城市。**情况不太妙**①!真想知道你是不是认定我变胖了,在这儿等着。"他把自己的大包塞到我手里,里面装着他的枪,比我预想的要重得多。正当我跌跌撞撞的时候,他大步穿过街道走向一个小雨篷下的摊贩。

你能告诉我这是怎么回事吗?在我等待的时候,骑士鹰来了短信。

你是个聪明人,我回复说。你猜。

我是个懒骨头,讨厌猜来猜去。尽管如此,过了一会儿,他还是发来了一些消息。这和洞穴有关吗?比如……你料想

---

①原文为法语:Ç'a pas d'allure!

盗窃犯会藏在洞里,你想追踪他?

猜得很到位。洞穴?我回复道。什么洞穴?

你知道的。圣·约瑟夫?

宗教人物?

城市的名字,白痴,骑士鹰发送道。以前属于该地区的那个。你真的不知道?

知道什么?

哇。说到史诗派,我还以为你是无所不知的超级呆子呢。我知道的这些你竟然不知道?我能感觉到从屏幕上渗出的自我满足感。

有一个来自圣·约瑟夫的史诗派,我写道,你觉得我应该知道吗?

雅各布·范。

一下子记不起来。

给我一点时间,沾沾自喜一会。

我抬起头望着亚伯拉罕,急切地想把事情办妥,但是加拿大人还没结束他的讨价还价。

你叫他掘域。

我为之一惊,想起了这回事。

就是那个组建挖掘队的人,我写道。回到了新加哥。

对,骑士鹰发送道。在他让人们为钢铁心而疯狂之前,他来自一个死气沉沉的小镇。整个州有一半的地方都是他挖的地道和洞穴。但如果你不知道这一点,那你今天用手机要的小把戏，就不可能是为了找出盗窃犯。

掘域。他一直躲在新加哥地下的迷宫之中。想到这里也有类似的隧道，深入地下，我就觉得很奇怪。

不，我今天不是为了找盗窃犯，我发短信给骑士鹰。我们不需要找到他，他自己出现在我们家门口。

什么？

抱歉。亚伯拉罕带着我们的自行车回来了。一会儿再聊。

让他好好想想。亚伯拉罕推着两辆生锈的自行车回来时，我又把手机放回了口袋。我半信半疑地看着两辆车。"它们看起来比两位年过六旬的人还老。"

亚伯拉罕扬起脑袋。

"怎么？"我问道。

"有时候，我还是会对那些从你嘴里跑出来的东西感到惊讶，"他说着，收回了自己的背包，"这些自行车很旧，是因为我觉得只有买便宜的，才不会令人生疑。这些应该能带我们去想去的地方。你……会骑自行车，对吧？"

"当然会，"我说着，坐到一个吱吱作响的物体上，"至少以前会。我已经好多年没骑过了，但这就像骑自行车一样，对不对？"

"严格来说，是的。"

我的话听上去毫无根据，他怀疑地看着我。我骑着自行车兜圈试图适应它，犹豫并不是因为能力不足。

自行车让我想起了我的父亲。

我查看了手机地图，并给骑士鹰发了简短的解释，以免他因为盗窃犯而惊慌失措。我们出发了，加入了街上为数不多的骑行者队伍。我在新加哥不常看到这些。在街头巷尾，富人因乘坐工作汽车而引以为傲。在地下街道，由于路面太过崎岖不平，自行车显得不太实用。

在伊迪西亚，自行车可以畅通无阻。在这里，街道两旁排列着用盐造的汽车，但道路中央留出了大片的空地。许多盐汽车都被推到一边——它们不像新加哥的汽车那般与路面融为一体——留下了一条宽阔的道路。这是很容易的，哪怕你必须绕过没有疏通的交通堵塞。这些东西每周都要重新再长一次。

我很享受我们短暂的骑行，尽管我不禁想起了以前的日子。我七岁的时候，父亲才开始教我骑车。这时起步已经太晚，身边的朋友们早就学会了，他们开始取笑我。有时我真希望能回到过去，一巴掌掴在自己脸上。年少的我太过胆小，太过畏缩被动。

年满七岁后，父亲认为我已经准备好了。虽然我一直在抱怨，但他从来没有沮丧过。也许教我骑车只是为了转移他的注意力，让他不去理会驱逐通知，不再注意空荡荡的公寓，当时只剩两个住户了。

有那么一刻，我和他一起站在我们楼前的街面上。那时的生活并不安逸，我们也尚未脱离危险，但有父亲在。我记得他的手放在我的背上，和我并肩而行，然后扶着我一起跑，

灾星

最后再放手，这样一来我就可以独自骑车了。

我突然觉得自己可以做到。一种几乎与骑自行车毫无联系的情绪冲动压倒了我。我回头看着父亲疲惫的笑容，开始相信——这是几个月来的第一次——一切都会好起来的。

那天，我又重新寻回了一些东西。妈妈的死让我失去了很多，但我还有他。只要有父亲在，我就知道自己无所不能。

亚伯拉罕把自行车停在一个街角，给两辆马车让路。马车上载着刚刚收获的粮食，两个手持步枪的人在旁边骑马。我在他身边停下来，耷拉着脑袋。

"戴维？"亚伯拉罕问，"戴维，你在……哭吗？"

"我没事，"我查看着手机，粗声粗气地说，"我们在这里左转。箱子已经不动了，我们应该很快就能赶上。"

亚伯拉罕还没赶上，我就再次动身了。我没有意识到疼痛仍然如此接近表面，就像一条喜欢晒日光浴的鱼。还是不要停留在回忆里为妙。相反，我尽量去享受微风和运动带来的刺激感。骑自行车确实比走路快多了。

我们急速转弯，然而前面的一群自行车突然停了下来，我们也不得不放慢速度，然后中断了骑行。我浑身起鸡皮疙瘩，毛都竖起来了，人行道上没有人。没有人把自己的家当搬到新家去就好像其他街上都在这么做似的。窗户都被砸开了，没有人探出窗户。

这条路很安静，除了自行车踏板发出的咔嗒声和远处街道上传来的说话声。

"现在，只需要一分钟。"一种我听不出来的英国口音。当瞥见一个剃了光头、穿着黑色尖头皮鞋的男人时，我感到一阵寒意。一个小小的霓虹球体在他身边盘旋，颜色从红色变成了绿色。他们有时将其视为个人标签。那些能够在视觉上展现自身力量的史诗派，时常会带着赤裸裸的炫耀来回走动——他们身上散发的光芒，或者几片旋转的叶子。说了些什么，是的，我是他们中的一员。所以别惹我。

"戴维。"亚伯拉罕轻声说。

"霓虹，"我低声说道，"低等史诗派。能够操纵光。不会隐身术，但他可以大显身手——用激光把你刺死。"弱点……我的笔记有写他的缺点吗？

他在与我们前面的一群人进一步交谈，一些穿着长夹克的人走了过来，手里拿着一个类似盘子的装置，其中一面有一块屏幕。盗窃犯提到的一个线粒体检测仪。确实和我在新加哥看到过的团队使用的一模一样。

霓虹的团队扫视了我们前面的每一个人，然后挥手示意他们离开。我想，教授正在追捕盗窃犯。他不会派低等史诗派来找我们的，他知道梅根能打败他们。

霓虹的团队示意我们前进。

"噪音好大，"我小声说，想起了什么，"如果事情搞砸了，就开始尖叫。这会废掉他的超能力。"

亚伯拉罕点点头，我们两人推着自行车向前走时，他显得自信多了。这个团队有可能了解我们的情况——这取决于教授对清算者的担忧程度。当霓虹打着呵欠，让他的团队扫描亚伯拉罕的时候，我松了一口气，他的眼神说明没有认出来我们。

线粒体检测仪批准亚伯拉罕通过，队员们挥手示意他前进。紧接着，他们把扫描仪的带子缠在我胳膊上。

我们静静地站在街上。扫描花了很长时间，足够让霓虹走过去，看起来很恼火。我开始出汗，准备大喊大叫。他会因为我拖了他的后腿而感到沮丧，然后决定把我烧死吗？他在史诗派中的地位无足轻重，小人物对肆意的谋杀必须更为谨慎。如果他们毁了一个城市的劳动人口，高等史诗派将禁止让任何人为他们服务。

最后，仪器毫无生气地做出了反应。"哈，"霓虹说，"以前没这么久。搜查一下附近的建筑物。也许有人在里面，让我们的仪器高效运转。"他解开了装置，挥手让我走开。"快滚。"

我走过去的时候，注意到线粒体检测仪给了我一个否定的解读，这是应该的。我不是史诗派。

不管圣凛怎么说。在剩下的旅途中，我一直感到不适，回想着那些面对自己水中倒影的时刻。听着她可怕的承诺。

你在生教授的气，因为他对团队隐瞒了一些情况，一个声音在我心里低语道。你不也是这么做的吗？

真是太蠢了，没什么好隐瞒的。

我们到达了板条箱停止移动的地方：一条林立着三四层

楼高公寓楼的街道。在城里待了两天后，我清楚意识到那些势力强大的家族是在寻找这样的地方，而那些曾经富裕的郊区住宅现在却普遍被忽视了。在一个充满史诗派和敌对帮派的世界里，生存空间远不如安全重要。

我们俩在街口处停了下来。一群和我年龄相仿的年轻人，拿着各式各样的旧武器懒洋洋地躺在这里，其中有一个十几岁的少年，手里拿着一把万能的十字弓。一面带有黄貂鱼徽章的大旗飘扬在一座建筑物的上空。

"我们不招人，"一个年轻人对我说，"走开。"

"你们中间有一位客人，"我对他们说，希望我猜得没错，"一个局外人。把我们的话转述给这个人。"

那些年轻人对视几眼，其中一个照我吩咐的去做了。不一会儿，我就知道猜对了，因为许多上了年纪的男女端着好枪，沿着街道朝我们走来。

"呃……戴维？"亚伯拉罕问道，"你还有什么要说的吗？我们……"

当他看到人群中有一个人胳膊上挂着步枪，身穿连帽衫时，他的话音渐渐低了下来。兜帽遮住了她的脸，但她的下巴旁露出了几缕红发。

缇雅。

第二十一章

我们俩很快就被武装人员包围了,亚伯拉罕什么也没说,匆匆离开街道,朝着一栋公寓大楼走去。他友好地向缇雅简单行了个礼,用一根手指轻敲自己的眉心。很显然,他早就知道我们在干什么了。

缇雅的人把我们拖进一个没有窗户的房间,房间里只有一排蜡烛在旧厨房的吧台上慢慢地融化。既然你的家迟早会溶解,为什么还要操心烛台呢?不过这个的确装有一扇实木门,这在这个城市很少见。木门每周要被运到下一个地点,然后重新安装。

一个持枪的伊迪西亚人抢走了我们的武器,另一个人把我们推倒在椅子上。缇雅站在队伍的后面,双臂交叉,她的脸被兜帽遮住了。她个头不高,身材纤细,从兜帽的阴影里可以看出——她瘪着嘴巴,一副不以为然的样子。她是清算者里的二把手,也是我见过的最聪明的人之一。

"戴维,"她平静地说道,"在巴比拉,你出去送补给之后,你和我在我们的藏身处碰了面。告诉我当时我们讨论过什么。"

"那有什么关系？缇雅！我们需要谈谈——"

"戴维，你只管回答就行，"亚伯拉罕提醒道，"她在测试我们是不是本人。"

我吞了口唾沫。当然可以。任何一名史诗派都可能在教授的指挥下，创造出清算者的分身。我试图回忆起她说的那件事。为什么她没有选一些更值得纪念的，比如我刚加入清算者的时候？

我意识到，*她需要一些教授不会知道的东西。*

我开始出汗了。我当时在潜水艇上，然后……扯火，那些持枪的男男女女盯着我很难继续思考，每个人都像是发现我把他的后座弄得乱七八糟的出租车司机，一副怒气冲冲的样子。

"那天我见到了教授，"我说道，"我来基地报到，我们讨论了巴比伦的其他一些史诗派。"

"还有什么……你打了个有趣的比方吗？"

"扯火，你指望我*记住*那些吗？"

"我听说过一些难忘的故事，"亚伯拉罕指出，"尽管花了很多时间尝试忘记。"

"没用的，"我小声咕哝，"呃……嗯……哦！我说过用牙膏做发胶。不，等等。是番茄酱。用番茄酱代替发胶，不过我觉得牙膏是个更好的比喻。我想它会变得更坚硬，而且——"

"是他，"缇雅说，"把枪放下。"

"孩子,你怎么知道她和我们在一起?"其中一个伊迪西亚人问道,她是个矮胖的老妇人,头发稀疏。

"你的货。"我说。

"我们一周运两次货,"那个妇人说,"城里大多数的大家庭也是如此。那怎么会把你引到这儿来?"

"好吧……"我说。

缇雅呻吟着,用手捂着脸。"我的可乐?"

我点了点头。我第一次见到教授的那天,就在板条箱里发现了它。不是普通的可乐,是她喜欢的品牌。价格昂贵且独一无二,值得一试。

"我告诉过你,"另一个伊迪西亚人说,一个脸像烧烤架的大块头男人,整个人看上去很丑,"我告诉过你,让这个女人加入会有麻烦。你却说我们不会有危险!"

"我从来没那么说过,"头发稀疏的女人回答,"我说我们必须帮助她。"

"这比你想象的还要糟糕,卡尔拉。"缇雅补充道,"戴维比他看起来要聪明得多,但他发现的东西会被别人发现,也不是没有道理。"

"呃……"我说。

他们都看着我。

"既然你提到了,"我继续道,"教授可能知道可乐的事了。至少,前几天他在箱子里发现了一些。"

房间里的人都僵住了,然后开始互相喊叫,派人去通知他们的哨兵。缇雅脱下她的兜帽，露出红色的短发，揉着她的前额。"我真是个傻瓜，"她说着，声音几乎淹没在了卡尔拉的命令声中，"他们下了供货单，问我是否需要什么。我根本没想那么多。几罐可乐就好了……"

就在附近，那个丑陋的伊迪西亚人拿着装可乐的板条箱走了进来，从里面摸索出破手机。"骑士鹰的手机？"他问道，"我以为这些是无法追踪的。"

"这只是个壳子。"我很快回应道，"安装窃听器很方便，因为它有电源和天线。"我并未就此放弃。

那人接受了这一说法，把手机扔给卡尔拉。她取下能源电池，然后和另外几个人一起走去房间的另一边，他们在那里安静地交换意见。当我站起来的时候，那张丑陋的脸瞪着我，手里握着他的手枪，我只好又坐了回去。

"缇雅？"我问道。看到她肩上扛着把步枪，感觉怪怪的。她总是在相对安全的地方为我们指挥行动；我从没见过她开枪。"你为什么不联系我们？"

"怎么联系你，戴维？"她问道，声音听起来很疲惫。她走近我和亚伯拉罕。"乔纳森可以进入我们的移动网络，知道我们每个人的藏身之处。我甚至不知道你是否还活着。"

"我们在巴比拉试着联系过你。"我说道。

"我躲起来了。他……"她叹了口气，坐在我们旁边的桌子上，"他在追杀我，戴维。他径直来到圣凛袭击时我藏身的地方，把潜艇从水里拖出来，并将其压碎。谢天谢地，那时我已经出来了。但我听见他在呼喊我。恳求我帮他摆脱黑暗。"她闭上眼睛。"我们都知道，如果这一天来临，我会比清算者中的任何人都更危险。"

"我……"我怎么说的来着？我可以想象，如果你爱的人向你求助，而你却一直知道这是个陷阱，那会是什么感觉。我想象自己挣扎着不屈服，无视他们的恳求。

我还是不够坚强。扯火，我追着梅根跑了半个国家，尽管她威胁说要杀了我。

"对不起，缇雅。"我低声说。

她摇了摇头。"我准备好了。乔和我谈过了，就像我说的。我可以帮他最后一个忙，"她睁开眼睛，"我想你也有同样的直觉。"

"不……不完全是。"亚伯拉罕说着，和我交换了一个眼神。

"缇雅，"我说道。"我们已经破解了它。"

"它？"

"秘密，"我说着，越来越热切，"弱点和黑暗——它们紧密联系在一起。所有的史诗派都做过弱点的噩梦。"

"当然有联系，"缇雅说道，"弱点是唯一能让他们感到无力的东西。"

"不仅如此，缇雅。"我说道。"远远不止！弱点往往与人们在获得力量之前所害怕的东西有关。一种恐惧症，一种惊恐。看来……好吧，我和他们聊得还不够多，但似乎变成史诗派会让恐惧的症状加重。不管怎样，停止或至少控制黑暗是可能的。"

"你这是什么意思？"

"惧怕，"我悄悄对她一个人说，"如果史诗派直面他们的恐惧，就能驱散黑暗。"

"为什么？"

"呃……有关系吗？"

"你一直说这一切都解释得通。如果这些弱点背后真的有逻辑，那么黑暗不也应该有合乎逻辑的理由吗？"

"对……对，应该有，"我往后一靠，"梅根说——"

"梅根。你带她来的？她是他们中的一员，戴维！"

"因为她，我们才知道这样行得通。缇雅，我们可以救他。"

"别给我希望。"

"但是——"

"不要给我希望，"她瞪着我，"你不敢这样做，戴维·查尔斯顿。你觉得这还不够难吗？打算杀了他？想知道我还需要做些什么吗？他让我保证，我得信守诺言，该死的。"

"缇雅。"亚伯拉罕轻声说。

我仍坐在那里，她看着他，我被她的语气惊呆了。

"戴维说得对，缇雅。"亚伯拉罕平静地说，"我们必须设法把他带回来。如果救不了乔纳森·菲德拉斯，那我们还是放弃这场战斗吧。总不能把他们都杀光。"

缇雅摇了摇头。"过了那么久,你相信他已经发现了秘密?"

"我相信他掌握了很好的理论,"亚伯拉罕说,"梅根已经学会了控制黑暗。如果我们不检验戴维的理论,我们就是蠢货。他是对的。我们不能把他们都杀了。我们已经尝试同样的事情太久了,是时候干点别的了。"

我突然觉得把亚伯拉罕带来,**实为**明智之举。缇雅正听着他的话。见鬼,只要亚伯拉罕开口说话,癫痫发作的吉娃娃都会停下来倾听。

门突然被撞开,一个惊慌失措的年轻女子闯进了房间。"先生!"她对卡尔拉说,"歪脖南瓜。整个家族,三百多人全副武装,朝这边来了。他和他们是一伙的。"

"他?"卡尔拉向她问道。

"新来的史诗派。先生,我们被包围了。"

房间里鸦雀无声。先前那个和卡尔拉意见相左的丑陋男人转向了她。他没有说话,但从他阴沉的表情说明了意思。**你害惨了我们。**

亚伯拉罕站起来,吸引了所有人的目光。"我需要我的枪。"

"见鬼去吧!"卡尔拉说,"是你造成的。"

"不,是我。"缇雅说着站了起来,"我们很幸运,戴维最先到了这里。"

卡尔拉低吼了一声,随后叫她的人准备战斗。这样做大有裨益。教授可以只身摧毁这个社区。

有人把亚伯拉罕的背包扔给他,其他人则夺门而出。卡尔拉跟着他们,也许是为了亲眼看看敌人。

"卡尔拉,"缇雅说,"你打不过他们。"

"我拿不准他们是否会给我们一次选择的机会。"

"如果你给了他们想要的,也许会的。"

卡尔拉看着她的同伴,他们点点头。他们也是这么想的。

"不!"我说着,站了起来,"你不能把她交出去。"

"你有五分钟时间准备,缇雅,"卡尔拉说,"我会派人去和即将到来的队伍谈谈,看看能不能让他们来盘问你。我们可以假装不认识你。"

她把我们留在那个没有窗户的房间里,在门口安排了两名显眼的守卫。

"我不敢相信——"我开始说。

缇雅打断了我。"别再孩子气了,戴维。虹鱼家族友善地接纳了我,听取我的计划。不能让他们为了保护我而死。"

"可是……"我痛苦地看着她,"缇雅,他会杀了你的。"

"最后,"她说,"我应该还有点时间。"

"他即刻就杀死了瓦伦和艾科瑟尔。"

"是的,但他要先审问我。"

"你知道的,是不是?"我轻声说,"他的弱点。"

她点了点头。"为了抓我,他会把整个城市撕成碎片。如果他没有把这个地区的人都杀了,那我们就算走运了,至少守住了秘密。"

这让我感到恶心。很久以前,我和父亲看到他流血的那一天,钢铁心也做过类似的事情。

缇雅把什么东西塞到我手里。一个数据芯片。"我的计划,"她说,"用它把乔拉下马。这几年我一直在考虑这个问题,以防万一。但我为了这座城市和他在这里的行动特地又做了调整。戴维,他有更大的阴谋。我已经派人去他附近侦察情况了。我想圣凛一定给了他什么——一些关于灾星的情报。我觉得是她派他来的。"

"缇雅,"我边说边期待亚伯拉罕的支持,"我也这样怀疑。但你不能和教授走,我们需要你。"

"那就阻止他,"她说,"在他杀了我之前。"

"但是——"

她迅速穿过房间,从桌子上拿起那个坏掉的手机。"如果我把电池放回去,你能追踪这个吗?"

"嗯。"我答道。

"很好。用它来看看他会带我去哪里。我没有告诉任何一个伊迪西亚人他的弱点,我可以躲在真相后面一段时间。他们应该很安全,如果他问起你们的情况,我就说我在巴比伦和你们走散了。他能识破我的谎言,但我不会撒谎。"

"他最终会击垮你的,缇雅,"亚伯拉罕说,"如果不坚持的话,那他什么也不是。"

她点点头。"是的,但他起初会表现得很和善。我敢肯定,他会尽力把我拉到他那边。只有在我拒绝之后,他才会变得残忍。"她扮了个鬼脸,"相信我,我**不想**成为什么高尚的殉道者。我就指望你了。拦住他,把我救出去。"

亚伯拉罕又敬了个礼,这一次更为严肃。扯火。他打算任其发展。

人们在房间外呼喊着。卡尔拉又缩了回去。"他们说我们有五分钟的时间交出外人。我想他们以为我们不知道你是谁。他们似乎也不知道另外两个人是谁。"

"乔的偏执对我们很管用,"缇雅说,"如果**他**躲在这里,他永远也不会告诉你他的真实身份。他会认为我想混进去。"她看着我。"你要把事情搞复杂吗?"

"不,"我说道,听天由命,"但是我们**会**把你救出来的。"

"很好。"她犹豫了一下,"我要看看能不能查出他来这里做什么,对这个城市有什么阴谋。"

"缇雅,"卡尔拉在门口说道,"我很抱歉。"

缇雅点了点头,转身离开。

"等等,"我说,然后继续低声说,"弱点,缇雅。是什么?"

"你知道的。"

我皱起了眉头。

"我不知道你的推测是否正确,"她说,"但是……没错,他会做噩梦。想想,戴维。在我们相处的这段时间里,你真正见过他害怕的是什么?"

我眨了眨眼睛,意识到她说得没错。我确实知道,这显而易见。"他的力量。"我低声说。

她又点了点头,表情严肃。

"但这是怎么回事呢?"我问道,"他显然可以使用自己的力量。它们不会……否定自己。"

"除非有人在使用它们。"

其他人……教授是赋能者。

"我们年轻的时候,"缇雅急切地低声说,"我们试验过乔的超能力。他可以制造光之矛、力场矛。他赋予我这种能力。我不小心把一支长矛射向了乔。戴维,他那天受伤的部位**没有再生**。他的超能力无法将其治愈;他花了好几个月的时间才康复,恢复得和正常人一样。我们从没告诉过任何人,连迪恩也没有。"

"这么说,某人被转赋了他的一种超能力……"

"就可以废掉其他的超能力,没错。"缇雅看了一眼卡尔拉,她正急切地挥手,然后向我靠拢,继续细言细语地说话,"他害怕它们,戴维。那些赋予他的力量,也带来了重担。因此,他的生活充满了两面性——抓住每一个机会转赠自己的能力,让团队来使用这些能力,这样他就不必继续使用了。但他的每次施与,都给了对方一个可以用来对付他的武器。"

她抓住我的手臂。"救我出去。"她说,然后转身冲向卡尔拉,卡尔拉带着她离开了房间。

他们让我们在远处的一栋公寓楼顶上用瞄准镜观察。他们在那里挖出了一个隐蔽的狙击手巢穴。陪同我们的是两名守卫,他们答应放我们走,并表示教授带走了缇雅,并没有提出更多要求。

我不得不再次看着自己敬爱的男人表现得像另一个人。一个傲慢而专横的人,沐浴在他力场光圈的微弱绿光中。

我感到很无力,因为伊迪西亚人把缇雅带到他面前,然后强迫她跪下。他们鞠了一躬,从教授身边离开。我默默等待着,汗流浃背。

缇雅说得没错。他没有立即杀了她。他以力场包围了她,然后转身大步走开,她的球体跟在他身后。

我想,他从未赋予我们那种力量。他以"夹克衫"的形式向我们提供了力场保护,但数量少得可怜。上回我看他用过的那些球体,那些长矛……他并没有告诉我们那些能力。

他害怕会因那些超能力而丧命。扯火,我们怎么才能让他露出马脚?我知道他的弱点,但想要接近它似乎机会渺茫。

当缇雅和教授离开时,我闭上眼睛,感觉自己像个懦夫。不是因为我没能救出缇雅,而是因为我太想让她跟我们同行了。

她本打算接手任务,掌控一切。她知道该怎么做。不幸的是,这个重担现在又落到了我的身上。

第二十二章

我又回到了一处黑暗而温暖的地方。

我有了记忆……声音，就像我自己在说话一般，我们和谐地融为一体。我失去了那些声音，但我渴望它们，需要它们。与它们分离让我感到痛苦。

至少我身子很暖，安全又舒适。

我知道会发生什么，但在梦里无法振作起来，以至于隆隆的雷声仍然震撼着我。那可怕的咆哮声，就像一百只愤怒的狼。散发出耀眼、寒冷且刺眼的光。猛扑，攻击，撕咬，窒息。它扑向我，想要毁了我。

我猛地挺直身子，突然惊醒。

我又回到了藏身处上层房间的地板上。梅根、科迪和苏苏睡在附近，亚伯拉罕今晚值班。由于藏身处有一位来历不明的史诗派，我们中不管是独自还是两人一组睡觉，没有一个人安稳入眠，况且我们还得派人放哨。

扯火……那个噩梦。那个可怕的噩梦。我的脉搏仍在狂跳不止，皮肤湿漉漉的。毯子被汗水浸湿了；大概可以拧出一整桶水。

我得告诉别人,我坐在黑暗中想道,试图喘口气。噩梦与史诗派和他们的弱点直接相关。如果我总是做一个梦……它也许意味着什么。

我踢开毯子,发现梅根不在她的位置上。她经常在夜里起床。

我绕过其他人,朝大厅走去。我不喜欢这种恐惧感。我早就不是小时候的那个胆小鬼了。我可以面对任何事。**任何事物**。

我走到走廊,查看了一下我们对面的房间。空的。梅根去了哪里?

亚伯拉罕和我从虹鱼家族的基地回来时已经很晚了,所以我们决定今天就到此为止,省得去深究缇雅提供的新消息,明天再说。我告诉了他们教授的弱点,好让他们思考。眼下,这就足够了。

我光着脚继续走在台阶上。我们必须谨慎用水;若不慎洒在地上,地面会变得磨脚。即便如此,我早上醒来时腿上还是粘着一层盐壳。用一种可以溶解的物质建造一座城市,肯定比用钢铁糟糕得多。幸运的是,我已经习惯了那股味道,甚至连干燥也开始适应了。

我发现亚伯拉罕待在中层的厨房里。他沐浴在手机的灯光下,手上戴着水银手套,面前悬浮着一个巨大的水银球。水银当然有一种不同凡响的铸型:当亚伯拉罕用手环绕着球体时,它就会上下浮动,反射性极强。他把手掌移向两侧时,巨大的水银球便像一条法棍面包一样拉长了。反射在其镜像表面上扭曲和移位的倒影，让我想象它在向我们展示一个不同且扭曲的世界。

"我们要多加小心，"亚伯拉罕轻声说，"我想我已经掌握了如何控制这种金属释放出的烟雾，但还得另找地方练习。"

"我不喜欢分头行动。"我说着，从放在柜台上的大塑料冷藏箱里给自己倒了一杯水。

亚伯拉罕摊开自己的手掌，水银在他面前形成一个圆盘，就像一个宽盘子，或者说是一个盾牌。"真是不可思议，"他说道，"它完全听命于我。看看这个。"

他把圆盘拿下来，平整的一面朝向地面，然后犹豫地踏上去。圆盘将他托起。

"扯火，"我说道，"你能飞了。"

"也不完全是，"亚伯拉罕说道，"当我站在上面时不能把它移远，只能近距离地操纵它。但是看这个。"

水银盘起了波纹，其中一块被吸走了，在亚伯拉罕面前形成了台阶。看上去又薄又窄，一种反光金属台阶。他沿着台阶往上走，当越来越接近天花板时便弯下腰来。

"对付教授这个会派上很大的用场，"亚伯拉罕说，"水银球坚不可摧。也许我可以用它来废掉他的力场。"

"是的。"

亚伯拉罕瞥了我一眼。"热情不高？"

"就心烦意乱。盗窃犯还醒着吗？"

"最后一次查看的时候,"亚伯拉罕答道,"他好像没有睡着。"

我们讨论了要如何处置他,但没得出结论。不过到目前为止,他还没造成太大的威胁。

"梅根去哪了?"我问道。

"没看到她。"

这就奇怪了。如果她离开的话,肯定得通过这条道——我也没有看到她在顶楼,那里够小的。也许亚伯拉罕没注意到她从旁边经过。

他继续戴着水银手套工作,从台阶上爬下来,尝试创造其他形状。监视他很困难,但主要是因为过于幼稚。我们一致认为,亚伯拉罕应该在科迪或苏苏的支持下,练习使用这个装置。亚伯拉罕现在是我们的主要负责人。

但扯火的是,那个装置看起来很酷。希望它能在我们这里的活动中留存下来。一旦我们带回教授和缇雅,我就可以回到自己所属的起跑点。

我离开亚伯拉罕,走到底层去查看盗窃犯。我在他房间的门口停了下来。

哇。

曾经光秃秃的墙壁披上了柔软的红色天鹅绒。一组灯笼在红木桌上闪闪发光。盗窃犯躺在沙发上,和我们在巴比拉藏身处的沙发一样优雅,他戴着一副大耳机,闭目养神。我听不清他在听什么,耳机很可能是无线连接到手机上的。

我走进房间。扯火，似乎比以前更宽敞了。我用步子量了一下，发现确实变大了。

空间扭曲，我想，这也是他的超能力之一。不幸的是，那是一种不可思议的超能力。我只听说过史诗派拥有这种能力的**传言**。他能从稀薄的空气中变出物体……

"你可以打败他。"我说道。

盗窃犯什么也没说，呆在沙发上，眼睛都没睁开一下。

"盗窃犯。"我放大了嗓门。

他吃了一惊，扯下耳机狠狠地瞪了我一眼。"干吗？"

"你可以打败他，"我重复道，"教授……如果你和他面对面单挑，你可能会赢。我知道你有多重不可战胜的能力。再加上创造任何东西的能力，扭曲空间的能力……你完全可以打败他。"

"我肯定打不过。不然我为什么要和你们这些没用的白痴在一起？"

"我还没想明白。"

"我不打架，"盗窃犯说着，戴上了他的耳机，"这是不被允许的。"

"谁不允许？"

"我自己。让别人去战斗。*我的职责是观察*。对我来说，甚至连统治这座城市都不怎么合适。"

包括我在内，大部分人都倾向于认为所有史诗派在本质上是一样的——自私自恋、极具破坏性。尽管他们**确实**都具备这些特质，但也有自己的怪毛病。湮消引用了《圣经》，并试图毁灭这个星球上所有的生命。圣凛将她的黑暗引向更大的阴谋。新加哥的夜影坚持利用更低等的中间人。

盗窃犯似乎也有些精神错乱。我把手伸进门边小大理石基座上的一只碗里。玻璃珠从我的手指间滑落下来。不——是钻石。

"我不认为，"我说道，"你能把我变成一个——"

"别说了。"

我瞥了一眼盗窃犯。

"我一开始就应该说清楚的，"他说道，"你从我这里什么也得不到。我不是来送你礼物的，也不会让你生活得更轻松。我才**不愿意**当什么仆人。"

我叹了口气，放下钻石。"你不用睡觉。"我说着，试图换一种策略。

"那又怎样？"

"我猜你是从另一名史诗派身上获得这种力量的。是不是因为噩梦，你才特意选了那个？"

他盯着我看了一会儿，然后突然把耳机扔到一边，跳了起来。他迈出一小步，却在一瞬间跨过了我们之间的距离。

"你怎么知道我做过噩梦？"他在我面前逼问道，身形变得高大起来。

我目瞪口呆，心脏狂跳起来。在此之前，他一直懒得搭理我们。现在，与身高七英尺、带着可怕冷笑和狂野眼神的盗窃犯相比，我显得更矮小了，感觉自己差点儿就要被毁灭了。

"我……"我咽了口唾沫，"所有的史诗派都做过，盗窃犯。噩梦。"

"胡说，"他说，"他们属于我。我是独一无二的。"

"你可以和梅根聊一聊。"我说道，"她会告诉你她做过的噩梦。或者你可以去找任何一位史诗派，逼他们供出来。他们会做噩梦，这和他们的弱点有关。人害怕的东西变成了——"

"停止你的谎言！"盗窃犯大吼道，然后对我咆哮一声，转身就走，大步走回他的沙发上，瘫倒在上面。"史诗派之所以软弱，是因为他们愚蠢。他们会毁灭这个世界。他们力量超群却在滥用。这就是我们需要知道的。"

"你从来没感受到吗？"我问道，"使用能力时突然而至的黑暗，缺乏同理心？毁灭的欲望？"

"你在说什么？"他说道，"傻小子。"

我犹豫了一下，试图读懂他的心思，却相当吃力。尽管他的确表现得很傲慢，但也许在不断被黑暗吞噬。

但他没有伤害我们任何人。我意识到，他喜欢指挥我们，但并非史诗派典型的指挥方式，而是像一个被宠坏的孩子。

"你很早就面对过了，"我猜想，"你以史诗派的身份长大，可以得到你想要的一切，但你从未感受过黑暗。"

"别傻了，"他说。"我**不许**你再说这种蠢话了。黑暗吗？

你想把史诗派的可怕之处归咎于某种模糊的观念或感觉吗？呸呸呸。人们自我毁灭那是他们活该，而不是因为某种神秘力量或情感！"

他必须一直不面对它，我想。无论恐惧是什么，他每天都会看到它并将其战胜。这是我们从梅根身上学到的；如果她不保持警惕，黑暗就会悄悄回到她身边。

我从他宫殿般的房间里溜了出来。

"我真的恨你，你明白的。"盗窃犯在我身后喊道。

我又朝房间里瞥了一眼。他懒洋洋地靠在沙发上，看上去确实像个孩子。一个戴着耳机的少年，试图无视这个世界。

"你活该，"他继续说道，"人性本恶。这就是史诗派所证明的。这就是你们相继消亡的原因。"他闭上眼睛仰起头，回避了我。

我打了个冷战，然后查看了另一个房间——里面装满了给梅根准备的东西。不在那里。楼上，亚伯拉罕仍在厨房里练习。在顶楼，我敲了敲小浴室的门——我们又不得不使用水桶了，真倒霉。最后，我又朝另一间卧室偷看了一眼。

空的。人在哪里——

等等。那间黑着的屋子里似乎也有什么东西……嗯……黑暗？我皱起眉头，穿过一层面纱走进房间。梅根盘腿坐在另一边的地板上，旁边的地板上点着一支小蜡烛。她盯着墙看。

墙不见了。

灾 星

藏身处的墙壁就这么……消失不见了。在这两城以外并没有别的城市。梅根向窗外望去,夜空中有数十亿颗星星,映照着被风吹过的田野。她正在搓手。

当我走近时,她注意到了我。她先是伸手去拿近旁地板上的枪,等意识到是谁时,她才放松了下来。"嘿,"她说,"我没吵醒你吧?"

"没,"我说着,在她身边坐下,"景色真美。"

"造起来很容易,"她说道,"在这么多的分支可能性中,伊迪西亚没有朝这个方向发展。很容易就能找到一处不在这里的空地。"

"那这是什么?"我伸手问道,"这是真的吗?"

我的手触摸到了什么——盐石墙,尽管看起来我像在触摸一片空白。

"暂时只是一个影子。"她答道。

"但你可以走得更远,"我说,"就像你把我从骑士鹰救出来时那样。"

"是的。"

"你带着火凤凰通过了,"我继续说,又一次摸到了那道看不见的墙,"不只是他的影子,不只是……另一个世界的投影。来这里的是他本人。"

"我看到你的脑子在运转,戴维,"她谨慎地说,"你在想什么?"

"有没有这种可能,教授没有屈服于自己的力量?"

"可能吧，"梅根说道，"这是一个小变化，而且是最近的。"

"所以你可以把他带到这儿来。"

"不会太久，"梅根说，"怎么？你想取代他在队里的位置？我的解决办法只是暂时的。它……"她的声音越来越小，睁大了眼睛。"你不想要一个新的教授来替换。你想要一个教授来和我们的这位教授战斗。"

"他的恐惧就是他的超能力，梅根。我一开始是想骗他把他的超能力赋予别人，但有你在的话，我们就没必要这么干了。如果你能从另一个世界带来一个教授的分身，我们可以让他们对峙，然后，'砰'的一声……我们利用了教授的弱点。让他以最直接的方式面对自己的超能力，帮助他战胜黑暗。"

她看上去一副若有所思的样子。"我们可以试试，"她说道，"但是，戴维，我不喜欢依赖超能力。我的超能力。"

我看了看她搓手的地方。新的烧伤。我瞥了一眼蜡烛。

"这可能是唯一的办法，"我告诉她，"他肯定不会料到的。如果我们要救缇雅……"

"你还想让我练习，"她说，"比我以前走得更远。"

"没错。"

"那很危险。"

我没有吭声。我知道这很危险，知道自己不该问她这个，这不公平。但扯火……缇雅还在教授的手里。我们必须做点

灾星

什么。

"好吧,"梅根继续道,"我将试着进一步改变现实。你最好离墙远点。"

我照办了。梅根集中注意力,脸色沉了下来。

整个建筑消失了,只剩下我一个人,悬在半空,在一个陌生的世界里。

第二十三章

我往下掉了足足二十英尺才撞到一丛茂密的灌木上，我的胃翻江倒海。灌木阻止了我的坠落，但落地让我喘不过气来。我躺在那里，努力想喘口气，却无法呼吸。终于，我痛苦地把空气吸进了肺里。

布满星星的夜空在我的头顶上旋转和摇摆，眼里的泪花模糊了双眼。扯火……那里有那么多星星，而且千奇百怪。簇状，缎带，黑幕上的光野。我还是不习惯。在新加哥，夜行者将天空笼罩在黑暗之中，所以我只能想象一下星星。这些年来，我的记忆变得越来越模糊，我开始想象星星的间隔是均匀的，就像在我模糊印象中的图画书里画的一样。

现实中的版本要杂乱得多。更像是麦片撒在了地板上。我呻吟着，勉强坐了起来。好吧，我边想边环顾四周，自己可能是罪有应得。发生了什么事？我是不是被卷入了梅根的阴影维度？

一开始似乎是这样，尽管我遇到了一件怪事：伊迪西亚就在这里，在远处。梅根不是说过，在她的影子世界里事情不就是这样发生的吗？

哪里还有些不对劲。我花了很长时间才弄明白。

灾星在哪里？

星星还留在那里，点缀着天空，但无处不在的红点不见了。真让人不安。灾星总是在夜间出现。即使在新加哥，它也穿透了黑暗，怒视着我们。

我爬起来往上看，试图找到它。等我站起来时，周围的一切都变得模糊起来。

我发现自己又回到了我们的藏身处，身边是梅根，她一个劲地在摇我。"戴维？哦，扯火，戴维！"

"我没事。"我说，并试着接受这一切。是的，我回来了，就在我摔倒时站着的地方。墙壁不再是透明的。"发生了什么？"

"我不小心把你送过去了，"梅根说道，"你完全消失了，直到你突然冒出来。扯火！"

"有意思。"

"太可怕了，"她说，"谁知道你在另一边会发现什么呢，戴维？如果我把你扔到一个气压不同的世界，你却窒息了怎么办？"

"那里和我们的世界类似，"我说着，揉着自己的身体，四处张望，"伊迪西亚在那儿，只是在远处。"

"什么……真的吗？"她问道，"你确定吗？我特意选择了一个空荡荡的世界，这样才有好的视角。"

我坐下来。"是的。你能特意再次回到同一个世界吗？"

"我不知道，"她答道，"我所做的事，就这样发生了。就像弯曲胳膊肘一样。"

"或者吃百吉饼。"我点头说。

"不……实际上不太像，但管它呢。"她犹豫了一下，然后在我旁边的地板上坐下。过了一会儿，科迪偷看了我们一眼——显然她喊我时声音太大了。梅根的黑雾面纱消失了，他可以看见我们。

"一切都好吗？"他问道，手里拿着枪。

"那要看你怎么定义了，"梅根躺在地板上说道，"戴维说服我做了一件蠢事。"

"他很擅长这个。"科迪靠在门框上说。

"我们在试验她的超能力。"我对科迪说。

"啊，"他说，"你们没事先通知我吗？"

"你刚刚在干吗？"我问道。

"起来吃了些哈吉斯，"科迪说，"在有人不小心用一股意想不到的史诗派力量摧毁你的藏身处之前，美美地吃一顿哈吉斯再好不过了。"

我皱起了眉头。"哈吉斯是什么？"

"别问，"梅根说，"他只是在犯傻。"

"我可以给他看看。"

"等等，"梅根说，"你真的有吗？"

"是的。几天前在市场上买到的。我猜他们是想利用这附近所有的动物吧？"他停顿了一下，"当然，那东西很倒胃口。"

梅根皱起了眉头。"这难道不像一道苏格兰国菜吗？"

"当然，当然，"科迪说着，信步走进房间，"倒胃口是苏格兰菜的特色。只有最勇敢的人才敢吃它，好证明你是个战士，就像在寒冷的大风天里穿苏格兰短裙一样。"他和我们坐在了一起，"那些超能力是怎么回事？"

"梅根让我进入了异维度。"我说道。

"太棒了，"科迪说着，从口袋里掏出一块巧克力，"你没给我带变异兔或别的什么吧？"

"没有变异兔，"我说，"但灾星不在那里。"

"这就更奇怪了。"科迪说着，咬了一口巧克力。他扮了个鬼脸。

"怎样？"我问道。

"吃起来像土，哥们儿，"他说，"我怀念过去的日子。"

"梅根，"我说，"你能把那个世界的影像再变出来吗？"

她怀疑地看着我。"你还想继续吗？"

"以史诗派的超能力来衡量，"我说，"这似乎不怎么危险。我是说，我被你扔进了另一个世界，但不到一分钟又弹了回来。"

"如果是因为缺乏练习呢？"梅根问道，"尝试得越多，就越危险？"

"也就是说，你在学着延长对物体的影响，"我说道，"这对我们来说是巨大的优势。值得一试。"

她的嘴巴抿成一条线，但似乎被我说服了。也许我太擅长让人干蠢事了，教授不止一次这样指责过我。

梅根朝她之前变出的那堵墙挥了挥手，墙便消失了，再次呈现出一片空旷的草地。

"现在到另一边去，"我指着科迪穿过的那道门的墙说。

"那很危险，"她警告道。"把我们困在两个影子之间，意味着异维度更有可能渗入……但你不在乎，对吧？好吧。顺便说一句，你还欠我一次背部按摩呢。"

对面的墙消失了，现在看来，我们三个似乎是在平原上一座孤零零的建筑里，有两堵墙被切断了。新的视角让我们看到了我之前看到过的景象：远处的伊迪西亚。

"哈。"科迪说着站了起来。他解下步枪，用瞄准镜审视城市。

"这座城市在这个维度上是一个不同的地方，"梅根说，"不足为奇。这样更容易看到与我们相似的维度，所以我应该猜到的。"

"不，不是这样的，"科迪说，"伊迪西亚在那个维度上也处于同一位置。但是你的窗户没有打开，我们的藏身处就在那里。"

"什么？"梅根站起来说道。

"看到那些田野了吗？那是伊迪西亚的东边，有一片树林。和我们的维度一样。城市在同一个地方；我们只是从外面看到的。"

梅根看上去一脸忧愁。

"有什么问题吗?"我问她。

"我一直以为我的影子和地点有直接的联系,"她说,"如果说我挺了过来,那是因为在另一个世界里,就在我现在所在的地方,正在发生着同样的事情。"

"我们说的是改变现实的形态,"科迪耸耸肩说,"地点有什么关系呢,姑娘?"

"我不知道,"她说道,"只是……不是我一直以为的那样。这让我怀疑自己到底错了多少。"

"没有灾星,"我一边说,一边尽可能靠着那堵看不见的墙走,"梅根,如果你抓住的影子总是来自同一个世界,一个和我们平行的世界呢?你使用超能力的时候,我总能看到火凤凰。这似乎表明你所拉的影子总是来自他的世界。"

"对,"她说,"或者说,还有成百上千个不同版本的他,每个世界都有一个。"

科迪咕哝了一声。"这听起来有点头痛。"

"你不知道,"梅根叹了口气,"我做了一些连你的理论也解释不了的事,戴维。尽管也许有一个类似的平行世界,是我最常去的地方——但如果我的超能力在那里找不到我需要的东西,就会到达更远的地方。在我重生之后,它们会去任何地方,做任何事。"

我盯着远方的伊迪西亚看了许久,只要梅根能让影子保持活跃。一个与我们平行的世界,一个没有灾星的世界。那会是什么样子？如果没有灾难赋予他们力量，怎么还有史诗派呢？

最后，梅根让这些影像消失了，我给她揉了揉脖子，试图缓解这一切给她带来的头痛。她一直盯着蜡烛，但没有去拿。不久，我们三个都回到了床上。我们需要休息。

明天我们将深入研究关于缇雅的计划，想办法把她救出来。

part three

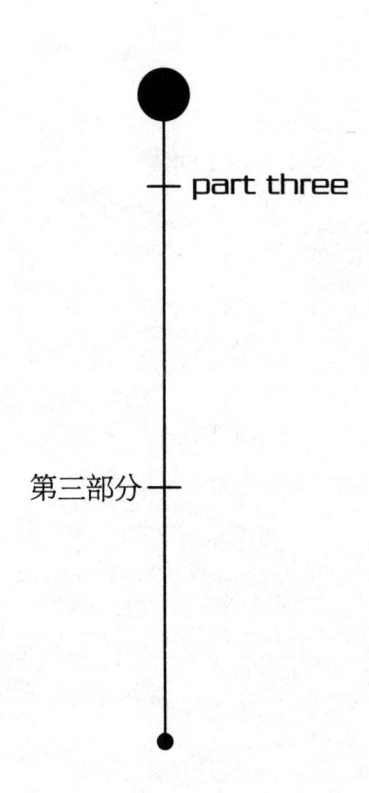

第三部分

part three

第二十四章

我的手在盐石架子上摩挲着，不安地发现自己的手指上留下了凹痕。我掸去手上的灰尘，把粉红色的沙子撒在地板上。当我站在那里时，墙上的架子从中间裂开，摇摇欲坠。盐如沙子一般从沙漏里流下来。

"呃，亚伯拉罕？"他经过时我说道。

"我们离出发还有一天，戴维。"他说道。

"我们的藏身处正在瓦解。"

"附属品和装饰物会最先粉碎，"他说着，躲进了我们位于三楼的备用卧室——昨晚我和梅根就是在这里试验了一下她的超能力，"地板和墙壁还能撑一段时间。"

我略感不适。"我们还是得尽快搬家，找一个新的藏身处。"

"科迪一直在研究这个。他说他有几个选择，今天晚些时候可以和你谈谈。"

"洞穴怎么办？"我问道，"在城市经过的那片土地下面？掘域造的那些？我们可以躲在那里。"

"也许吧。"亚伯拉罕说。

灾星

我跟着亚伯拉罕进了房间，科迪吹着口哨，把盐扫成一堆。显然，我们造的盐石和周围的石头正以同样的速度分解。很快整个地区就会崩溃，盐也会渐渐消失。

晨光透过稀薄的盐石屋顶照射进来。我坐在一张凳子上，是科迪在一次搜刮任务中买的。这座城市给人一种陌生感，连垃圾都没得捡；伊迪西亚刚刚搬走，留下了人们丢弃的物件。只剩一种我在纽加和巴比拉从未见过的稀疏。

梅根走进房间，但没有坐下。只见她斜靠在墙上，双臂交叉，穿着夹克和牛仔裤。亚伯拉罕跪在墙边，摆弄着他早先校准过的成像仪。科迪举起他的旧扫帚，摇了摇头。"你知道，我想我造的盐可能比清理掉的还多。"他叹了口气，走过来坐在我旁边的凳子上。

最后进来的是苏苏，带着队里一台经久耐用的笔记本电脑。她把一个数据芯片扔给亚伯拉罕，亚伯拉罕把它插入了成像仪。

"这可不是什么好事，伙计们。"苏苏提醒道。

"科迪是我们队的，"亚伯拉罕说，"我们习惯了对付糟糕的事。"

科迪朝他扔了把扫帚。

亚伯拉罕打开成像仪，墙壁和地板一下变黑了。他们身上出现了伊迪西亚的三维投影，但其中一个是用红色线框画的，我们似乎在它上面盘旋。

起初我迷失了方向，过了一会才适应。我身体前倾，透过地板朝下凝视着这座大城市。在这幅图上，它似乎在加速增长和分裂，具体细节看不太清楚。

"这是根据缇雅的数据制作的延时计算机模型。"苏苏说道，"看上去很酷。城市以恒定的速度移动，可以预测它在任何一天的形状和外观。显然，无论是谁控制了这座城市，都可以用一个长在市中心一栋大楼里的大轮子来操纵它。"

"如果它击中另一个城市会怎么样？"我很不自在地问道。在延时模型中，城市看起来是活的——就像某种爬行生物，建筑物像伸展的脊椎一样拔地而起。

"碰撞过后会变得一团糟，"亚伯拉罕说，"几年前来这里侦察时，我问过同样的问题。如果伊迪西亚和一个城市交叠，伊城就会在夹缝中生长，建筑物挤在建筑物之间，街道堆在街道之上。过去，人们在睡觉时被困在房间里，然后死去。但一周后盐体结构分崩离析，伊迪西亚却没怎么受影响，继续移动。"

"不管怎样，"苏苏说道，"还没到最难看的部分，孩子们。等你们看到计划再说吧。"

"我瞥过一眼，这个计划看上去已经很完善了。"我皱着眉头说。

"哦，已经成熟了，"苏苏回应道，"计划确实很棒，但我们永远都不会成功。"她翻转了一下手，这个动作把我们拉向里线框城市。在新加哥，这一切都是用摄像机完成的，整个过程像在飞一般。这里则更像是在模拟，如此一来就不容易迷失方向了。

我们在市中心附近停了下来，模拟状态下的市中心正处于城市的生长边缘，焕然一新。一座圆柱形的高楼拔地而起，就像一个巨大的暖水瓶。

"尖塔，"苏苏说，"它的新名字，这里以前是亚特兰大的一家高档酒店。盗窃犯在此建造了宫殿，也是教授自立门户的地方。高层是目前最受欢迎的仆人们居住的地方，而作为统治者的史诗派则住在顶层塔尖附近的大房间里。"

"他们要爬那么多台阶？"我问道，"教授会飞，其余的人走楼梯吗？"

"电梯，"苏苏回答说。

"盐做的？"我抬起头问道。

"他们换上了金属电梯，使用新的电缆（盐电缆不起作用，想想看），还安装了一台发动机。不过竖井的构造完全合理。"

我皱了皱眉头，看来还是有很多工作要做，尤其是每周都要重做的时候。尽管对他们的奴才来说，干点苦力和重活算不上什么麻烦。

"缇雅的计划，"苏苏说道，"非常好。她的目标是杀死教授，但在她看来尝试之前需要更多的情报。所以计划的第一部分包括了潜入尖塔的详细计划。缇雅打算搜查教授的电脑，弄清他想在城里搞什么名堂。"

"但是，"我补充道，"我们可以用同样的计划去救缇雅，而不是袭击他的电脑。"

"没错,"苏苏说,"从那部破手机的信号判断,缇雅被藏在这座大楼的顶层附近,在第七十层。她住在一家老旅馆的房间里。从地图来看,这是一间不错的套房。我还以为她住的地方会更像个监狱呢。"

"她说教授起初会试图说服她,还算理性,"我说,感觉有点冷,"一旦她拒绝提供他想要的信息,他便会失去耐心。那时事情就变得糟糕起来。"

"那么,这个计划是什么?"梅根说。她仍然靠在墙上,那堵墙被成像仪的黑影遮住了。我们在空中盘旋,抬头望着尖塔上的红线。一个愚蠢的名字,因为它基本上呈圆形,顶部是平的。

"行吧,"苏苏说,"两支队伍负责这次任务。第一组潜入大楼顶部的一个派对。盗窃犯让镇上最重要的人物之一——一个名叫漏洞的史诗派——在尖塔举办派对。教授并没有阻止这一传统。"

"潜入?"亚伯拉罕问道,"怎么做?"

"市里一些重要社区的负责人收到了邀请,可以参加漏洞的派对,作为交换,他们会派专业工作人员来帮忙,"苏苏解释道,"缇雅打算加入受邀参加派对的虹鱼家族。"

"这……会很艰难,"亚伯拉罕说道,"我们也能效仿吗?可我们没得到任何家族的信任。"

"情况越来越糟了,"苏苏愉快地说,"看。"

灾 星

"看?"科迪问道。

"出现了动画。"苏苏说道。一群以简笔画为代表的人沿着马路蹦蹦跳跳,加入了一大群人的行列,挤进人头攒动的高塔。两支"队伍"是蓝色的标记。其中一队从后面跃入电梯。另一队从后门溜进另一个电梯井。不知怎么的,他们顺着竖井朝屋顶冲去。

"哈?"我问道。

"线缆攀爬器,"苏苏说,"你把装置钩在电缆上,然后抓住不放滑上去。看,这里有服务电梯,因为真正重要的人物需要其他人为他们做事。谁愿意和臭烘烘的仆人一起坐电梯呢?第二队偷偷摸进竖井后,便能抵达顶层的住宅区。"

"我们要怎么得到这些线缆攀爬器?"我问道。

"没主意,"苏苏说,"城里肯定没有什么卖的。我想当初收留缇雅的社区一定是想把这些装置买下来。"

我静坐在那里,明白了苏苏所说的"丑陋"是什么意思。当我们离开虹鱼家族的时候,卡尔拉和她的同伴们非常明确地向我表示过,不会帮助营救缇雅。他们从教授手中死里逃生后,仍心有余悸,决心让他们的人离开这座城市。在接下来一周内,他们会偷偷从伊迪西亚撤出,然后逃跑。

"这还不是全部,"苏苏补充道,"要完成缇雅的任务,我们还需要一大堆东西。先进的黑客设备、降落伞、厨房搅拌器……"

"真的吗?"科迪问道。

"是的。"

"很好。"他说着，往后一靠。

对我来说可不是什么好事。这个计划被那些蹦蹦跳跳的小人儿给激活了，我观察着进程。两支队伍分头行动，分散他们的注意力，潜入内部并行窃——教授对这一切却毫不知情。这是个很棒的计划，我们可以借此找到缇雅而不是电脑。

但这也不太可能。

"集齐这些设备需要几个月的时间，"亚伯拉罕一边说，一边看着从高楼上跳伞的小人儿，"如果我们能付得起的话。"

"是啊，"苏苏环抱双臂，说道，"我警告过你了。得想点别的办法，我们的时间和资源都不够了。糟透了。"

简笔画形式的模拟结束了，盘旋在我们面前的建筑最终到达了伊迪西亚的边缘，土崩瓦解，像一个没有人吃的圣代冰淇淋溶解不见了。

我们没时间想出更好的办法了，我边想边浏览了一下附近空气中飘浮着的必需品单和建议补给品清单。情况可能会更糟。

我站起来，走出房间。

梅根第一个追上来，她很快就赶上了我。"戴维？"她问道，然后皱起了眉头，因为她发现自己靠过墙的外套上沾满了盐。当我们下楼梯走去二楼的时候，她把身上的盐拂去了。

其他人也跟着下来了。我没有吭声，领着大家来到一楼。这里可以听到隔壁大楼里传来的声音。我们的邻居正打算搬出去，为他们即将倒塌的房屋作准备。

我转身走进盗窃犯的房间，史诗派裹着毯子坐在椅子上，旁边的壁炉未被点燃，屋里也不怎么冷。

我需要表现得从容谨慎，像个真正的领导者。

我一屁股坐在盗窃犯的沙发上。"好了，这下结束了。我们彻底搞砸了。对不起，伟大的史诗派。我们让你失望了。"

"你在胡说些什么？"他提起神来，裹在毯子里问道。

"教授俘获了我们团队的一名成员，"我说道，"他现在可能正在折磨她。他很快就会知道我们的一切。今天之内，我们将必死无疑。"

"白痴！"盗窃犯站起来说道。

队里的其他成员聚集在房间外面。

"你可能想亲手杀了我们，"我对盗窃犯说道，"这样你就能得到满足感，而不是便宜了教授。"

梅根的眼神在对我说你在干什么，你这矬子？我已经很习惯了。

"怎么会这样？"盗窃犯问道，开始来回踱步，"你不是应该很熟练、很有效率吗？还内行！我看你和我预想的一样无能！"

"是的。"我答道。

"我会一个人留在城里，"他继续说道，"没人敢反抗一个高等史诗派。你给我造成了极大的不便，人类。"

对史诗派来说，这是一种极大的侮辱。

"对不起,大人。"我说,"但我们现在无能为力。"

"什么,你不会想要杀了你的朋友吧?"

"嗯,有一个计划……"我话音渐弱,"杀了?"

"是,是的。杀了她,她就不能说话了。理性的选择。"

"哦,对,"我咽了口唾沫,"我们想出了这个计划,这是一个好计划,但我们却办不到。需要各种我们没有的东西。降落伞、人体模型、技术。"我表现得很好。"当然,如果有人能为我们做这些东西……"

盗窃犯向我转过身来,眯起了眼睛。

我天真地笑了笑。

"厚颜无耻的家伙。"他喃喃地说。

"你们所有的史诗派都这么说,"我说道,"你上过什么邪恶独裁者之类的语言班吗?我是说,谁会说这样的话——"

"这是让我做你仆人的花招,"盗窃犯打断了我的话,走向我,"我明确地告诉过你,我不会用我的超能力为你服务。"

我站起来,迎上他的目光。"缇雅是我们团队的成员,她落在了教授手里,我们制定了计划来拯救她,却苦于没有资源。要么你把我们需要的东西召唤来,要么我们就得撤出这个城市,放弃这个计划。"

"我不参与。"盗窃犯说。

"你已经参与了,小伙子。你可以成为这个团队的一员,也可以选择离开。祝你在城市里存活下来。教授让所有的暴徒和微不足道的小史诗派在这里搜寻你。带着线粒体检测仪随便在街上停一停,就有一大笔赏金,分发你的肖像照……"

盗窃犯咬紧牙关。"我以为我才是邪恶的那个。"

"不,你以某种方式战胜了黑暗。你并不邪恶,你只是被宠坏了,有点自私。"我朝其他人点点头,"我们会给你一份清单,一切都应该在你的能力范围之内。你可以做……沙发大小的东西对吧?如果我没记错的话,射程是三英里。最大质量限制应该不成问题。"

"怎么……"他盯着我,好像第一次看见我似的,"你怎么知道的?"

"你的召唤超能力来自头脑风暴,我有一整份她的档案。"我朝门口走去。

"你说对了一件事,"盗窃犯跟在我后面说,"我并不邪恶,也是唯一的一个。在这个肮脏可怕、几近疯狂的世界里,每个人都很邪恶、罪恶、令人作呕……随便你怎么说。*丧魂落魄*。"

我回过头看了一眼,又与他的目光相遇了。在那双眼睛里,我发誓我看到了。黑暗,像一个无限的水池。沸腾的仇恨,蔑视,按捺不住的毁灭欲。

我错了。他还没有克服它。他仍然是他们中的一员,有别的东西把他拉了回来。

我感到不安,转身离开了房间。我告诉自己要尽快给他一份清单,但事实是我再也不愿看到那双眼睛了,离它们越远越好。

第二十五章

"嗯，是的，"埃德蒙对着我的手机说，"我想起来了，在我身上确实发生过类似的事情。"

"告诉我。"我迫不及待地说。我把手机卡在外套的肩部，戴上耳机，为今晚的任务做准备。我独自待在一间屋子里，那儿是我们新的临时藏身处。距缇雅被捕已经五天了，我们也在按计划行动。我和科迪谈过利用城市地下的洞穴，但考虑到洞穴没有得到充分的探索，还存在很多不定因素。

相反，我们采用了他的一个建议，利用公园里桥下的隐蔽地点。尽管我想尽快找到缇雅，但我们未能马上行动。我们需要时间找一处新的据点并开始练习。除此之外，缇雅的计划要求在尖塔举办派对，最近的一场是在今晚。但愿缇雅能挺下去。

"那一定是……哦，两三年前的事了。"埃德蒙说，"我以前的主人告诉钢铁心，狗是我的弱点。他偶尔会把我和狗们关在一起，不过并不是什么特定的惩罚。我一直想不明白，似乎是随机的。"

"他想让你害怕他，"我说，对着清单翻看了一包东西，

"埃德蒙,你真是从容不迫,有时候似乎什么都不怕。你会让他感到不安。"

"哦,我很害怕,"他说,"我最多是巨人中的蚂蚁,戴维!算不上什么威胁。"

这对钢铁心来说没什么大不了。他把新加哥永远笼罩在黑暗之中,只为让他的人民生活在恐惧之中。"偏执狂"是他的中间名。除此以外,他只有一个名字——钢铁心——所以偏执狂更像是他的姓。

"好吧,"埃德蒙在线路的另一头接着说,"他会把我和狗关在一起,又愤怒又吓人的狗。我蜷缩在墙边哭泣。但情况似乎从未好转,甚至可能更糟。"

"你害怕那些狗。"

"我为什么不能怕呢?"他反问道,"它们废掉了我的超能力,毁了我,把我变成了一个普通人。"

我皱着眉头拉上背包的拉链,然后取下手机,这样我就能看到屏幕上的埃德蒙——一个棕色皮肤的年长男人,说话带着一点印度口音。

"你还是放弃了你的超能力,埃德蒙,"我说道,"你是赋能者,为什么会被力不从心的感觉困扰呢?"

"啊,但是我对他人的价值,让我过着奢侈而相对平静的生活,而其他人却在为了生存挨饿、挣扎。我的超能力让我变得重要,戴维。我害怕失去它们。"

"狗把你吓坏了,埃德蒙。"

"我刚才就是这么说的。"

"是的，但你可能理解错了。如果你不是因为狗会废掉你的超能力才会害怕它们，而是因为你害怕狗，它们才会废掉你的超能力呢？"

他把目光从我身上移开。

"噩梦？"我问道。

他点了点头。我看不清他所在的房间；新加哥城外的一个安全屋，一个教授不知道的地方。我们一直没能联系上埃德蒙，直到骑士鹰用无人机给他送来了一部新手机。在我们的要求下，他关掉了那部旧的，却忘了再打开它。他声称他只是小心行事，以防我们对铸造厂的攻击出了差错。他的又一次叛逆行为。

"噩梦，"他说着，目光仍避开屏幕，"被追捕。咬牙切齿，扯破，撕裂……"

我给了他一点时间，继续手头的工作。当我跪在旁边的时候，有东西从我的T恤领边滑了出来。我的吊坠，就是亚伯拉罕送给我的那个，上面有花体的S形标志。这是那些信徒的标志，那些相信好的史诗派会到来的人。

我把它戴上。毕竟，我对史诗派还算有信心。我把吊坠塞进衬衫里。检查完了三包东西，还剩两包。即使是负责执行这项任务的科迪也需要一个应急包，以备不时之需。我们的新藏身处在一座很少有人去的公园里，桥下有三个仓促搭建的房间。这里不像我们的另一间那么安全，我们不打算留下太多东西。

我必须要完成这一步,但我希望看到埃德蒙,而不只是听到他的声音。这次谈话很重要。我想了一会儿,然后发现科迪的一顶迷彩棒球帽放在从之前的藏身处运来的一堆补给品上面。

我笑了笑,抓起一卷胶布,把我的手机挂在了帽檐上——大概用掉了半卷胶带,管他的呢。我一戴上帽子,手机就像头盔上的平视显示器一样吊在我面前。嗯,那种非常粗糙的平视显示器。不管怎样,这样一来既可以看到埃德蒙,同时又能腾出双手。

"你在干什么?"他皱着眉头问。

"没干什么,"我说完便折回去工作,手机在我脸旁晃来晃去,"那些狗怎么了,埃德蒙?那天事情发生了变化,你打败他们的那一天。"

"蠢事一件。"

"还是告诉我吧。"

他似乎在权衡形势。他没必要服从,毕竟我们都离得那么远。

"求你了,埃德蒙。"我说道。

他耸了耸肩。"其中一只狗咬了一个小女孩。有人打开门放我出去,然后……嗯,我认识她,她是我一个守卫的孩子。所以当一只猛犬扑向她时,我就扑倒了那只狗。"他脸红了。"结果那是她的狗。它不想攻击她,只是见到主人太兴奋了,"

"你直面了内心的恐惧。"我说着,伸手掏出另一包东西,对照清单检查。"你正视了令你恐惧的事物。"

"我想这是一种可能性,"他说道,"从那以后,情况确实有变。现在和狗待在一起还是会抑制我的超能力,但这并不能完全废掉它们。我想我一直都错了——我以为自己的弱点是宠物毛屑之类的东西。但我又不能做实验,否则会惊动所有人。"

梅根也会这样吗?随着时间的推移,火不再会消除她的超能力了吗?她的弱点仍然在她身上起作用,但她可以让黑暗退却。也许埃德蒙德经历的是下一个阶段。

我拉上了包的拉链,把它和其他包放在墙边。

"告诉我。"埃德蒙说,"如果狗是我的弱点,那为什么当我身边有狗的时候,那些由我超能力充电的电池装置不会失灵呢?"

"嗯?"我心烦意乱地说,"哦,大规模扩散规律。"

"什么?"

"你离史诗派越远,史诗派的弱点对他们超能力的影响就越小,"我说道,拉上了第四包的拉链,"就像在新加哥一样——如果任何地方都没有害怕钢铁心的超能力的人,那么他就不可能把整个城市变成钢铁。城里的大多数人都不知道他是谁,也不怕他。所以到处都是非钢造的凹穴。"

"啊……"埃德蒙说。

我站起来,把第四个包和其他的放在一起。这顶帽子并没有我预想的那么好用——帽檐的前面太重了，总是往下滑。

我决定加上压载物。我拿起胶带，用剩下的部分把水壶粘在帽子后面。这下好多了。

"你……没事吧?"埃德蒙问道。

"嗯，谢谢你提供的信息。"

"你可以报答我的，"他说，"把我交给另一个主人。"

我停在原地，手里拿着胶布留下的空纸板卷。"我还以为你愿意帮助我们呢。"

"你变虚弱了。"他耸耸肩，"你不能再保护我了，戴维。我已经厌倦了躲在这个小房间里，我宁愿臣服于能护我周全的高等史诗派。我听说夜怨仍然占据主导地位。"

我为此感到恶心。"你自由了，埃德蒙。我不会阻止你的。"

"冒着被谋杀的危险?"他对我浅浅一笑，"外面很危险。"

"你逃离了黑暗，埃德蒙。"我说，"你赶在别人之前发现了这个秘密。如果你不想逃走，为什么不加入我们呢?成为团队的一员?"

他拿起一本书，转身避开屏幕。"无意冒犯，戴维，但那听起来像是一场可怕的骚动。我不去了。"

我叹了口气。我说："我们会再给你送一批补给。"我说，"不过，骑士鹰可能想让你帮他给能源电池充电。"

"悉听尊便。"埃德蒙说，"可是，戴维，关于超能力的其中一点，我认为你确实理解错了。你说我对狗的恐惧从一开始就造成了我的弱点，但在灾星现世之前，我并不怎么害怕它们。告诉你，我不喜欢狗，甚至到了憎恶的程度。但是这种恐惧呢？它似乎借着我的超能力得寸进尺。就好像超能力……需要一些让人害怕的东西。"

"像水一样。"我低声说。

"嗯？"

"没什么。"太傻了，灾星不可能一直在监视我，"谢谢了。"

他向我点点头，然后关掉了手机。我跪下来，检查了最后一包里的东西，然后把它和其他的放在一起。就在我这么做的时候，梅根偷看了我一眼。她站在门口犹豫不决，一脸茫然地看着我，嘴半张着，好像忘了自己要说什么。

帽子，我才意识到。脱下还是装酷？我决定半途而废，伸手从胶带里拽出我的手机，但仍戴着帽子。我从容地把手机绑在胳膊上。"怎么了？"我问道，完全不理会眼前悬挂的一吨吨银色垃圾。

帽子向后滑落，因为水壶的缘故后面太重了。我抓住帽子，把它拉回到原位。

没错，一切顺利。

"我不会问的，"她说，"你这儿弄完了吗？"

"刚检查完最后一个，和埃德蒙也聊得很愉快。他的经历和你的一样。"

"所以无法永远摆脱弱点。"

"嗯,他弱点的效力似乎在随着时间的推移而减弱。"

"至少这是件事。我们已经准备好了。"

"很好。"我站起来,把背包收集在一起。

"你……不会在执行任务时戴帽子吧?"

我漫不经心地摘下了帽子——尽管我不得不使劲地拽,因为胶布粘在了我的头发上——然后从水壶里喝了一口水。还连着帽子呢。

我把帽子戴上,把它拉回原位。"只是想验证一些点子。"

一切都很顺利。

她走的时候翻了个白眼。她一走,我就把帽子扔到一边,然后把包拿了出来。

队员们聚集在主厅里,被逐渐暗淡的手机灯光映照着。这个基地只有一层楼。在这个大而圆的主厅两侧,各有一个小房间。苏苏和亚伯拉罕穿着我们的隐形服,光滑又合身,腰部带有散热器,还有可以拉起来遮住脸部的罩子。

当我把最重的背包递给她和亚伯拉罕时,苏苏说:"时髦团队,准备出发。"

"'一队'怎么了?"我问道。

"显然不够时髦,"她说,"我本来想叫'黑人队',但又感觉有点歧视。"

"你们自称黑人不是很好吗?"梅根倚在墙上问道,双臂交叉着,"因为你们都是非裔美国人?"

"加拿大人。"亚伯拉罕纠正道。

"是啊,"苏苏说,"也许我可以取这个名字?说实话,我从来都想不到。灾星出现之前的人们非常关心种族问题。要记住,并不是每件事都比以前糟糕。那时有些事情也很烂。就好像不提史诗派,每个人都要找其他的事情来争论。种族,国籍……哦,还有运动队。说真的,如果你回到过去,千万别提运动队。"

"我尽量记住。"我说着,把他的背包递给科迪。我希望她提到的事情仅限于过去,但伊迪西亚人似乎在以自我隔离的方式表明,即使有史诗派在场,我们也敢讨论种族问题。

科迪拿走了他的背包。他穿着迷彩服,肩上扛着狙击步枪,腰带上系着晶体炉赫尔曼。他会用它来建造一个盐制的藏身处,用来在尖塔附近的建筑物顶部执行任务。带着步枪,他也许能给我们提供一些紧急掩护。

我曾建议自己担任行动人员,但苏苏和亚伯拉罕需要有人在任务中挖掘文件和图表,并指导他们技术细节。于是我加入了梅根的团队,但我并不是在抱怨。虽然我们不得不改变缇雅的计划,从她的备选方案中选择一个作为我们进入派对的方法,但我们还是偷偷溜进了派对。

我把梅根的背包也递给了她。"大家都准备好了吗?"

"我们已经准备好了,"亚伯拉罕说,"只有不到一周的时间可以练习。"

"那我呢?"一个声音问道。我们转过身,发现盗窃犯正站在藏身处最后一个房间的门口。他按自己喜欢的方式装饰了房间,只是沙发少了点。他用来显化物体的一些材料被用来维修他为团队制作的工具。

"你想来吗?"我惊讶地问道。

他瞪了我一眼。"如果有人在你们不在的时候出现怎么办?"他说道,"你们抛弃了我。"

"扯火,"我说道,"你比埃德蒙还差劲。如果有人出现,你就把自己设计成诱饵,把他们引开。那是你的超能力之一,对吧?"

"但很痛苦,"他抱着胳膊说,"我不喜欢这么干。"

"哦,为了……"我摇了摇头,转向团队的其他成员。"开始行动吧。"

第二十六章

尖塔拔地而起，除了最上面的几层亮着灯光，其余的楼层都是一片黑影。这个地区的盐是灰蒙蒙的，所以顶层看起来既明亮又黑暗。就像一个戴着笨蛋生日帽的黑洞。

梅根和我向尖塔靠近，肩上挎着背包，脸上带着异维度的新面孔。这种小把戏对她来说很容易，只要我不离她太远，她就能一直保持下去。我忍不住想弄清楚其中的奥秘，这些是随便找的人的脸吗？还是说，在他们的空间里，他们和我们走的是同一条路？

一大群人聚集在建筑物的一楼。那些用较薄的盐片做成的旧窗户透出温暖的光，有几扇门已经打开，让精英们聚在一起。我停下来，看着另一群人骑三轮车驶过来。

她们的打扮穿着像新加哥人：20世纪20年代风格亮闪闪的短裙，女人们涂着鲜艳的口红；男人们穿戴着细条纹西装和尖顶帽子，就像老电影里的一样。我还以为他们会把冲锋枪装在小提琴盒里提着呢。相反，他们的保镖配备了格洛克手枪和P30手枪。

"达伦？"梅根问道，用的是我的假名。

"对不起。"我脱口而出,"这让我想起了新加哥。"年轻时的记忆承载了许多东西。

客人们很受招待,在一楼等候电梯上楼参加聚会。音乐从大厅里倾泻而出,是苏苏喜欢的类型:大量的敲击声,咔嗒声,似乎与优雅的正装不太搭调。马提尼酒和鱼子酱被四处传送,更多的是偏好和权力的迹象。

我从来没品尝过马提尼酒。多年来,我一直以为它是一种汽车品牌。

梅根和我一起在外面急转弯,绕过大楼朝后面的一扇小门走去。与其假装和有钱人一起挤电梯,我们决定改行一条不受监视的路。缇雅的计划包括一个备选方案,让二队和仆人一起上去。

按照缇雅笔记里的照片,我们可以就地伪造一张邀请函——然后和虹鱼家族快速核实一下,确认他们不会派任何人来参加这个派对。他们早就料到了,却忙于离开这座城市准备工作。

门上留下了一个洞,我们大致能够钻过去。在塔楼的后面,我们看到一群没什么特权的人,聚集在一个较小的服务电梯里。

"准备好了吗?"我说。

"准备好了。"梅根答道。她的声音得到了苏苏和亚伯拉罕的回应,他们对着我的耳机说话——我把耳机塞进了梅根变的假发下面。骑士鹰相信我们的线路是安全的;教授在巴比拉监听了我们的手机,但他需要在真正的手机里安装窃听器,而我们重新安装了这些设备。

"有趣。"我说。

梅根和我撒开腿就跑。我们一路小跑到后门的工作人员面前,停了下来,上气不接下气,好像累坏了似的。

"你们两个是谁?"卫兵问道。

"蛋糕装饰师。"梅根说,并发出了邀请——对于像我们这样的工人来说,这更像是一种出现的命令。"虹鱼家族。"

"是时候了,"警卫咆哮道,"接受搜查,我会把你们安排到下一批货。"

漏洞喜欢花哨的纸杯蛋糕。即使卡尔拉或其他重要人物没来参加派对,虹鱼也会派来一对蛋糕装饰师。

我们走过去放下背包时,我的心怦怦直跳。一个严苛的女人拉开了口袋的拉链。

"第一步,过去。"梅根平静地对着线路说,这时保安把我们的电动搅拌机拿出来,"砰"的一声放在桌子上。接下来是各种各样的蛋糕装饰用具。大部分我都说不上名字,更别说是怎么用的了。所有这一切教会了我一件事:蛋糕装饰是**件严肃的事情**。

快速搜身后,我们重新打包好器具,在其他工人之前被领进一间有电梯井、四周砌着盐墙的黑暗房间。竖井没有门,看起来很不安全。

"我们也进去了,"亚伯拉罕回复道,"上了一层。"

灾 星

他们戴着水银手套偷偷接近，亚伯拉罕用水银造了一个通往二楼的台阶，然后他们用一个特制的高压冲水机把窗户融化开，这台机器喷出的水流足以切割石头。他们把它用在了一扇变成盐的窗户上。

我和梅根被送上了电梯，狭小的空间摇摇欲坠，只靠一个灯泡在照明。除我们两人外，还加入了三个穿着白色制服的侍者。

"走。"我低声说。

当亚伯拉罕和苏苏抓紧上面的线缆时，我觉得我们的电梯在震动。他们用盗窃犯为我们制造的装置，拉上了线路。

几秒钟后，远处的机器开始轰鸣，电梯启动了。上升的过程又慢又乏味，没什么可看的——大多数楼层仍然带着门，这表明那些楼层没有被使用过。苏苏和亚伯拉罕必须在电梯运行时放慢速度，才能在每一层楼向外窥视，确保外面的走廊里没有人。

电梯不停地晃动，时不时地摩擦井壁，用水银手套刨削出一大块一大块的盐。万一苏苏或亚伯拉罕的装置滑落，他们跌倒了呢？万一他们发现有人在一个上层的走廊里——那里的电梯井没有门——被迫等待电梯靠近，威胁要把他们推到外面去，会怎么样呢？我擦了把额头，手上沾满了盐尘和汗水。

"我们很安全，"亚伯拉罕的声音传入我们耳朵，"没有问题，在六十八楼脱钩。"

我叹了口气,放松下来。我们又花了几分钟才通过苏苏和亚伯拉罕爬出去的那扇开着的门,可是我们没看见他们的行踪。在到达七十层的目标之前,他们还有几层楼要爬,但是缇雅的计划表明这层楼不太可能有守卫,盗窃犯已经证实了这一点。

灯光从七十一层透进来时,我长舒了一口气。一个老旧的餐厅占满了塔顶,还有我们的目标。

我们一窝蜂挤出电梯,侍者们争先恐后地加入其他人的行列,这些人已经在给参加派对的人递送食物了。梅根和我把背包搬进厨房,那里有一帮大厨,用电热炉和煎锅准备菜肴。天花板的部分区域上装上了大灯,让整个餐区沐浴在无菌的白光中,地板和大部分旧的台面上都铺上了塑料布。我想知道他们给一道菜撒盐时会怎么做。从墙上刮一些下来?

这里由几根粗电线供电,电线的末端是一组超负荷的电源插排。说真的,接入实在太多了。要插入新的,你必须拔掉另外**两条线**,我敢肯定这违反了物理定律。

梅根试图从路过的侍者那里打探消息,但是被一声"你在这儿!"打断了。

我们转身遇到了一位近七英尺高的大厨。那人走路时弯着腰,免得脑袋撞到一个盐制的旧灯具上。他的脸苍白清瘦,看上去就像喝了一杯柠檬汁加泡菜的沙冰。

"魟鱼?"他大声喊道。

我们点了点头。

灾星

"新面孔。苏西怎么了?算了,没关系。"他抓住我的肩膀,拖着我穿过繁忙的房间,来到一间更小的食品储藏室,那里摆放着各种食材。一个戴着小厨师帽的无助女人站在这里,俯瞰着一盘无糖霜的纸杯蛋糕。她睁大眼睛,用汗津津的手拿着一小管糖霜,然后看向这些纸杯蛋糕,就好像有人手里拿着一排小核弹头,每个上面都贴着"别碰"的标签。

"糕点师在这里!"东倒西歪的厨师说,"你没事了,罗斯。"

"噢,谢天谢地。"年轻女人说着,把那管糖霜扔到一边,急忙跑开了。

高个儿厨师拍了拍我的肩膀,然后退了回去,把我们俩留在小食品间里。

"为什么我总觉得他们有事瞒着我们?"梅根问道,"那个女孩看这些蛋糕时就像在看蝎子一样。"

"是啊,"我点头回应道,"对了。蝎子。"

梅根打量着我。

"或者说是微型核弹头,"我说着,拿出自己的背包,"当然,你可以把蝎子**绑在**核弹头上,危险系数要高得多。你得试着拆除那些东西,但是哇噻——**蝎子**。"

"没错,但是为什么呢?"梅根边说边把包放在铺了塑料的柜台上。

"嗯?哦,到目前为止,漏洞已经处决了三名糕点师,因为他们制作的甜点不合格。缇雅的笔记里有写。这个女人真的很喜欢她的纸杯蛋糕。"

"你没提这个是因为……"

"不重要，"我说着，拿出自己的背包，"我们在这里不会待太久，来不及送糕点了。"

"是的，因为我们的计划总是**完全**按预期进行。"

"什么？我是不是应该参加一个蛋糕装饰速成班？"

"事实上，"科迪对着电话说，"如果你一定要知道的话，装饰蛋糕对我来说还算拿手。"

"我担保，"梅根说，"你打算告诉我们，你什么时候给苏格兰国王做过纸杯蛋糕吗？"

"别傻了，姑娘，"科迪慢吞吞地说，"是摩洛哥国王。对苏格兰人来说，纸杯蛋糕太美味了。递给他一个，他就会问你为什么不先杀了小蛋糕的父母，然后再端上来。"

我笑看着梅根把搅拌机的一侧卸下来，悄悄取出藏在里面的那对贝瑞塔超小型汽车，还有一对消音器。她的搅拌机坏了——为了给我们提供存储空间，它的内部结构被损坏了。这对缇雅来说似乎是个合理的风险，因为在地下进行搜索的团队不太可能通电。

我们每个人都用螺丝固定好消音器，然后把手枪塞进腋下的枪套里。我给搅拌机插上电源，它确实工作了，发出的嗡嗡声掩盖了我们的动静。为了以防万一，我往搅拌碗里倒了一些配料，然后把装饰工具摆出来。

好的一点是，我们的小食品间有一扇通往主室的门。我走过去偷看了一眼,这时梅根拆开了搅拌机的电源适配器,取下一个像手机一样的四四方方的小装置。

我破门而入,快速扫了一眼派对的布局。厨房绝对在第七十一层的中心,这一点很重要,因为外面的地板有一部分是*旋转*的。

一家旋转餐厅:灾星出现之前的那些奇怪想法之一,有时我很难相信是真的。从前,普通人可以到这里来饱餐一顿,同时俯瞰这座城市。塔楼的顶层餐厅就像一个轮子,轮毂静止不动,地板在外侧环绕旋转,连外墙也是固定的。天花板又升高了两层,直到塔顶;我们上面的部分楼层现在只用来存放照明设备。

转变为盐彻底毁掉了地板上的机件,尤其是马达和电线。要让这个地方重新运转显然需要工作人员、工程师和拥有悬浮能力的低等史诗派氦气的努力。尽管如此,漏洞每周都要经过一番周折,做出一些特别的东西——一些与众不同的东西。一件史诗派才能做的事情。

我看到那个女人坐在旋转部分的一张桌子旁。她身材苗条,剪了精灵般的发型,配上她20世纪20年代风格的衣服,显得相得益彰。

这里的派对比一楼的更安静柔和;没有吵闹的音乐,只有弦乐四重奏。人们坐在铺有白色桌布的餐桌前等待食物。在其他区域,盐桌和椅子被挪到一边,腾出地方供人们跳舞,但没人为此费心。相反,每张桌子都是自己的小领地,由一名史诗派主持晚宴，周围都是阿谀奉承的人。

我认出好几个低等史诗派，记下哪些还活着——这意味着他们把自己的命运交给了教授，而不是逃离这座城市。暴风也在场，令人惊讶：一位年轻的亚洲女性坐在上座。很明显，她挺过了在教授狱中的时光，终于获释。教授带着她到处走，显然是为了宣告他在伊迪西亚的主导地位。但话说回来，他还是需要她。没有她的超能力，庄稼就会停止生长；奢侈品甚至是基本的生活必需品也会停产。

我摇了摇头。从我的位置看不到整个房间，因为它的形状像一枚戒指，但教授不在这半场，我怀疑他在另一半场。他不太可能参加这样的聚会。

"我们就位了，"苏苏对着线路轻声说，"我们已经到了第七十层。"

那是缇雅被关押的地方，也是教授的房间。不过他们两人分别待在大楼的两侧，但愿我们能救出缇雅，然后在他发现我们之前离开。缇雅最初的计划是以分散注意力的方式引诱他离开房间，这样她就可以在他不知情的情况下获取他的信息，但我们现在不必担心这个。

"收到，"科迪说，"干得好，时髦团队。等戴维或梅根批准后再继续行动。"

"好啊，"苏苏答复道，"我们这样做没有风险。这个地方到处都是摄像头。渗透服撑不了多久，我们走不了太远。"

"我们准备好第三步了，"我说，"就让我们……"

灾 星

　　我话音渐落,当看到大厅里有什么东西时,我惊得下巴都掉了下来。

　　"戴维?"科迪问道。

　　有人进入了视线,坐在盐造王位上,周围都是穿紧身裙的女人。那人穿着黑色长外套,一头黑发披散过肩膀。他专横地坐着,一只手搁在剑柄上,剑柄笔直地立在他身边,像一根权杖。

　　湮消。那个摧毁了休斯顿和堪萨斯城,并试图炸毁巴比拉的人。他是圣凛用来把教授推向黑暗的工具。他就在这里。

　　他迎着我的目光,笑了。

第二十七章

我回到食品间，心怦怦直跳，手心冒汗。还好，我戴着假面，湮消认不出我。他只是一个令人不寒而栗的家伙，会用那种眼神看……

湮消出现在我身边。就像他的瞬间移动一样，在一道闪光中出现了。梅根咒骂着，跟跟跄跄地往后退，他把手搭在我的肩膀上。"欢迎，恶魔杀手。"他说道。

"我……"我舔了舔嘴唇，"了不起的史诗派，我想你认错人了。"

"啊，钢心终结者，"他说，"你的容貌可能会改变，但你的眼睛和眼里的渴望没变。你是来杀绿光的。这很正常。'因为我可以让人反抗他的父亲，让女儿与母亲生疏。……'"①

梅根的枪"咔哒"响了一声，她用枪指着湮消的脑袋。她没有开枪，这样做会引起注意，破坏计划。况且他会在子弹击中前瞬间移走。

"你在这儿干什么？"我问道。

"我是受邀而来的，"湮消笑着说，"绿光派人来请我，我

---

①编者注：引自《圣经·马太福音》第10章35节。

不得不同意出席。他的名片……要求很高。"

"名片……，"我说道，"扯火。他有基于你能力的装置。"骑士鹰曾说过，如果你试图用一名活生生史诗派的超能力来制造一个装置，它会起作用——但也会给他们带来痛苦，并把他们引向它。

"是的，他确实用了其中的一个……装置来召唤我。他一定想寻死，钢心终结者。就像我们所有人一样，在我们灵魂深处亦是如此。"

扯火。利用湮消的超能力，圣凛肯定还制造了一枚炸弹——除了巴比伦和堪萨斯城的炸弹。那枚炸弹在教授手上。教授必须用阳光来充电。我猜想这就是引来湮消的原因。

这意味着在这座城市的某个地方，有一个装置可以在瞬间将其摧毁。如果教授为了保护巴比拉而放弃自己的人性，结果却对伊迪西亚造成了同样的破坏，该有多么可怕啊！

湮消看着我们，整个人很放松。上一次见面时他曾对我展开长时间的追捕，想尽办法要杀了我。幸运的是，他似乎没有怀恨在心。

但在我们分开之前，我被迫向他透露了一些事情。"你知道弱点的秘密。"我说。

"的确，"他回答说，"为此我非常感谢你。他们的梦想背叛了他们，所以我神圣的工作可以继续了。我只需要查明他们的恐惧。"

"你的意思是要把这个世界上的史诗派消灭掉。"梅根说。

"不,"我说,湮消盯着我看,"他的意思是把世界上的所有人都除掉。"

"我们的道路是一致的,钢心终结者。"湮消对我说,"我们最终都要对峙,但今天你们可以继续你们的任务。上帝会把这个世界变成一只杯子,但只有在燃烧之后才会如此……我们是他的火焰。"

"该死,你真变态。"梅根说。

他冲她笑了笑。"'那里不再有黑夜;人们不需要蜡烛,不需要阳光;因为上帝赐予他们光明。'[①]"说完,他便消失了。和往常一样,当他瞬移离开时,会留下自己的发光白瓷雕像,一秒钟后粉碎,随即很快就蒸发了。

我倚在门口,梅根搀扶着我的胳膊。扯火。好像已经没什么好担心的了。

"那些糕点在哪儿?"外面有人喊道,"动起来,你们这些矬子。她催着要纸杯蛋糕。"

高个子厨师闯进了我们的食品间。梅根转向他,把枪藏在背后。突然间,满满一锅早先做的纸杯蛋糕上,结了一层复杂的糖霜。

高个子厨师松了一口气。"谢天谢地,"他说着抓起了锅子,"如果你们两个需要什么就告诉我。"

他离开了。我大惊失色,担心一旦它离梅根太远,糖霜就会消失。她的手放在柜台上,又耷拉下来,轮到我去抓着

[①] 出自《圣经·启示录》第22章5节。

灾 星

她了。

"梅根?"我问道。

"我……我想我让这些变成永久的了。"她说。"扯火,这是我长时间以来做得最好的一次了。我的头有点痛。"她的皮肤在我手指下湿漉漉的,脸色也变得苍白。

尽管如此,这还是很了不起的。"想象一下,如果多加练习会是什么效果!"

"嗯,再看看吧,"她停顿了一下,"戴维,我想我发现了一个维度,在这里你不是枪支专家,而是糕点大师。"

"哇。"

"是啊,"她说,扶了扶身子,"不过,在浩瀚无垠的宇宙中,我想我还没有找到一个维度,在那里你可以亲吻多达一座山的豆子。"

"这不公平,"我说,"你昨晚都没有抱怨。"

"你把舌头碰到我耳朵了,戴维。"

"浪漫的表达方式。我在电影里见过一次。就像……充满激情的缠绵。"

"你们总知道你们的线路是对我开放的,对吧?"科迪问道。

"闭嘴,科迪。"梅根说着,把枪塞回了胳膊下面,"警告亚伯拉罕和苏苏,我们和湮消发生了口角。现在开始第三步。"

"收到,"科迪说,"还有戴维……"

"哦？"

"你要是敢把舌头伸到我的耳朵里，我就用你的风笛把你打死。"

"谢谢提醒。"我说，然后开始脱衣服。

我在肥大的牛仔裤里穿了一条宽松的裤子，在外套里配了一件带纽扣的衬衫。梅根把她的外套扔给了我；我把衬里扯了下来，夹克摇身变成了燕尾服。

她的毛衣也脱掉了，露出束在腰间的长袍。她脱下裤子，下面穿着紧身的骑行短裤，接着又把长裙拉下来，遮住了腿。

我尽量不呆呆地凝视。或者，我试着偷偷地看。梅根顺滑的红色礼服闪闪发光，美丽动人……嗯，这确实凸显了她的曲线。就像漂亮的颧骨和阴影线，衬托出完美的步枪枪托。

不幸的是，她没有戴上自己的面具，破坏了效果。但是，那个领口……

我发现她在看我，脸都红了。这时我才意识到，她似乎没有注意到我含情脉脉的凝视，而是对自己点了点头，嘴角挂着一丝微笑。

"你是不是……盯着我的胸看？"我问道。

"什么？"她说，"保持专注，跪娃。"

太棒了，我想着，穿上了我的外套。

"拿着这个，"她说着，把从搅拌机电源适配器上拿下来的小盒子递给我，"像这样的裙子没有多少储存空间。"

"你不是经常……"我朝她的乳沟点了点头。

灾 星

"我已经把手机塞进去了，"她说，"在你问之前，不，没有更多的空间来放置迷你手榴弹。我把它们绑在大腿上。一个女孩必须做好准备。"

扯火，我爱这个女人。

我把盒子塞进口袋，跟梅根朝着门口走去。她全神贯注，又一次改变了我们的容貌。幻术生效的时候，我感到一阵扭曲变形。一眨眼的功夫出现另一个世界，另一个现实。在那里，我们伪装的人走开了——一个女人的脸和梅根的一模一样，一个男人的脸表情严肃，嘴唇很厚。

两个糕点师都走了。走进大厅的是一对富有的晚宴客人，戴着另一副假面。有那么一会儿，我看到了梅根在使用她的超能力时必须要做的事情——时间和空间的涟漪构成了我们的现实。

梅根挽着我的胳膊，我们开始在房间的大圆盘上漫步，在上面的走道里有部分区域未在转动。我注意到湮消又回到了他的王座，手里拿着一个椰子。他可能被传送到了什么地方，顺手拿了一个。据我所知，他的瞬间转移没有距离限制——他只需要看过那个地方，或者至少描述出来，就能到达那里。

他瞥了我一眼，点了点头。扯火。他也看穿了这个伪装？我不相信他关于我眼睛的那句话，他隐藏着某种力量。也许他有一个线粒体检测仪，能够感知史诗派，尽管这个房间里到处都是史诗派。他怎么会认出我们俩？

我感到心烦意乱，努力专注于本次任务。

"干得好，"科迪在我耳边说，"继续保持。旋转四分之一后通过房间。"

"时髦团队还好吗？"我问道。

"准备好了，原地待命。"科迪说。

我们继续往前走，经过了漏洞的桌子。这个瘦削的短发女人正在把服务人员变小，让他们在她的桌子上跳舞，以此取悦聚集在她身边的人群。我一直在想……

当我开始徘徊的时候，梅根领着我向前走去。

"她的超能力太棒了，"我低声对她说，"她对自己能缩小什么以及如何缩小，有着不可思议的控制力。"

"是啊，以后再要签名吧。"梅根说。

"嗯……你是嫉妒了吗？因为你的超能力强过——"

"集中注意力，戴维。"

好吧。我们绕着房间走了一圈，直到走近一扇带有洗手间标志的小门。和厨房一样，洗手间也在中央区域。我们走了进去，正如缇雅的计划所示，外面是一个很小的服务区门厅，两边各有一个洗手间。直走就是我们的目标。一扇毫无特色的白门，显然很重要——其他的门仍然是盐造的，笨重且难以移动。这个是木头做的，有银色的门把手。

我拿出一套撬锁工具。"如果你能换一扇没锁的门，就容易多了。"我一边说，一边敲着门把手。

"我也许能做到，"她说，"但我不知道能坚持多久。这就意味着你要从这扇门进入,进入异维度,在那里改变一切——一旦出去,一切都会变回来。"

"你装饰好了纸杯蛋糕。"我说。

"是啊,"她轻声说,回头看了看,"这对我来说是个新领域,戴维。以前我总是这样,如果做到这一步就会迷失自我。我经常以死亡告终。这不是一个好的组合,知道自己不朽,却没有责任感。再鲁莽不过了。"

我并没有锁门。这个问题很简单,远不及亚伯拉罕和苏苏要应付的困难。这扇门不是为了防止外人闯入而锁上的;而是用来防止路人受到伤害。我推开了门。

远处是一台大型发电机和一台供转动地板用的发动机。梅根和我赶在有人进入走廊洗手间之前,溜进了房间。我拿出手机借了点光。房间很狭窄,地板上沾了一层粉状的盐。

"扯火,"梅根说道,"他们是怎么把这些都弄进来的?每周重做一次?"

"没有听起来那么难,"我说,"漏洞缩小了这一切,然后装进了她的口袋。接着她又变小一些工人,把他们送到墙壁和地板上,用钻头固定她需要的电线。用氦气使地板悬浮起来,刚好可以防止磨碎,这样就可以让地板再次旋转。"

我跪在机器旁,把发动机拿出来。它被连在下面的一些电线和金属齿轮上。

"那是能源电池,"梅根指着机器的一部分说,"还有备用的柴油发电机。"

"我们没有备用计划，"我说，"会有什么影响吗？"

"不会。"她说，伸出手来。我把之前的盒子放进去了。"我们是在摆弄电线，又不是发电机本身。应该没问题。"

我拿出我的手机，屏幕上出现了剪辑说明。我帮她举着手机，她把我们的小盒子接到合适的电线上。我们往后一退，几乎看不出它在那里。

"第三步完成，"我满意地宣布，"我们正从发电机房出来。"

"收到，"科迪说，"把亚伯拉罕和苏苏接到主线上。准备好，你们两个。让梅根和戴维抽身，我们进入第四步。"

"收到。"亚伯拉罕说。

"妙哉。"苏苏说。

"又是那个词，"我说着，推开门来到洗手间的走廊上，"我试着查过了。和唱片凹槽有关？它——"

我打住话头，突然与一个从洗手间里走出来的女侍者面对面。她目瞪口呆地看着我，然后又看着梅根。"你们俩在这儿干什么？"她问道。

灾难！"我们在找洗手间。"我说。

"但洗手间就在——"

"那是**乡巴佬**用的厕所。"梅根在后面说。她大步从我身边走过时，我跌跌撞撞地躲开了。"你想让我使用普通仆人的设施吗？"

梅根披着一件史诗派的披风，就好像是为她而设计的一样。她站得更高了，眼睛睁得更大了，火焰开始在走廊里闪烁。

"我没有——"侍者开始说。

"你质疑我？"梅根问道，"你敢？"

侍者缩了下去，垂下眼睛，不敢吱声了。

"好多了，"梅根说，"我在哪儿能找到合适的洗手间呢？"

"这些是唯一被保存下来的。我很抱歉！我可以——"

"不，我受够你了。走人，我可不想给我们的主人留下一具尸体让他去处理，你该感到高兴。"

那个女人匆忙跑进了主宴会厅。

火焰渐渐消失，我朝梅根扬起眉毛。"很好。"

"太容易了，"她说，"我一直在滥用我的超能力。我们去救缇雅，尽快脱身。"

我点了点头，领着她回到了餐厅。"我们出来了。"我说，这时我们俩踏上了旋转的地板。我什么也感觉不到；它移动得太慢，很难被注意到。我们在靠近桌子的地方坐了下来，尽量让自己看起来无伤大雅。

"就位，"亚伯拉罕说，"各就各位。"

"科迪？"我说。

"一切正常，继续。"

"数到三。"亚伯拉罕说道。

我深吸了一口气，按下口袋里的手机，启动了连接在发电机上的设备。我们都可以做这件事，因为那个设备连接着所有人的手机，但我们决定由梅根和我来负责。对苏苏和亚伯拉罕来说，说出他们想要什么比拿出手机手动激活，冒着被灯光照到的危险要容易得多。

我一按下按钮，灯光就忽明忽暗地熄灭了，旋转的餐厅也停了下来。当我数到三的时候，人声嘈杂，碗碟叮当作响，然后我又挪开了手指。

灯光恢复如初，机器嗡嗡地运转起来。我们又开始走动了。我紧张地注视着，看有没有警报的迹象。

没有人来。显然，使用一天前刚刚组装好的机器的困难之一是，经常发生损坏和断电。缇雅的计划利用了这一点。

"完美！"亚伯拉罕说，"我们通过了第一排摄像头。"

"没发现任何无线电频率的警报器，"科迪说，"只有一些保安在抱怨，希望教授不会因为断电而责怪他们。缇雅，小姑娘，你真是个天才。"

"希望你能尽快当面表扬她，"我对科迪说，"亚伯拉罕，告诉我们，你的队伍什么时候会出现在下一个镜头。我们正在计时。厨师们会开始寻思他们的糕点师去了哪里，人们最终会去检查发电机。"

"收到。"

梅根和我留在原地。从现在开始，计划最多只剩十分钟的时间，不能再等下去了。苏苏和亚伯拉罕爬过满是警卫的走廊，而我们两个应该若无其事地站在这里。我们试过了，但失败了，想办法下去和他们碰面，这样梅根就可以用她的力量来帮助完成渗透的最后一部分。

也许这是最好的结果。梅根看上去很憔悴,揉着额头,变得暴躁起来。我从站在吧台附近的侍者那里拿了些饮料,但又意识到里面可能有酒精,目前这可不是个好主意。我们需要保持警惕。相反,我从经过的托盘上拿了一个纸杯蛋糕。不妨试试异维度里戴维的手艺。

我在回我们桌的半路停了下来。要是我听到……

我转过身去,想从人群中辨别出那喋喋不休的声音。没错,我听到过那个声音。

教授也在这里。

我有点惊讶;社交并不是教授的专长。然而,那低沉的声音是毋庸置疑的。

我们完全可以离他远远的,但与此同时,我又换了一张新面孔——我们第一天的经历表明,他被梅根的幻术给愚弄了。也许有必要侦察一下,看看他究竟在哪里,说了些什么。

"教授在这里。"我对着电话说。

"扯火,"科迪说,"你确定?"

"是的,"我一边说,一边移动到能看见他站在窗边的地方,"我会小心翼翼地接近观察。如果守卫发现了亚伯拉罕和苏苏,他会第一个得到通知。有什么想法吗?"

"我同意,"梅根对着电话附和道,"我们两个在这里做不了任何有用的事情。这可能给我们带来重要情报。"

"是的,"科迪说。然后他停顿了一下,"但要小心点,小伙子。"

"当然,当然。我会像糖果厂里的糖尿病鼻涕虫一样小心。"

"或者,你知道,"梅根说,"一只在伊迪西亚的鼻涕虫。"

"那个也算。你会支持我吗?"

"紧跟在你后面,跪娃。"

我深吸了一口气,然后穿过房间向教授走去。

第二十八章

我溜到教授讲话的一张高桌子附近,一群人围着他,从我认识的几个来判断,应该是较低等的史诗派。教授拿出一个记事本,在一张桌子旁坐下。

其他人则敬而远之。我倚在高桌子上,尽量装出若无其事的样子。我挠了挠耳朵,拨动耳机上的定向音频放大器。

"必须找到盗窃犯。"教授说。我都快认不出他了。"在我们完成这件事之前,我们什么也做不了。"

那一群人都点了点头。

"我想让法贝奇和德拉格去散布谣言,"教授在记事本上写道,"声称有一场反对我的地下抵抗运动,正在寻找一个领导者。监视是你的职责,墨水瓶。你会盯着各种强大的家庭社区。其中一个肯定在庇护他,就像虹鱼保护我们下面的俘虏一样。

"我们有两种攻击方式:一种是承诺发动叛乱把他揪出来,另一种是威胁他会被发现。富埃戈,我要你继续和你的线粒体检测仪一起工作,扫荡整座城市。我们要大张旗鼓地宣传我们的搜索范围,并预计盗窃犯的行动——我们要像庄稼地里吓走野鸡的凶犬一样把他赶出来。"

我靠在桌子上，突然觉得肚子上像挨了一拳。

教授组建了一个团队。

这样做很有意义。教授有多年组织和领导清算者团队的实践经验，他非常擅长搜寻史诗派。但听他跟这些人说话，就像他曾经和我们说话一样……真是令人心碎。他如此轻易地用一群暴君和杀人犯取代了他的朋友和自由战士。

"我们就在下一个角落，"亚伯拉罕透过我的耳机小声说，"缇雅的地图显示这里有隐藏的摄像头。"

"是的，我看到了，"苏苏说，"墙上挂着引人注目的画，用来掩盖一块中间挖空的盐石。等我们下令再行动。"

"收到，"梅根说，"按科迪的指示调暗。"

"继续。"科迪说。

灯光忽明忽暗，然后熄灭了。

"又来了？"教授问道。

"工程师一定是把安装搞砸了，"其中一名史诗派说，"可能会磨损旧的盐制齿轮和机器。"

"结束。"亚伯拉罕说。

梅根松开按钮，灯光又亮了起来。教授站了起来，似乎很不满意。

"绿光大人，"一位年轻的女史诗派说，"我能找到盗窃犯，让我去吧。"

教授转过身来审视她，然后坐回椅子上。"你现在才为我

灾 星

效劳。"

"那些很快就表示效忠的人也会很快改变立场,大人。"

我认得她吗?"科迪,"我低声说,"我的笔记里有提到伊迪西亚的金发女性史诗派吗?头上编着辫子,可能二十到二十五岁。"

"让我看看。"科迪说。

"如果你找到他,"教授问那个女人,"你会怎么做?"

"我会帮您杀了他,大人。"

教授哼了一声。"这样做,我的所有努力就白费了。蠢女人。"

她脸红了。

教授把手伸进口袋,拿出一样东西放在桌子上。一个圆柱形的小装置,可能有旧电池那么大。

我认出来了。我自己口袋里就有一个;是骑士鹰给我的。我伸手摸了摸,确保它还在那里。一个组织样本培养箱。

"我允许你去追捕他,"教授说,"但如果你**真的**找到了他,不要杀他。给我弄点他的血或皮肤来。只有我确认样品是好的,他才能死。在这之前若有人杀了他,我就把他们灭绝。"

我不禁打了个哆嗦。

"那边的。"他说得更大声了。

我吓了一跳,发现他**正指着我**。

他挥手让我过去。我看了看身后,然后回头看了看他。

他在看我。

灾难！

他又挥了挥手，更不耐烦了，脸色阴沉下来。

"伙计们，情况可能不妙。"我低声说，绕过桌子，朝教授走去。

"你在干什么？"梅根问道。她就在附近，靠在栏杆上，喝着饮料。

"他叫我。"

"我们在缇雅房间门外。"亚伯拉罕说，"两个守卫。我们必须和他们周旋。"

"准备下一次断电吧，"科迪说，"戴维，你那边情况如何？"

"吓尿了。"我低声说，然后走到教授的桌子前。

他瞅了我一眼，然后指着我的手。我皱起眉头，低下头。直到那时我才意识到，自己手里还拿着没吃的纸杯蛋糕。我眨了眨眼睛，然后给他递了过去。

教授接过蛋糕，摆了摆手，把我打发走了。

我很乐意服从，急忙跑回去，然后靠在桌子上，试图放松紧张的神经。

"情况稳定，"梅根说，听起来如释重负，"虚惊一场。亚伯拉罕，你准备好了吗？"

"是的。我会给出一个标示。"

"继续。"科迪低声说。

灯又灭了,教授骂骂咧咧。我闭上眼睛,就是这一刻。缇雅会在那些门背后吗?

"我们要进去了,"亚伯拉罕说,"两个守卫都倒下了。恐怕是死了。"

梅根恢复灯光的时候,我轻轻地呼了口气。死了两个守卫。清算者协议就是为了尽量减少这种情况,就像教授经常说的那样,杀自己人是不会有多大进展的。这些守卫并不完全无辜;他们默许了缇雅的被捕,甚至是对她的折磨。但最终,两个试图在这个可怕新世界里生存下去的普通人,却因我们而死。

让战利品物有所值吧。

"缇雅?"我低声说。

"她在这里,"苏苏说,"亚伯拉罕现在正在把她从镣铐中解放出来。看起来还不错。"

过了一会儿,电话里传来一个熟悉的女声。"哈,你们这些烨子真的做到了。"

"你还好吗?"我问道,和梅根分享了一个如释重负的表情。

"他说他的团队中有些人'越来越不耐烦了',把我捆起来让我思考答案。但他没有伤害我,"她停顿了一下,"还有很多乔的影子,我不认为……我是说……"

"我知道。"我说,转身看着教授与他的史诗派互动,不过我的角度不对,听不清他在说什么。

"我差点就相信他了,戴维。相信他没有转变,相信这一切都是对抗史诗派的必要策略……"

"他知道该说什么,"我告诉她,"他还没有完全离开,缇雅。我们会把他救回来的。"

我和梅根朝电梯走去的时候,她没有再回复了。如果有人问我们,我就假装身体不舒服,然后搭下一趟电梯下去。他们不会拿着下面的宾客名单核对我们的身份,即使上楼他们也不会检查。

慢慢上来,慢慢下去。亚伯拉罕和苏苏任务艰巨,而我感觉自己在整个任务中很是懈怠。"目标达成,"我说,"全面撤离,各位。"

"你已经有数据了?"缇雅问道。

"数据?"我说。

"乔电脑上的。"

"不,"我说,"我们是来找你的,不是为了数据。"

"我很感激。但是戴维,我和他谈过了,从他口中得知了一些信息。我们预想的没错。圣凛给乔留了个计划,他听命于她。来伊迪西亚是总体规划的一部分,一个需要我们去发现的秘密。"

"我同意,但是……等等。"

在我身后,房间里突然静下来。梅根的手紧紧地抓着我的胳膊,我们转过身去。

教授站了起来,让他周围的人安静下来。

缇雅开始反对我说的话，但我打断了她。"有点不对劲。你做了什么？"

"没什么，"苏苏说，"我们刚从缇雅的房间里出来，在去电梯井的路上。"

教授指着电梯，说了一些我听不懂的话。动作的紧迫性显而易见。

"亚伯拉罕，苏苏，"我说，"你们被发现了。再说一遍，你们被发现了。到出口去，马上。"

第二十九章

我朝主宾电梯走去,但梅根把我拉了回来,我一脸诧异地看着她。她则向教授的那帮走狗点头示意。他们正朝着同一个方向前行。他们有优先权;而我们只会被哄走。

楼梯?梅根用嘴型说。

我点了点头。楼梯位于圆形房间的中心,所以我们开始朝那个方向移动,尽量不引人注意。如果亚伯拉罕的队伍被发现了,那梅根和我就更有必要隐藏起来。

"原路返回,准备紧急逃生。"亚伯拉罕喘着粗气说,"那些摄像头会发现我们的。即使他们收到了警报,我也不希望他们知道我们在哪个走廊。"

"把灯灭掉,"我说,"转到夜视模式。"

"收到。"

我用手机关了灯,引起了餐厅里的一片哗然。

"他是怎么知道的?"苏苏问道。

"他肯定在我身上安装了某种窃听器。"缇雅说,"如果我离开房间,就会被触发。"

"他可能在跟踪你!"我说。

"我知道,"她说,"但我们现在无能为力。"

我感到很无助。梅根和我悄悄溜进房间的内环,朝楼梯间走去。

"戴维,"缇雅说,"乔纳森的房间在这一层。我要带上亚伯拉罕和苏苏去获取数据。我们可以在停电的时候拿到它;他们绝对想不到我们会那样做。"

我停在原地。"缇雅,不,中断计划。**出去。**"

"办不到。"

"为什么?"我说,"缇雅,你一向都很小心!这次任务要完蛋了。我们需要撤离。"

"你知道那些数据里有什么吧,戴维。"

"圣凛的计划?"

"不止这些。她看到了灾星,戴维。圣凛和他,或者她,或者其他什么人有过接触。乔向我夸耀他所看到的一切。戴维,里面有*照片*。"

扯火。灾星的照片?史诗派的?

"我们一直在寻找的所有秘密,可能都在那个数据驱动器上,"缇雅说,"这是我们毕生追寻的答案。当然,在所有人中,你们肯定最先看出来。我的计划让你们走到了这一步,得迈出最后一步。这些数据值得我们去冒险。"

从这个角度,我可以透过建筑物外缘的玻璃窗看到外面。当然,灾星就在那里。它一直在那儿,天堂的弹孔。灾星……一个史诗派。最后的赋能者?我们能在这耀眼的光芒中找到答案吗？能找出这一切开始的原因吗？

史诗派存在的意义……真相是什么？

"不，缇雅。"我说，"我们被发现了，我的队伍目前异常危险。现在无法获取这些数据。我们以后再拿。"

"我们就快成功了，"她说，"我不会离开的，戴维。很抱歉。这个队伍归我管，作为高级清算者，我——"

"高级清算者？"梅根插嘴道，"你抛弃了我们。"

"叛徒好意思说这话。"

梅根僵住了。她站在我身边，我的手放在她的肩上，但我看不清她的模样。房间里一片漆黑，参加派对的人在敲东西，嘈杂声嚷成一片。在房间另一头，史诗派的力量迸发出一道红色闪电，照亮了整个房间。很快，第二名史诗派发出了更平静的蓝光。

"缇雅，"我尽量保持着理智说，"由我指挥这次行动，我要你撤出。那项情报不值得我的团队冒险。亚伯拉罕，苏苏，离开这里。"

死一般的寂静漫过线路。我可以想象他们站在楼下，看着缇雅的眼睛，若有所思。

"收到，戴维。"亚伯拉罕说，"时髦团队撤退。"

"我和他想的一样，"苏苏说，"现在不是超能力斗争的时候，缇雅。我们离开这里吧。"

缇雅咕哝了几句，听不清楚，但没有再争辩下去。梅根拽着我的胳膊朝楼梯间的门走去，这是最后的几步路了，借着史诗派的光亮可以辨认出那扇门。不幸的是，由于停电，教授的团队也聚集在那里，挡住了去路。

"戴维？"过了一阵子，苏苏问道。"你们俩呢？"

"继续执行你的紧急撤离计划，"我平静地说，"我们的身份是假的。目前很安全。"

"我们准备好了，"亚伯拉罕说，"不需要充气装置，可惜我们有更好的东西。"

"走，"科迪说，"你应该说清楚。"

我想我听到下面一扇窗户被风吹开了，或者至少感觉到了震动。

"降落伞！"我们房间里有人喊道。"外面！"

人们涌向窗户，梅根和我往后退。教授的史诗派从我们身边挤过，来到一扇窗户前，那个我认识的金发女人朝几个警卫挥了挥手。她瞥了一眼教授，他交叉着胳膊站在那里，被旁边闪闪发光的史诗派照得通亮。他点点头。

"把他们拿下。"女人指着说。

警卫开始射击。在室内武器开火的嘈杂声中，窗户震碎了，就像把鞭炮钉在你的头上，塞进你的耳朵里。

枪口闪烁，如闪光灯一般照亮了黑暗的房间。我畏缩着往后退，因为警卫们在亚伯拉罕的降落伞上打满了洞。幸运的是，窗户的动静吸引了所有人的注意。梅根和我撤退到房间中央的楼梯间。

"降落伞落地了，大人。"金发史诗派转身对教授说。

没过多久，他们就发现降落伞是绑在警卫的尸体上的。亚伯拉罕、苏苏、缇雅会乘机到达电梯门，然后搭乘绳索攀爬器沿着线缆下降，离开大楼。

"我们进电梯了。"亚伯拉罕说。

"走!"科迪说。

"马上。"

我紧张地等了一会儿。

"我们到二楼了，"亚伯拉罕上气不接下气地说，"停在这里。"

"这次下行相当顺利，"苏苏说，"就像索道一样，只不过是垂直向下。"

"至少线缆没在半路折断。"我提道。

"什么?"苏苏问道。

"没什么。"

"戴维，"亚伯拉罕说，又镇静下来，"有一个问题，缇雅没跟我们一起来。"

"她什么?"

"缇雅还在上面，"亚伯拉罕说，"当我们跳进电梯井时，她往另一边跑了。"

朝着教授的房间。灾星的*影子*，那个女人很固执。即使我们做了这么多工作，她还是要去找死。

"继续撤离，"我说，"缇雅现在只能靠自己了。我们无能为力。"

"收到。"

我们费了那么大劲才找到她,她却搞这一出。一方面我不能责怪她,我也被这个消息迷惑过。但另一方面又对她把我逼到这个地步感到愤怒,我不得不做出决定,把一个团队成员抛在身后。

灯突然又亮了。

餐桌下的地面猛地一晃——梅根和我,靠近中心,在不能旋转的部分。在我们的左边,教授团队里一名短小精悍的秃顶史诗派绕着中心走了过来,得意洋洋地举起我们刚刚装在发电机上的阻尼装置。

教授看了看装置,然后喊道:"他们在这!守住电梯和楼梯。雨刷,打扫房间!"

雨刷……我认得这个名字。

"哦!"科迪说,"好吧,雨刷。我以前还是为你找到了这个史诗派,戴维。对不起,小伙子。一切都在掌握之中,就像所有的东西都装在篮子里运往威尔士一样。雨刷,她的超能力——"

"——是扰乱其他英雄的能力,"我低声说,"让他们短路一秒钟。"

一束光穿过房间。就在那一刻,我转过身,发现梅根正看着我。不是她伪造的那张脸,而是梅根自己。虽然样子很美,但这不是我想看到的。

我们的伪装消失了。

第三十章

不管是好是坏,和史诗派共度的那段时间让我不再一惊一乍。我和梅根几乎同时掏出了手枪。

虽然我们本能地采取了行动,但都没有朝教授开枪。梅根击毙了向窗外开枪的三名武装士兵。由于结构紧凑,我们的小玩具枪表现良好。

我击中了雨刷。

比起我杀的大多数史诗派,她死得轻易得多——事实上,看着她倒在血泊中,简直比失去我们的伪装更让我吃惊。我向来以为史诗派都顽强得超乎想象;有时很难想起来,他们中的大多数人只掌握一两种超能力,而不是全套本领。

教授愤怒地咆哮。我不敢看他;他没想杀我的时候,就已经够吓人了。相反,我冲到敞开的楼梯间门口,枪杀了站在里面表情诧异的史诗派。

梅根跟着我。"躲开!"当我们身后房间里的人掏出枪时,她冲着我大喊。有几个开了火。

我冲进门。在爆炸发生前,外面不过只有两三声枪响,随即整个房间都被震得摇晃起来,盐石墙被震裂,灰尘像阵雨一样落了下来。

我咳嗽了一声，不停眨眼以挤出眼中的盐尘，挣扎着站了起来。梅根的一枚手榴弹爆炸了。我设法抓住她伸出的手，拉着她一起跑下台阶。

"扯火，"她说，"不敢相信我们还活着。"

"雨刷，"我说，"她发力废掉了史诗派的超能力，特别是外在的使用，就像教授的力场。她的能力让他暂时无法困住我们。"

"我们会不会……"

"杀了他？"我问，"不会。如果雨刷的力量如此强大，她早就被某个高等史诗派干掉了。她不能……嗯，不能……解除史诗派的内在保护，最多玩弄一两秒钟外在表现。力场，幻象，诸如此类。"

梅根点点头。楼梯井很黑——没人想过在这里挂灯——但我们听到有人从上面冒险进来。梅根退到墙边，抬头观望。借着从上面透出来的灯光，我能看清她的脸。

她瞥了我一眼，我对她还没来得及问出口的问题点头回应。我们需要时间来计划，这意味着我们要排除压力。她从大腿上取出另一枚小手榴弹，拉响后向上扔去。

第二次爆炸时，大块的盐石滚落下来砸在我们身上，似乎把我们头顶上的一段台阶都砸碎了。我向她点了点头，然后一起朝楼下看去。我们不可能沿着楼梯走下七十层而不被困在底部。我们需要另一条出路。

"戴维?"科迪的声音,"我在你们那里看到了一些爆炸。你们还好吗?"

"不,"我在线路那头说,"我们仍在危险中。"

亚伯拉罕用法语轻声咒骂。"我们留下了备用设备,戴维。你们在哪儿?"

戴维和苏苏带了额外的线缆攀爬器,以免不止缇雅一个俘虏——或者以防梅根和我加入他们。任务参数要求把应急设备留在后方,以防万一。

"我们就在七十层的门口,"我说,"设备在哪里?"

"黑色的背包,"亚伯拉罕说,"藏在服务电梯附近的通风口里。不过戴维,我们离开的时候,那层楼到处都是安保人员。"

在同一层楼时,缇雅曾给他们机会追踪教授的数据。但我不确定能不能救她。扯火。在这一点上,我甚至不确定能不能救自己。

"在亚伯拉罕被发现后,无线电通信立即停止了。"科迪说。"他们肯定有某种安全信号来应对紧急情况。而且他们不会使用骑士鹰的手机,你可以拿你的苏格兰短裙打赌。"

太好了。至少有了那包东西,梅根和我还有机会。背靠着通往七层楼的门旁边的墙,我拿出了手机。屏幕的光照在我们身上,我们查看科迪发来的这层楼地图,在上面我们被标记为一个绿点,电梯则是红点。

那个红点停在闪着火光的建筑物中间。棒极了。我记得路线，注意到教授的房间。我们会沿着他房间外面的走廊走过去。

我瞥了一眼梅根，她点点头。我们把门推开，梅根跨了进去，手里拿着枪，左右观望。我紧随其后，一直盯着右边的走廊，而她则在前面侦察左边。天花板上垂着一串灯泡，透过原本是黑灰的墙壁，映出一波又一波异常美丽的红盐。看上去像一只着火的鸽子。

我呼了一口气，还没有警卫。我们两个继续沿着左边的走廊往前走，经过一扇紧闭的门——我知道这房门会通往豪华公寓。当我们走到大厅尽头时，我对胜算很有把握。也许所有的警卫都被派去搜查其他楼层，或保护楼上的教授了。

然后我们前面十英尺左右的墙倒塌了。

我们跌跌撞撞地往回走，夜风从大楼外墙的一个新缺口吹了进来，把更多的盐尘从七十层楼吹了进来。我举起手挡着盐，眼睛眨个不停。

教授悬停在外面一个发光的绿色圆碟上。他从上面下来，走进大楼，双脚嘎吱嘎吱地踩着盐尘。梅根咒骂着，后退了几步，拿枪指着前方。我原地不动，搜索着教授的身影，希望能感到一丝温暖；可惜的是，我只听到一声冷笑。

他从身体两侧举起双手，召唤力场中的绿色光之矛来刺穿我们。在那一刻，我冷不防生出一种情绪。

纯粹的愤怒。

气愤教授没有足够的力量来抵抗黑暗。这种情绪藏在我心里，被掩盖在一系列文饰作用之后：他拯救了巴比拉。终因圣凛的操纵而堕落，他的所作所为不是他的错。

不管怎样，这些都没能阻止我对他**大发雷霆**。他应该比这更出色。他应该是不可战胜的！

有什么东西在我的内心颤抖，就像古时海中的巨兽在水与石头的洞穴里搅动。我胳膊上的汗毛都竖了起来，肌肉也随之绷紧，像是在卖力举起什么重物。

我看着教授的眼睛，看到死亡也映照在我身上，内心的某个声音在说**不**。

那种信心顷刻之间崩塌了，取而代之的是纯粹的恐惧。我们快要死了。

我跳到一边，躲避了一束光。梅根跳回墙边，设法躲开另一支锋利的力场光之矛，我在地上打了个滚。

我试着爬过走廊，却撞上一堵透着绿光的墙。我呻吟着转过身去，看见教授正轻蔑地端详着我。他举起一只手要毁灭我。

有个小东西击中了他脑袋的一侧。他惊异地转过身来，另一个打在他的前额上。子弹？

"哦，是的，"科迪在电话里说，"你们都看到了吗？是谁刚刚在一千码外射杀了一个人？是我干的。"

子弹并没有穿透教授的防御超能力，但似乎惹恼了他。我爬到梅根身边。"你能做点什么吗？"我问道。

"我……"

灾 星

突然出现了一个力场，包围了我和梅根，把一大块盐石地面也附带着挖了出来。扯火。就是它。我们会像瓦伦和艾科瑟尔一样被压扁。

我伸手去找梅根，想在袭击发生时搂着她。她咬紧了牙关，神情专注，两眼无神地凝视着。

空气里闪烁着微弱的光亮。然后另一个人和我们一起出现在球体内部。

我惊讶地眨了眨眼。新出现的是一个十几岁的女孩，留着一头剪得很短的红发。她穿着一条普通的牛仔裤和一件旧的牛仔夹克。她大口喘着气，抬头看着笼罩我们的力场球。

教授把他的手握成拳头，迫使球体缩小，但年轻女子把她的手推向两边。我感到一种轰轰的震动，就像不发声的嗓音一般。我知道那种声音。震击手套？

教授的力场瓦解了，我们摔落在地上。尽管那个年轻女人轻松地两脚落地了，但我还是失去了平衡。我陷入困惑，但至少还活着。我愿意接受这样的交换。我抓住梅根，把她从女孩身边拉开。"梅根？"我压低嗓子道，"你做了什么？"

梅根继续茫然地盯着。

"梅根？"

"嘘，"她厉声说，"这很困难。"

"可是……"

教授抬起头。

女孩走上前来。"……父亲吗？"她问道。

"父亲？"我重复道。

"我在足够接近的现实中找不到一个完整版本的他，"梅根嘟囔着，"所以我带来了我能找到的东西。看看你的计划是否奏效。"

教授沉思地看着他的"女儿"，然后挥了挥手，召唤出另一个力场包围了梅根。女孩一眨眼就把它毁了，双手向前伸着，释放出一波震击能力。

"爸爸，"女孩说，"你在这里怎么样？发生了什么？"

"我没有女儿。"教授说。

"什么？父亲，是我，泰薇。求你了，为什么——"

"我没有女儿！"教授咆哮道，"你的谎言骗不了我，梅根！叛徒！"

他把手伸到两边，绿色的光矛出现了，形状像玻璃碎片。他把它们从走廊上掷向我们，但泰薇挥了挥手，释放出一股力量。这就是震击能力——泰薇摧毁光之矛时，附近的墙也蒸发了。盐尘落了一地。

一套蓝绿色的长矛出现在泰薇周围，就和教授的一样。扯火！她拥有和他一样的超能力组合。

教授瞪大了眼。他的表情是恐惧吗？担心吗？梅根还没有把他的一个版本带到这个世界上，但这已经足够接近了。是的，他害怕她的超能力。他的超能力。

面对你的恐惧，教授，我想，满心绝望。不要逃走。战斗！

灾 星

他沮丧地咆哮着,双手在前面扫来扫去,把走廊摧毁得一塌糊涂,一阵盐尘扑向我们。力场一闪而过——一道道光击中了泰薇,墙壁受到冲击后粉碎了,一片混乱嘈杂的破坏声。

"干得好!"我喊道。他没有逃。

然而,不幸的是,我脚下的地板消失了。

第三十一章

教授的破坏波在击中我的瞬间结束了,虽然掉进了地板上的洞里,但我还是伸手抓住洞的边缘。梅根跪在窗台边,并未察觉她身边的那个洞。

洞深大约十英尺,但我不想冒这个险,开始振作起来。

"戴维,"缇雅的声音突然在我耳边响起,"你在干什么?"

"试着别死,"我咕哝着说,仍然晃来晃去,"你还在七十层楼的什么地方吗?"

"在乔的房间里,尝试着进入他的办公室。你能帮我切断电源吗?这里的安全门上有个电子锁。"

震击手套的能量波在上空嗡嗡作响,我听到天花板上传来不祥的呻吟声。

"阻尼装置不见了,缇雅。"我说着站了起来,却发现自己身处战区,"比起进入教授的房间,我们有更大的麻烦。他就在这里。"

"扯火!"缇雅说,"怎么回事?你没事吧?"

"说不准。"

在我下楼的那一刻,教授和泰薇把分隔房间的墙壁夷为

灾 星

平地,形成了一个更大的战场。他们交换了光矛和震击手套的超能力,在地板上留下了裂缝和弹坑。

天花板也撑不了多久。我找到了梅根,她跪在残垣断壁旁。她不满地发出嘶声,眼睛一眨不眨地看着决斗。我朝着她走过去,但当她看向我时,她噘起了嘴,紧咬着牙关,随后一声冷笑。

啊哦。

这太危险了。她把太多的事物带进了我们的世界。

但是扯火,*起作用了*。在遭到泰薇的攻击之前,教授正沿着走廊往回走,他可以用自己的震击能力把蓝色的光矛蒸发掉。他左边的外墙一片狼藉,风呼啸而过。他右边的房间布满了洞,地板和墙壁几乎完全被摧毁了。

教授右边的天花板塌了下来,我见状扑向梅根。闪烁的火花,盐划破了我的胳膊的*刺痕*——我看见绿色的光矛射向泰薇,发出的光照亮了周围的灰尘。她几乎挡开了那些矛尖。

教授已经失去了毫不妥协的自信;他打架时满头大汗,嘴里骂骂咧咧的。出乎意料的是,我看到他的胳膊上有几处抓痕。

伤口没有愈合。

她的超能力确实在废掉他的力量。但他为什么没有好转呢?他没有直面自己的恐惧吗?

"戴维,"缇雅焦急地说,"听起来好像整栋楼都要塌了。你没事吧?"

"暂时没事。缇雅……梅根从另一个世界召唤出了他的一个版本。一个有他超能力的人。他们正在战斗。"

"扯火！"缇雅对着线路咒骂起来，"你疯了。"她沉默了一会儿，我目瞪口呆地看着教授，大张着嘴巴，对超能力的使用感到敬畏。"好吧，"缇雅说，听起来很不情愿，"我去找你。"

"别，"我说，"躲起来。我不认为你来能做什么。我想谁来都无能为力。"

梅根正咬紧牙关，然后我迅速向她靠近。

她生气地瞪着我。"退后，戴维，"她咆哮道，"只需要……退后。"

我停下来，叹了口气，然后沿着走廊往下跑——教授和泰薇在那边。也许这样做很蠢，但我需要旁观这场战斗。我经过右侧天花板坍塌的房间，朝着两个格斗者走去。到走廊的转弯处，他们仍在继续往前走，随手蒸发着墙壁，走进一间豪华套房。

教授对泰薇使出一股震击能力，熔化了桌椅，全力一击。她衬衫上的纽扣都化为灰烬，衬衫倒完好无损。只有高密度的无生命物质受到影响。

她的力场消失了。她跳起来寻找掩护，勉强躲避着光刺。她数了三次才召唤出一个力场来阻挡即将到来的爆炸。这起了作用。她似乎有着和教授一样的弱点：自身的超能力由别人掌握。被震击手套击中一段时间后，她的能力就会消失，就像被火烧到的梅根一样。

我能做点什么吗？跟她解释一下？我往前走了一步，但当身边的空气开始扭曲时，又变得犹豫不决。

我被瞬间吸入另一个世界的景象：站在屋顶上的火凤凰，双手紧握在身体两侧，火从他的拳头上冒出来。夜空里，寒冷的空气中夹杂着史诗派散发的阵阵热浪。

视野消失了，我又回到了摩天大楼的战场。我迈出扭曲的空气，躲在一堵破碎的盐石墙后面，就在教授和泰薇打斗的房间外面。几束光矛从头顶一射而过，像叉子叉进蛋糕一样钉在墙上。

现在我知道该怎么看了，还发现了其他空气扭曲变形的地方。它们散布在走廊和房间；梅根的超能力正在撕裂我们的现实，将这里和火凤凰的世界交织在一起。

在我看来，这是一件非常非常糟糕的事情。

灯光突然暗了下来，熄灭了——很快又亮了起来。教授和泰薇甚至没有暂停他们的斗争，但我确实注意到，年轻女子看起来比他憔悴得多。她满头大汗，牙关紧咬，泪水在她的脸上留下一道道泪痕，冲刷着满地的盐尘。

"扯火，"缇雅在线路的另一头骂道，"还是通不过这扇门。乔的房间里有一台备用发电机。只要切断电线，它就会启动；我能听到它在里面噶擦噶擦地响。"

"你还在纠结这个问题？"我问道。

"我不会仅仅坐在这里，"她说，"如果他走神了，那么——"

当教授释放出一股震击能力时,她切断了通话,这股能量波本来是要阻止势如破竹的力场,结果炸毁了他所在的套房墙壁。墙体垮了下来,露出旁边的另一套房间——缇雅正跪在地板上。

她咒骂着,躲到破墙边。"没想到你们挨得这么近,"她隔着电话说,"等等。那个女孩看起来很面熟。那是……"

哦,天哪……

"小伙子,"科迪在线路那头说,"我看不清上面发生了什么事。你们都在和他对抗吗?"

"算是吧,"我说着,从枪套里掏出了枪。教授被他与泰薇之间的冲突搞得焦头烂额。一根尖状物刺中那个女孩,钉住了她的胳膊,鲜血溅到墙上,场面十分可怖。她跪倒在地,不一会儿伤口就开始愈合了。她紧紧握住自己的胳膊,用震击能力挡开了更多的光矛。然后她摇摇晃晃地站了起来,身上的肉结了痂,血也止住了。

我仍然躲在房间的洞旁,目瞪口呆。她痊愈了,超能力恢复得比梅根碰触火焰后要快得多。

就像埃德蒙。她的弱点对她的影响不像教授或其他人那么大。她面对过自己的恐惧,也许很久以前就克服了?

教授仍然忍受着她在攻击他时留下的伤口。但我还是觉得,自己忽略了超能力和弱点的本质。教授在和她对抗。这难道不意味着他要直面恐惧吗?为什么他还是那般明显地被

灾星

黑暗吞噬？

　　在房间里，穿过西边的破墙，缇雅终于进入了教授的办公室。我几乎看不出她在里面，经过一个像我们在楼上见过的发电机。她坐在他的办公桌前，开始在那台电脑上疯狂地工作。

　　但是泰薇……可怜的泰薇。尽管我不认识她，但看到她被教授的猛攻击退，我的心猛地抽搐了一下。她还在坚持战斗，但显然没有他那么有战斗经验。

　　我站起来，双手紧握我的小手枪。我回过头看见梅根沿着走廊走过来，哭得很厉害，脸上挂着痛苦和专注的表情。

　　我必须阻止这一切。这样做不仅不起作用，还会摧毁梅根。我举起枪指向教授，而他的注意力正集中泰薇身上；我呼出一口气，然后一动不动地倒下了。我等待泰薇的震击能力将他淹没，摧毁一个力场。

　　然后我开枪了。

　　我说不准我是故意摔到一边的，还是地板晃动的结果。这里的天花板和另一个房间的绷得一样紧。大部分墙壁消失不见了。

　　不管怎样，我的子弹打在了教授的脸上，而不是他的后脑勺。子弹撕裂了他的脸颊，鲜血四溅。他天生的力场保护失效了。也许我可以杀了他。

　　那一刻过去了。教授在身后竖起一道力场墙，以防其他的射击——几乎是一个心不在焉的动作，仿佛我是事后才想起的。灾难……如果他杀了泰薇怎么办？我们刚把她从现实中拉出来，又推入了我们的战争。我又看了一眼梅根。

火，我想。这是结束这一切的另一种方式。我在口袋里翻找打火机。去哪了？我甚至没有注意到自己的衣服变得多么破烂，漂亮的外套上沾满了盐，裤子也破了。我没找到打火机，不知道在哪儿丢的。

不过我在口袋里找到了别的东西。一个小圆筒。骑士鹰的组织样本培养器。

我抬起头，朝我冲教授开枪的地方望去，**敢不敢？梅根能再撑一会儿吗？**

我做了决定，冲向房间的另一头，避开力场，跃过一张被震击手套熔化了一半的沙发残骸。我就这样让自己身陷战斗，教授和泰薇在豪华房间的吧台附近决斗。盐尘一波接一波地吹向我，遮住了我的眼睛，嘴里也吃进了不少盐，真是令人作呕。地面开始晃动，我扑倒在地上，一股看不见的震击手套在附近炸开了一个坑，我又连忙滚向一边。灰尘从天花板的漏洞里倾泻而下。

我走上前寻找地板上的血迹，绕过教授，但在离他很近的位置。

他转向我，怒目圆睁。扯火，扯火，扯火！

我在地板上滑了一跤，在血迹斑斑的地方发现了他脸颊上的一大块皮肤。他已经从枪伤中痊愈了。显然，只有当他被一束光击中时，伤口才会愈合。只要他恢复了超能力，普

灾星

通的伤口便开始愈合。

  我把那块皮肉塞进了骑士鹰的装置里,我太惊慌了,没有考虑它的发病率。教授召唤了十多个光刺。他咆哮着把它们掷向了我。

  我纵身一跳。

  跃入空气的涟漪中。

第三十二章

这一次过渡到另一个世界后，我并没有下落二十英尺，这是好事。相反，我滚到了城市郊区的屋顶上。这不是一座摩天大楼，只是一座公寓楼，不过确实是高层。

什么也没有消失，没有枪声响起，也没有教授那震击能力发出的令人不安的嗡嗡声。只有宁静的夜空。美极了……没有红色光点照着我。

我攥着组织样本，躺在那里，仰头凝望天空，缓缓吸了几口气后平静下来。这可能是我做过的最疯狂的事了，但我给自己设了相当高的门槛。

"你。"一个声音从我身后传来。

我翻过身来跪在地上，一只手握紧了教授的死皮细胞，另一只手举起了手枪。火凤凰在屋顶上盘旋，熊熊燃烧，翻卷的火焰吞噬了他的皮肤和衣服。子弹伤不了用火的史诗派，只会被熔化掉。我是不是把一种致命的情况换成了另一种？

我想我得拖延一下，直到回到自己的世界。除了……如果梅根不主动把我拉回去，我还要待多久？我不可能永远滑落于此，对吧？

灾 星

　　火凤凰神秘莫测，他身上的热气和火焰扭曲了周围的空气。最后，他爬上了屋顶，但令人惊讶的是火被浇灭了。衣服再次显现，紧身T恤套着一件夹克，一条牛仔裤。火焰继续沿着他的胳膊蔓延，但火势退去了，就像他们自焚之前的最后一团篝火。他的脸和以前见到时没什么变化。

　　"你对泰薇做了什么？"他问道，"如果你伤害了她……"

　　我舔了舔嘴唇，嘴巴又干又咸。"我……"再一次，我们所做的一切在道德上给了我当头一棒，就像我试图偷一块额外的松饼时，工厂的午餐女工给了我一拳。"她被吸进了我的世界。"

　　"所以缇雅说得没错。你想方设法把我们拉进你的维度？"他大步向前走去，火焰又燃了起来，"你为什么要这么做？你的阴谋是什么？"

　　我向后爬到了屋顶。"不是那么回事！或者说我们不知道——梅根一开始就不知道——我是说，我们没——"

　　我不知道我想说些什么。

　　幸好，火凤凰停下了脚步，再次扑灭了身上的火。"斑点，你吓坏了。"他深吸了一口气，"喂，你能把泰薇带回来吗？我们忙得手忙脚乱，我们需要她。"

　　"缇雅……"我说着，把枪收了起来，"等等。你也是一名清算者？"

　　"这就是你动不动就把我拉进你的世界的原因？"他问道，"那里没有我的翻版吗？"

"我……我想你可能是个女孩。"我说。和我约会。我以前就注意到了这些相似之处；火凤凰留着一头金发，他的脸在忽略男子气概的情况下，会让人想起梅根。

"是的……，"他点头说道，"我注意到她了，是她帮助我渡过了难关。一想到自己可能有个妹妹，在另一个世界的某个地方，我就觉得不可思议。"

一道闪光点燃了附近的一座建筑——一座高大的圆柱形建筑物。尖塔？我第一次意识到，自己还在伊迪西亚的同一个地区，只不过是在塔楼外面，科迪之前待过的那栋楼楼顶上。

火凤凰转向爆炸发生的地方，嘴里一阵咒骂。"待在这儿，"他说，"我一会再对付你。"

"等等。"我说着，爬了起来。那道闪光……感觉很熟悉。"湮消，那道光是由湮消发出的，对不对？"

"你认得他？"火凤凰转过身来对我说。

"是的，"我说着，想弄明白自己看到了什么，"你可以这么说。为什么是——"

"等一下，"火凤凰说着，把手放在他的耳朵上，"没错，我看见了。他来了尖塔。你说的没错。"他眯起眼睛，抬头望着那幢更高的楼。"我想参与进来。我不管他是不是在引诱我，缇雅。最终我们还是要面对他的。"

我犹豫地走到火凤凰身边，他正站在我们那幢楼的边缘。这里有许多不同之处，但也有不少相似点。湮消，伊迪西亚这座城。缇雅,显而易见?还有泰薇……是她的女儿吗?

湮消迸发出的热浪又回来了,一股强烈的脉冲热量。盐虽然不会着火,但湮消仍在继续向外辐射。影子移到了那里。我眯起眼睛,在火焰的映衬下看到有人从窗户里跳了出来。

"斑点!"火凤凰说,"缇雅,楼上面有人。跳出来避开他制造的热量。我要走了。"

火凤凰燃烧了起来,腾空而起——尽管我看得出来他没能及时赶到。距离太远,而且他们下落得太快了。我的心猛地一抽。这是一个多么可怕的决定:被湮消烧死,还是被摔死?我想把眼睛移开,但是做不到。那些可怜的灵魂。

又有人从失火的楼顶房间里跳了出来。那人双手发光,气势非凡的身影向下飞去,拖着一件银色披风。他像一颗流星,向坠落的人群飞驰而去,发出一道耀眼而强烈的光。他抓住第一个人,然后是第二个,我屏住了呼吸。

我跌跌撞撞地往后退。不。

火凤凰又回过头来,落在我旁边。"没关系,"他对缇雅说,他的火焰有点熄灭了,"他来得正是时候。我就知道。他什么时候迟到过?"

我认得那个身影。深色的衣服,强壮的体格。即使在远处,在黑暗的夜里,我也认识那个人。我一生都在研究他,观察他,追捕他。

"钢铁心。"我低声说,抖了抖身子,然后一把拉住火凤凰,完全忘记了他身上着火了。幸运的是,火焰一接触就消失了,我没有被烧伤。"钢铁心在帮你?"

"当然了。"火凤凰皱着眉头说。

"钢铁心……,"我说,"钢铁心不邪恶吗?"

他对我挑了挑眉毛,好像我疯了似的。

"也没有灾星。"我望着天空说。

"灾星?"

"红星!"我说,"召来了史诗派。"

"召唤?"他说,"它在一年后就消失了;已经过去了十年。"

"你感受到黑暗了吗?"我问道,"每一名史诗派都有的自私倾向?"

"你在说什么呀,查尔斯顿?"

没有灾星,没有黑暗,只有善良的钢铁心。

扯火!

"这改变了一切。"我低声说。

"看吧,我以前告诉过你,你必须见他,"火凤凰说,"他不相信我看到的,需要和你谈谈。"

"为什么是我?他为什么要关心我?"

"好吧,"火凤凰说,"他杀了你。"

在我的世界里,是我杀了他。在这里,却是他杀了我。"这是怎么发生的?我必须……"

我感到一阵摇晃。闪闪发光。"我要走了,"我说着,渐渐开始消失,"我阻止不了。我们会把泰薇送回去。告诉

灾 星

他……告诉他我会回来的。我必须——"

"——弄清楚这里发生了什么。"我说罢,火凤凰已不见了踪影。屋顶消失了。取而代之的是一间亮着光、满是灰尘的房间。两名史诗派在战斗。他们又来到走廊,绕过教授的房间。他们就在我的右边——走廊的大部分墙壁都不见了。

我不在的时候警卫来了,他们在走廊的角落里站岗,就在我藏身的地方附近。他们开始联合起来对付泰薇,朝她的方向发射炮弹。

没有灾星……

我必须告诉别人!我很轻易就找到了缇雅,她正在隔壁公寓里的一个电脑工作站偷偷摸摸地工作——就在我前面,靠左边一点的地方。一股盐水滴在我头上,天花板嘎吱作响。

我回头一看,只见梅根正大步穿过套间朝我走来。她身材高挑,从容不迫,向后仰着头,双手放在身体两侧,每根手指在现实中都荡起了涟漪。一名荣耀的高等史诗派。

她看着我,低吼了一声。

好吧。我有更大的麻烦要处理。

第三十三章

火。我需要火。

这似乎是一种残酷的讽刺,就在几分钟前,我还站在一个真正由火焰构成的人身边,现在却找不到一星半点的火花。

我把教授采集的细胞塞进口袋,然后迅速站起来,穿过房间,尽量保持低姿态。守卫撤退了。当我疯狂地寻找点燃火焰的方法时,发现泰薇跪在走廊上,周围是层层叠叠的光泡。最里层大概是她自己的。她蜷缩在那里,低着头,皮肤上满是汗渍斑斑的盐尘,浑身颤抖。

我的心扑通扑通地跳了起来,但还是向缇雅跑去,希望她能有一个打火机。梅根向我伸出手来,但我躲开了她。我周围的空气仍在荡漾。我瞥见了其他的世界,陌生的风景,这里的大片平原变成了丛林。另一个地方是尘土和石头的不毛之地。我看到了成群闪闪发光的史诗派和成堆的死尸。

我身后的天花板有很大一部分塌了下来,石头互相碰撞发出了刺耳声音。被压塌的地板,绊住了我的脚,害我肩膀着地,在盐里打滑。

当终于停下来时,我眨了眨眼睛,掸掉灰尘,咳嗽起来。

扯火。我的腿受伤了,摔倒时还扭伤了脚踝。

碎片沉降下来,显示出套房的大部分地板都不见了。我最后进了缇雅旁边的教授房间,她躲在桌子旁边,手里紧紧攥着手机。它通过电线连接到计算机的数据驱动器上,由放在角落里的小型发电机驱动,同时带起摆动的灯泡。

梅根根本没有退缩。她转向我。在她身后,在地板上那个洞的另一边,教授的守卫们互相叫喊着,从废墟中爬了出来。在她的右边,泰薇瘫倒在地板上,教授逼近她。她的力场消失了。她动了动,但没有站起来。

梅根与我的目光相遇,双手在她面前举起。她冷笑着撇了撇嘴,但她紧盯着我的眼睛,然后咬紧牙关。我从她的表情中感觉到一丝恳求。我仍然躺在破碎的地板上,从枪套里拔出枪来,把它扳平,开了枪。

朝着发电机。

和上面那个一样,它也有一个油箱。它并没有像我预期的那样爆炸,但子弹刺穿了它,引发了火灾,火焰喷射而出。

灯光立刻熄灭了。

"不!"缇雅大喊道。

梅根盯着火堆,火堆在她的眼睛里跳动。

"面对它吧,梅根。"我低声说,"拜托了。"

她朝大火走去,仿佛被其热力所吸引。然后她尖叫着向前跑去,从我身边经过,把胳膊伸进火焰里。

梅根倒下了。泰薇消失了。空气中的裂缝收缩了。我如释重负地松了一口气，拖着疼痛的脚向梅根爬过去。

她浑身颤抖，双手紧握着被严重烧伤的手臂。我把她拉到离发电机更远的地方，以防它突然爆炸，然后把她抱在怀里。

在漆黑的房间里，只有两处光亮：逐渐熄灭的火……

和教授。

梅根紧紧地闭上眼睛，痛苦地颤抖着。她救了我们的命，把我的计划付诸实施，但这还不够。当教授大步朝我们走来时，我可以很容易地看出这一点。他走到地上破洞的边缘，然后穿过洞，脚下形成了一个力场。从下面照过来，他看上去像个幽灵，他的脸大部分都笼罩在阴影里。

教授总是有一种……未完成的样子。他的五官像一堆碎砖，脸上通常有胡茬。但今天，我也能发现疲惫的迹象。他的脚步缓慢，脸上的汗渍，肩膀的下垂。他和泰薇的战斗很艰难。他实际上是坚不可摧的，但他确实累了。

他研究了我和梅根。"杀了他们。"他说，然后转身背对着我们，走进了阴影里。

二十几个守卫放低武器，准备射击。我紧紧拦住梅根，近到能听到她的耳语。

"我会像我自己一样死去，"她说，"至少我死的时候还是我。"

火。她的超能力被废掉了。在故意烧伤自己之后，她总是有一两分钟没有能力。

如果她现在死了，会是永久的吗？

不。

不……我做了什么？

我扭动着身子，保护着她，这时卫兵们猛烈地开火了。墙壁上撒满了盐屑。电脑显示器碎了。子弹射向该地区，伴随着震耳欲聋的武器开火声。

我紧抓着梅根，背对着攻击。

我心里又多了什么东西。那些潜藏在我灵魂深处的黑暗。阴影在我周围移动，尖叫声，如刺穿我的尖刺一般的情感，梦中那突如其来、压倒一切的感受。我往后一仰头，尖叫起来。

枪声停止了，弹匣空空如也，只有最后几声枪响。面对眼前的史诗派敌人，这些人毫不犹豫，毫不退缩。有几个人打开了他们枪上的灯，检查他们的工作。

我等待着中弹带来的疼痛，或者至少是麻木。我感觉都没有。我犹豫了一下，回头看了看。残骸包围着我们——开裂的地板、满是破洞的墙壁、损坏的家具……除了我附近的地方。这里的地面一点也没有损坏。事实上，它是光滑、反光。一种深沉的、光亮的银黑色。金属。

我还活着。

圣凛的声音在我的记忆中低语。*我确信你会……主题合适。*

"令人印象深刻，"教授在暗处说，"她做了什么？"打开一扇通往另一个世界的门，让子弹穿过？他听起来很累。"我必须自己做这件事。别以为我不疼。"

"乔纳森……"一个声音低声说。

我皱起了眉头。它来自附近。谁——

我忘了缇雅的事了。

她靠在石凳上,火光摇曳。她一直躲在那里,但子弹击中了她。她被击中的多处在流血,手抓着手机。它被径直射穿了。

"乔,"她说,"你这个混蛋。你害怕事情会变成……这样。"她咳嗽起来。"我错了,你是对的。一如……既往。"

教授走入士兵们的射程里。那张憔悴、破碎的脸似乎变了,下巴耷拉下来。那天晚上他似乎第一次看见了东西。所以他只能眼睁睁地看着缇雅喘着粗气死去。

我跪了下来,惊呆了,几乎听不到教授的吼叫——他那震惊的痛苦和悔恨的呼喊。他飞快地穿过地板上的洞,冲过我和梅根,在他抓住缇雅的时候没有理睬我们。

"治愈!"他命令她,"治愈!我把它送给你!"

我抓住梅根,面无表情,不敢相信。缇雅的身影在他手里仍然软弱无力。

地板上蒸发。墙壁、天花板,整个塔。在教授痛苦的尖叫面前,一切都灰飞烟灭了。士兵们像石头一样往下掉,尽管教授和缇雅周围冒出了一个水泡。

我和梅根也穿过七十层楼高的盐土,朝地面坠落,我的胃也开始翻腾起来。"梅根!"我喊道。

她的眼睛闭上了。我跌跌撞撞地扶着她。

不。不。不。

夜里，尸体落在我们周围，灰尘和毛皮制品的碎片、碎布纷纷从我们身边掉落。

"梅根！"我再次尖叫，声音盖过了风声和士兵们惊恐的声音，"醒过来！"

她的眼睛睁得大大的，好像在夜里烧灼似的。我猛地一拉，堪堪抓住她——就像我突然套上了降落伞一样。

不一会儿，我们就重重地摔在了地上，发出令人痛苦的嘎吱声。然后疼痛袭来。剧烈的疼痛让我喘不过气来，就像一股电流从我的腿上流遍全身。钻心的疼痛让我不能移动。我忍着疼，仰望着漆黑的天空。

还有灾星，它回望着我。

时间在流逝。不多，但足够了。我听到脚步声。"他来了。"亚伯拉罕的声音急切地说，"你是对的。扯火！那是降落伞。我们的一个，但我没有留下一个……"

我转过头，眨着眼睛挤走盐尘，想找到他，一个在夜里身形笨重的人。

"我抓住你了，戴维。"亚伯拉罕说，拉着我的胳膊。

"梅根，"我低声说，"在滑槽。"我们撞到地面后，它漂到了她身上。

亚伯拉罕走过去，打开降落伞。"她在这儿，"他说，听起来松了一口气，"还有呼吸。科迪，苏苏，我需要你们的帮助。戴维，我们得把你移走。我们不能待在这儿。教授在那儿，容光焕发。他随时都可能下来。"

当亚伯拉罕把我举起来越过他的肩膀时，我打起了精神。另外两个人来了，把梅根从废墟中拉了出来。没有时间去担心他们是否造成了更多伤害。

他们把我们拖进夜色中，将我们任务失败后的残局完全抛诸身后。

第三十四章

虽然科迪让我们在一条小巷里暂作休整，看看是否有人跟踪，但我没有睡觉，我让亚伯拉罕递给我一些东西来止痛。亚伯拉罕帮我检查伤势时，苏苏扛着担架帮忙抬梅根和我。原来我落地时摔断了两条腿。

我们离开那条胡同的时候天色阴沉下来，一场烟雨落在我们身上，路面上的咸雨水很容易打滑。不过，盐石比我预料的要耐久一些。城市并没有大规模融化。

刚开始下雨的时候感觉很舒适，我躺在梅根旁边的担架上，雨水冲刷着我身上的灰尘。但当我们接近公园里的桥时，我已经浑身湿透了。我们的基地看上去很笨重，就像某种奇怪的真菌一样在前面的桥下生长着。这真是一件美好的事情。

梅根仍然昏迷不醒，但她的情况似乎比我好。亚伯拉罕没找到骨折的地方，不过她身上会有严重的瘀伤，而且手臂也被烧伤了，起了水泡。

"嗯，我们还活着，"我们在通往藏身处的门口停下来时，科迪说，"当然，除非我们没有发现跟踪的人，而教授正在暗中潜伏，等着我们把他引向盗窃犯。"

"你的乐观精神真是鼓舞人心,科迪。"苏苏说。

我们花了点功夫才让担架通过了入口,一条一端被碎石覆盖的小隧道。我帮忙用手推了一把。我的腿还在疼,但比起之前的"天哪,我们断了"更像是一种"嘿,别忘了我们"的伤痛。

藏身处散发着盗窃犯爱喝的汤的味道——一种清淡的蔬菜肉汤,几乎没什么味儿。亚伯拉罕用他的手机照亮了这个地方。

"把那个关掉,白痴。"盗窃犯在他的房间里厉声说。

他一定又在冥想了。我从担架上坐起来,这时苏苏爬了进来,然后叹了口气,取下她的设备,丢作一堆。"我要洗个澡,"她冲盗窃犯喊道,"要一个姑娘怎么做你才能变出来?"

"去死。"盗窃犯喊回来。

"苏苏,"亚伯拉罕轻声说,"检查一下设备,把盗窃犯为我们制造的东西还给他,替我们说声谢谢。"这可能无关紧要,毕竟它们会渐渐消失,但示好也许对他来说意味着什么。"科迪,注意外面有没有跟踪的迹象。既然我们时间充裕,我想彻查这两个人。"

我无精打采地点了点头。是啊,命令。必须下达命令。但是……此行对我来说迷离恍惚。"我们需要汇报情况,"我说,"我发现了一些迹象。"

"等会儿,戴维。"亚伯拉罕温和地说。

"但是——"

"你被吓到了,戴维,"他说,"我们先休息吧。"

我叹了口气,躺了下来。我不觉得自己受了惊吓。当然,我又湿又冷——但是我被雨淋了。是的,我在发抖,在来这儿的路上我没能想起什么。但那是因为精力都被耗尽了。

我怀疑他是否会听我的意见。尽管亚伯拉罕同意由我负责,但他可以扮演母亲般的角色。我确实说服他先去看看梅根,在苏苏的帮助下,他把她带走,给她换掉那件湿漉漉、撕破了的晚礼服,确保她没漏掉未被发觉的伤口。然后亚伯拉罕回来给我的腿装上夹板。

大约一个小时后,亚伯拉罕、苏苏和我挤在我们新基地最小的一间房里——我们希望这里离盗窃犯足够远,可以私下交谈。梅根把自己裹得严严实实,躺在角落里睡着了。

亚伯拉罕一直盯着我,以为我会打瞌睡。我强忍着困意靠墙坐下,撑直了靠夹板固定的双腿。他们给了我一些强效的止痛药,所以我才能自信地盯着他看。

亚伯拉罕叹了口气。"我去看看科迪,"他说,"然后我们再谈。"

只剩下我和苏苏。她喝了些几天前在市场上买的热可可。我受不了这种东西。太甜了。

"那么,"她说,"那……并不是一场*彻底*的灾难,对吗?"

"缇雅死了,"我声音嘶哑地说,"我们失败了。"

苏苏低头看着她的杯子,畏缩了一下。"是啊。但是……我是说……你必须验证一下你的理论。我们比昨天知道的更多了。"

我摇了摇头,为梅根担心得要命,我们为救缇雅付出了那么多,结果却永远失去了她,这让我很沮丧。我感到茫然、挫败和痛苦。我尊敬缇雅;她是团队中第一个把我当成有用之人的人。现在我却让她失望了。

我还能做些什么吗?我从没提过自己是怎么从枪林弹雨中活下来的。事实上,我也不知道答案。我是说……我怀疑。但是我不知道,所以说这些又有什么用呢?

自欺欺人,是吗? 我的内心问道。

"那个降落伞,"苏苏说,瞥了一眼梅根,"她成功了,不是吗?"

我点了点头。

"她把它放在了你身上,而不是她自己身上,"苏苏说,"她总是这样。我想如果你死后重生了,那就说得通了……"她的话音减弱下来。

亚伯拉罕回来了。"他就像窝里的野兔一样快乐,"他说,"穿着雨衣蹲在桥上,嚼着牛肉干,想找点东西射猎。目前啥也没有。我们可能真的逃出来了。"

他坐了下来,盘腿而坐。然后他小心翼翼地摘下那枚象征信善徒的吊坠,把它放在自己面前。在我们出发的车灯照耀下,银光闪闪。

"亚伯拉罕,"我说,"我知道……我是说,缇雅是我的朋友……"

"不仅仅是朋友,"他轻声说,"还是我的上级,我违抗了她的命令。我相信我们的决定是正确的,而她错了,但我不能因为失去了她而掉以轻心。求你了,就一会儿。"

我们等着,他闭上眼睛,用法语轻声祈祷。是对上帝,还是对那些他相信有一天会拯救我们的史诗派?他把吊坠的链子绕在手里,紧紧地握着,但和往常一样,我感知不到他的情绪。尊敬?痛苦?还是担心?

最后,他深吸了一口气,把项链戴上。"你得到了消息,戴维。你觉得很有必要分享。战争结束后,我们会好好悼念缇雅的。说吧,里面发生了什么?"

他和苏苏期待地看着我,我咽了口唾沫,然后开始说话。已经告诉过他们泰薇的事了,但现在我要解释被吸进火凤凰的世界时发生了什么。我所看到的一切。钢铁心。

我漫步了很久。事实上,我累了。他们可能也是如此,但我睡不着。在卸下所见所闻的包袱之前,怎么也睡不着。我把能说的一切都告诉了他们,直到最后才渐渐平静下来。再多的话,我就得谈谈我的怀疑了,关于我本人的新情况。

"他杀了你?"亚伯拉罕说,"在他们的世界里,钢铁心杀了你?他们是这么说的吗?"

我点了点头。

"有意思。这个世界和我们的很相似,但在很多重要的方面又有所不同。"

"你没有向他问起我吧?"苏苏问道。

"没。为什么？我应该问吗？"

她打了个哈欠。"我不知道。也许我在那里是一名超级忍者。"

"我不得不说你今天是个超级厉害的忍者，"亚伯拉罕说，"出色完成了任务。"

她脸红了，喝了一口热可可。

"一个没有灾星的世界，"亚伯拉罕说，"但那是什么——"他的手机开始嗡嗡作响。他皱起眉头，看着它。"我不认得这个号码。"他把手机转向我。

"骑士鹰，"我说，"接吧。"

他照做了，把手机举到耳边，然后在骑士鹰开始大声说话时把它移开。亚伯拉罕放低了电话。"他对一些事情很兴奋。"他说。

"很明显，"苏苏说，"用扬声器和那个混蛋说。"

亚伯拉罕按下了必要的按钮。骑士鹰的脸出现在手机上，他的声音投射到房间里。

"——真不敢相信那个女人的胆量。戴维的手机怎么了？他把它蒸发了吗？我已经好几个小时没追踪到那玩意了。"

我把我的手机拿了出来。它在这场打斗中幸存了下来，只是屏幕有了裂痕，背部被刮掉了一块，电池也没了。

"它……有过辉煌的日子。"亚伯拉罕说。

"他真的需要多加小心，"骑士鹰说，"那些东西不是免费的。"

"我知道,"我说,"你让我们为之付出代价。"

"嘿,"骑士鹰爽朗得令人震惊,甚至令人恼火,"等这个事成了,我再免费送你一个新的,孩子。"

"这个事?"我问道。

"圣凛的数据,"他说,"太不可思议了。你没看过吗?"

"数据?"我说,"骑士鹰,那是缇雅的……手机。你**拷贝**了?"

"我当然拷贝了,"他说,"你以为我建立全国性的数据链接网络是闹着玩吗?好吧,是挺好玩的,但那是因为我可以阅读别人的邮件。"

"给我们完整的转存文件。"亚伯拉罕说。

骑士鹰陷入了沉默。

"骑士鹰?"我说,"你不是——"

"嘘,"他说,"我不会抛弃你的。刚刚接到另一个电话。"他厉声咒骂道:"等一下。"

一阵沉默。我们三个面面相觑,不知所措。如果骑士鹰已经拿到了这些数据,那么这次任务也不算完全失败。

几分钟后他回来了。"好吧,见鬼,"他说,"那是乔纳森。"

"教授?"我说。

"没错,要求我跟踪你。不知道他是怎么想的,我一直告诉他我办不到。"

"然后呢?"苏苏问道。

"我把他送到了城市的另一边,"骑士鹰回答道,"离你们远着呢。也就是说,一旦他和你们一刀两断,他肯定会来杀我。我应该在门口把你们这些白痴赶走的。"

"呃……谢谢你?"苏苏说。

"我给你发一份圣凛的计划,"骑士鹰说,"记住,它引用了一些文件夹里没有的照片。那不是因为我在瞒着你,而是因为手机在下载完所有文件之前就死机了。告诉缇雅她做得很好。"

"缇雅中枪了,"我压低声音说,"他杀了她。"

线路再次陷入了沉寂,但过了一会儿,我听见骑士鹰呼出一口气。"灾星,"他低声说,"我从没想过他会走到那一步。我是说,我知道他会……但缇雅?"

"我想他不是故意的,"我说,"他让他的手下对付我们,结果她死了。"

"传输开始了,"亚伯拉罕举着手机说,"这些数据能解释教授在这里做什么吗?"

"当然,"骑士鹰说,又变得兴奋起来,"他——"

"他是来找盗窃犯的,"我插嘴说,"他来这里是为了从盗窃犯的假设能力中提造出一个激活器,然后用它来吸收灾星的力量——所有的超能力——从而成为终极史诗派。"

苏苏震惊地眨了眨眼睛,亚伯拉罕抬头看着我。

"哦,"骑士鹰说,"所以你读过数据了?"

"不,"我说,"只是说得通而已。"一切都在有条不紊地

灾 星

进行。"这就是为什么圣凛给巴比拉带来了湮消,不是吗?她本可以想出一百种不同的方法来威胁这座城市,迫使教授使用他的超能力。但她却邀请了他,因为她想利用他的破坏力造出激活器,以此掩盖她*真正*在做的事情。"

"制造传送门,"骑士鹰说,"所以一旦她有了盗窃犯的能力,就能接近灾难。但她在实施计划前就丧命了,所以现在由教授来做。猜得真准,孩子。你一直对我有所隐瞒;你根本不像你表现得那么愚蠢。顺便说一句,我要放弃我的基地了,曼尼已经把我送上吉普车了。当世界上最危险的史诗派,可以瞬移到任何他想去的地方时,我可不想在这里闲逛。"

"如果他那样做,他会通知湮消的。"我说,"在巴比拉制造炸弹的部分原因是为了不让湮消知道他的超能力正在被窃取。"

"还是要走,至少等到乔纳森从白费力气的追逐中冷静下来。"

"骑士鹰,"亚伯拉罕说,"我们需要你的轻安仪。我们有伤员。"

"很难,"他说,"这是我现在唯一拥有的。我爱你们——嗯,我并不讨厌你们——但我的皮肤比你们的更重要。"

"如果我能给你点样本,让你再做一个呢?"我一边问,一边在口袋里翻找。我拿出组织样本培养箱,举了起来。亚伯拉罕自觉地把手机转过来,好让骑士鹰看清楚。

"那是……"骑士鹰的声音说。

"是的，教授的组织。"

"其他人都出去。我想和这孩子单独谈谈。"

亚伯拉罕对我挑了挑眉毛，我点点头。亚伯拉罕很不情愿地把手机递给我，然后和苏苏离开了。我靠在墙上，看着手机屏幕上骑士鹰的脸。当曼尼带着他穿过一条隧道时，他自己的手机似乎被脖子上戴着的某种装置固定住了。

"你办到了，"骑士鹰轻声说，"怎么做的？他的力场应该保护他不受伤害。"

"梅根进入了一个异维度，"我说，"揪出了算是教授的一个翻版。"

"算是？"

"他的女儿，"我说，"我想是他和缇雅的。她拥有和他一样的超能力，骑士鹰。而且……"我深吸了一口气。"这就是他的弱点，他的超能力。至少缇雅是这么说的。"

"嗯……"他说，"有道理，我了解乔纳森。奇怪的是他女儿有他的超能力。这里史诗派的孩子生来就没有超能力。不管怎样，她继承了他的能力？"

"是啊，"我说，"我设法从他身上刮下一大块皮，然后帮你包起来。"

"伙计，"骑士鹰说，"你知道，我们真的是自讨苦吃。如果他知道你有……"

"他知道。"

骑士鹰懊恼地摇了摇头。"好吧，如果要谋杀我，不如让一个老朋友来下手。我将通过无人机传送轻安仪给你,但你得把样本送回来。成交?"

"成交,但有一个条件。"

"什么条件?"

"我们需要对抗教授的办法,"我说,"让他直面自己的超能力。"

"让你的宠物史诗派召唤另一个版本的他。"

"不行。这样做不起作用;我们可以避开他的超能力,但他没有转变。我得试试别的办法。"

这是事实,但只说了一半。我瞥了一眼梅根,她已经不省人事了,呼吸很轻。今晚的行动差点儿毁了她,我不会再让她做那种事了。这对她不公平,对被我们带来这个世界的人也不公平。

"那么……"骑士鹰说。

我拿起了样本培养箱。"还有另外一种办法,让他面对使用他超能力的人,骑士鹰。"

那人笑了。"你是认真的。"

"认真得像只等待投喂的狗,"我说,"需要多久?才能造出提供这三种力量的装置。力场、再生、瓦解。"

"几个月,"骑士鹰说,"甚至一年,如果其中任何一种能力很难破解的话。"

我很担心这个。"如果这是唯一的办法,我们就只能这么做了。"为了不让盗窃犯落入教授之手,我可不希望逃亡一年。

骑士鹰打量着我。他的人体模特把他抱进吉普车，然后系好安全带。"你很有胆量，"骑士鹰说，"你知道我说过我们测试了早期的史诗派，发现活着的史诗派，饱受体内造出的激活器的折磨吗？"

"是吗？"

"我告诉过你我们在谁身上做的测试吗？"

"你已经有了，"我说，"这就是为什么你那么渴望得到教授的细胞。你已经制造了一些装置来复制他的超能力。"

"我们一起造的，"他说，"他和我。"

"在你的房间里，"我说，"那个有逝去史诗派纪念品的房间。里面没有牌匾，只有一件背心和几双手套。"

"是啊。在发现他受了很大的伤害后，我们销毁了他所有的组织样本。我想他一直担心我会从他那里再拿到一份样本。他肯定是在和我保持距离。"骑士鹰的人体模特摩挲着他的下巴，仿佛在沉思，"我猜他的担心是对的。你把那些细胞发给我，我就能让你的装置立刻模仿他的超能力。但我要先在我妻子身上试试他的疗愈力。"

"你这么做，他马上就能知道，"我说，"他会来杀了你的。"

骑士鹰咬紧牙关。

"你得把赌注押在我们身上，骑士鹰，"我说，"把设备送给我们。我们先转变他，然后再去救你的妻子。这是你唯一的机会。"

"好吧。"

"谢谢你。"

"在这个节骨眼上,这是自我保护,孩子,"骑士鹰说,"我派遣的无人机将在六小时内飞往你那里。回程还需要六个小时,才能带着你的组织样本到达我的安全屋。如果细胞没问题的话,我可以为你提供一整套激活器。力场投射,疗愈力,震击能力。"

"我会。"

"还有戴维,"骑士鹰说,他的人体模特发动了吉普车,"别装可爱。这次如果他不转变,就做我们都知道你需要做的事。杀了缇雅之后……扯火,他以后会过什么样的生活?把他从痛苦中解脱出来吧,他会为此感谢你的。"

通信线路断了,骑士鹰的脸消失了。我坐在那里,试图理清今晚发生的一切。缇雅,火凤凰,阴影里教授的脸。地板上有一块深灰色的金属。

最后我把手机搁在一边,然后转过身,不顾用夹板固定的腿的抗议,只身穿过房间来到了梅根身边。我把头贴在她的胸前,搂着她,倾听她的心跳声,好不容易才睡着。

part four

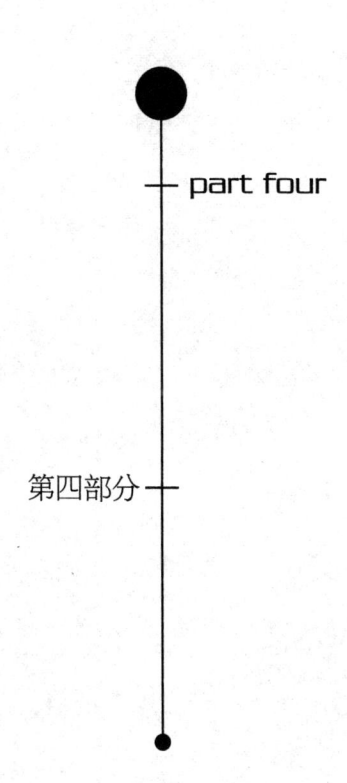

第四部分

第三十五章

我大汗淋漓地醒来。又一次。

那些画面一直萦绕着我,听起来又花哨又可怕。刺眼的灯光。害怕,恐惧,放弃。从噩梦中醒来,没有任何精神上的解脱。即使意识到这只是一场梦,也没有带来任何安慰。

这些噩梦不一样,它们让我惊慌失措。剥皮、瘀伤、皮开肉绽,就像拳击电影里的一块肉。醒来后,我不得不坐在地板上,断了的腿疼痛不已,过了很久,我的脉搏才恢复正常。

扯火。我有点不对劲。

至少我没吵醒其他人。亚伯拉罕和科迪睡在他们的草垫子上,在晚上的某个时候,我找到了从梅根的草垫子到自己草垫子的路,那是其他人为我准备的。苏苏的地盘上没人;她在放哨。我把手伸到枕头边,高兴地发现我的手机被苏苏修好了。

我看了一眼手机,发现是早上六点,借着手机的灯光,看到我的草垫子旁边有一个盒子,里面放着一杯水和几粒药丸。我一口吞下去,恨不得吃点止痛药。随后我挪到墙边坐下，第一次察觉到自己的腰和胳膊也在疼痛。在那次任务中，我的身体受到了严重的损伤。

我摸了摸自己的后背，发现好几处奇怪的瘀伤——我能辨认出它们的形状——像硬币一样。我的腿愈发疼痛，伤口也不断恶化，我不得不坐在那里。不知过了多久，药物才开始发挥作用。等到头脑清醒后，我就开始用手机搜索。亚伯拉罕已经把缇雅找到的数据包发给了整个团队，所以我仔细研究了一番，尽量不去担心最终会不会吵醒亚伯拉罕或科迪，带我去洗手间。

圣凛的文字清晰、细致、直截了当。我读着读着，仿佛听到了她的声音。如此确定，如此冷静，亦如此愤怒。她是故意把教授从我们身边偷走的，这是一种破坏性的行为——只是为了满足她自己对不朽传奇的渴望。

不过，阅读体验还是不错的。圣凛的计划简直不可思议，甚至算得上大胆；我不禁对她越来越尊敬。正如我所猜想的，圣凛召唤湮消并不是因为他摧毁城市的能力，而是因为他能瞬间移动。

她的密谋可以追溯到五年前，但她终归还是要面对一个意料之外的最后期限：她自己的死亡。史诗派的超能力无法治愈自然疾病。她发现自己已经走到了生命的尽头，于是她找到教授让他成为继任者，希望他能到伊迪西亚去，从盗窃犯体内造出激活器，然后瞬移到灾星中，做出不可思议的事。

这个计划看似天衣无缝，实则漏洞百出。根据我们最好的设想，灾星是所有史诗派超能力的源泉。但谁敢保证，你从一开始就能偷走他的能力呢？如果你真的这么做了，那不就只是用另一个有着同样行为的主人，来代替灾星吗？

尽管如此，至少这个计划是可以尝试的，除了接受这个世界本来的样子外，还可以做些别的事情。对此我尊重圣凛，尽管最后是我杀了她。

处理完圣凛的笔记后，我打开了一组照片。越过伊迪西亚的地图，我发现了几张灾星的照片。前三张是通过瞄准镜拍摄的，模糊不清；我以前看到过这样的镜头，让灾星看起来像是某种星星。

最终的图像有所不同。我担心的是骑士鹰说过的话，并不是所有的图像都传送了。我担心不会有灾星真实的画面。

但这里有一张，从我手中发光的屏幕上盯着我。这张照片拍得不是很好，明显感觉是用手机偷拍的，但照片上显然是史诗派。一个泛着红光的人影，但我分辨不出是男是女。似乎是站在一个房间里，周围的光线从奇怪的角度和表面反射过来。

我在文件中找过类似的东西，但毫无结果。灾星的其他镜头，如果有的话，也都丢失了。然而奇怪的是，骑士鹰似乎复制了缇雅手机的内存，而不仅仅是圣凛的新文件。事实上，屏幕上有一个文件夹，上面简单标记着乔纳森。我知道我应该忽视，这是他人的隐私，但我控制不了自己。我浏览一下，然后点击了第一个媒体文件。

那是一段教授在教室里的视频。

我把音量调得很低,但还是能听出他声音里的热情。他拿起打火机,沿着一排顶部有洞的鸡蛋移动,顺手点着了鸡蛋。每个鸡蛋依次爆炸,学生们欢呼雀跃,教授解释说,他往鸡蛋里填满了氢气,遇到明火会爆炸。

接下来是气球,他沿着线路往下走时,每个气球闪动和爆炸的方式都不尽相同。我不太关心相关的科学原理;注意力都在年轻的教授身上,他一头乌黑的头发,夹杂着几缕白发。他是一位热情洋溢的教授,似乎很享受这次演示的每一刻,尽管他可能已经做过上百次了。

他看起来完全是另一个人。我意识到,在我们相处的所有时间里,我不记得见过这般快乐的教授。满足,是的。渴望。但真正的快乐呢?在看他和学生互动之前,并没有出现过。

这就是我们失去的东西。视频结束的时候,我努力控制住自己的情绪。灾难的到来破坏了这个世界的方方面面。教授本应该还在那里,教育那些孩子。

外面传来脚步声,我赶紧擦了擦眼泪。过了一会儿,苏苏偷看了一眼,然后举起一个篮球大小的东西,上面有转子叶片。是骑士鹰的一架无人机。

"那家伙动作真快。"她说着放下无人机。亚伯拉罕和科迪动了一下;他们可能会要求在东西到达时叫醒他们。梅根翻了个身,有那么一会儿,我以为她也要醒了。但她又睡着了,轻轻地打着呼噜。

当苏苏放下那架无人机时，科迪和亚伯拉罕打开手机，房间被照得更亮了。我看着苏苏把装置的上半部分拧下来，露出了一个隔层，然后拿出了一个盒子，看起来很像我们在新加哥使用的轻安仪。教授显然把他的赝品改造成了真品。

"很好。"亚伯拉罕揉着眼睛说。

"我很惊讶你竟然说服他把它寄来，戴维。"苏苏边说边把它放在一边。

科迪打了个哈欠。"不管怎样，让我们把那只小家伙接上，然后开始运转。戴维的腿越快恢复，我们就能越早离开这个城市。"

"离开这个城市？"我说。

其他三个人看着我。

"不然，你……打算留下来？"亚伯拉罕小心翼翼地说。

"戴维，缇雅死了，你的理论虽然很高明，却被证明是错误的。让教授直面自己的弱点并没有让他放弃当前的行动。"

"是啊，小伙子，"科迪说，"这是一次不错的经历，但我们知道他想在这里达到什么目的，我们有办法阻止这一切。如果我们带着盗窃犯溜走，他的阴谋就永远不会得逞。"

"那是假设我们不希望它起作用。"苏苏补充说。

"**苏苏，**"我惊讶地说，"他想成为终极史诗派！"

"所以呢？"她说，"我的意思是，如果他取代了灾星的位置，我们的生活会怎样改变？世界末日不会到来——不会有'我要毁灭世界，孩子们'之类的话。在我看来，他只是想杀几个史诗派。听起来挺舒服的。"

"我建议你，"亚伯拉罕轻声说，"不要说这样的话，免得别人听见。"

苏苏畏缩了一下，回头看了看。"我想说的是，既然我们知道教授在做什么，就没有理由留在这里了。"

"我们去哪儿呢，苏苏？"我问道。

"我不知道。不如我们从一个地方开始，而不是从一个决心要杀我们的人居住的城市开始，怎么样？"

我看得出来，另外两个人至少有几分同意。

"伙计们，我们来这里的初衷并没有改变，"我说，"教授仍然需要我们。世界仍然需要我们。你们忘记我们任务的重点了吗？需要找到一种转化史诗派的方法，而不仅仅是杀了他们。否则，我们还不如现在就放弃。"

"可是，小伙子，"科迪说，"亚伯拉罕是对的。你想转变教授的计划没有成功。"

"这招不奏效，"我说，"但这种情况有其逻辑上的原因。也许他不认为泰薇拥有他的超能力——他认为他们同属另一类史诗派；相似，但不同。因此，面对她不等于面对他自己的能力。"

"或者，"亚伯拉罕说，"缇雅搞错了他的弱点。"

"不，"我说，"和泰薇的战斗确实废掉了他的超能力。她可以摧毁他的力场，而他却无法治愈她的攻击造成的伤口。就像钢铁心只会被不怕他的人伤害一样，教授只会被拥有自己超能力的人伤害。"

"不管怎样,这些都无关紧要,"亚伯拉罕说,"你说梅根召唤这个女人是因为她找不到真正的教授,那时她的超能力是有限的,而这是我们让他面对自己的唯一方法。"

"不一定。"我说着,在口袋里摸了摸,拿出了细胞培养箱。我把它从地上滚向苏苏,她把它捡起来。

"这是……"她说。

"教授的组织样本。"我说。

科迪轻轻吹着口哨。

"我们可以让他面对自己,亚伯拉罕,"我说,"我们可以用他自己的细胞来制造激活器。骑士鹰早在几年前就有了样机。"

其他人都沉默了。

"看,"我说,"我们需要再试一次。"

"他会说服我们的,"苏苏说,"他就是这样的人。"

"对。"亚伯拉罕同意了,示意她把组织样本滚给他。他把它捡了起来。"我不想再和你争论下去了,戴维。如果你认为值得再次尝试,我们会支持你。他把手指上的组织样本翻转过来。"但我不想把这个给骑士鹰。感觉像……像是背叛了教授一样。"

"比他杀死自己团队的成员更像背叛?"

这句话让房间里安静了下来,就像在成年礼上突然有人大喊"谁想要额外的培根?"

苏苏从亚伯拉罕那里拿回组织样本,然后把它放进了无人机。"趁着天还黑,我去释放无人机。"她站着说。科迪加入了她,他是下一个值班的。他们俩溜了出去,亚伯拉罕拾起了轻安仪,向我走过来。

"梅根先来。"我说。

"梅根昏过去了,戴维,"他说,"这种状态可能不仅仅是由于她在火灾和坠落中所受的伤造成的。我建议先治愈这个我们清楚会回到战斗状态的人。"

我叹了口气。"好吧。"

"非常明智。"

"你应该领导这个团队,亚伯拉罕,"我说,他把轻安仪的二极管包裹在我裸露着的脚和脚踝上,"我们都知道。你为什么拒绝?"

"你不要问科迪这个问题。"亚伯拉罕说。

"因为科迪是个蠢汉。你有经验,你在战斗中很冷静果断……为什么非要让我负责?"

亚伯拉罕继续工作,打开设备,这让我的腿有种模糊的感觉,就好像我睡错地方了一样。如果我在铸造厂的经历有任何指导意义的话,那么这个由一些未知史诗派创造出来的装置,就不会像利用教授的超能力那般高效。我可能需要一段时间才能痊愈。

"我曾在JTF2[①],"亚伯拉罕说。"Cansofcom[②]。"

[①] 加拿大第2联合特遣部队,简称JTF2。
[②] 首字母缩略词,代指加拿大特种作战部队司令部。

"这是……到底是什么？除了一大堆奇怪的字母。"

"加拿大特种部队。"

"我就知道！"

"是啊，你很聪明。"

"这是……讽刺吗？"

"又聪明了一回。"亚伯拉罕说。

我打量着他。"如果你是军人，"我说，"没有指挥过就更奇怪了。你是军官吗？"

"是的。"

"高官？"

"相当高。"

"还有……"

"你知道粉末吗？"

"史诗派，"我说，"只要看一眼，就能引起火药和不稳定材料爆炸。他……"我咽了口唾沫，想起了笔记中的一点，"他试图征服加拿大，公元第二年，袭击了他们的军事基地。"

"当他攻击特伦顿时，杀了我整个团队，"亚伯拉罕站起来说，"所有人，除了我。"

"为什么不杀你？"

"我在俘虏营里等待军事法庭审判，"他看着我，"我欣赏你的热情和勇气，但你还年轻，还不能像你自认为的那样了解这个世界。"他举起手指向我致意，然后走开了。

第三十六章

我在桥下藏身处的墙壁上刮了一下,很容易就刮下盐来,用手指搓着。是时候再次行动了。虽然我们一直认为这里是个临时的藏身处,但感觉像刚刚搬来一样。这段时间似乎转瞬即逝,谁又能在这个城市找到家的感觉呢?

我穿过房间,伸了伸已经痊愈的腿。依旧能感觉到疼痛(虽然没向其他人承认这一点),但我觉得浑身带劲。那天晚上只用了几个小时;天亮时,我已整装待发。

梅根的胳膊和瘀伤也已经痊愈了。幸好轻安仪对她起作用了。在新加哥时,我就一直在担心这个问题,她不能被治愈,也不能使用震击手套。然而,这两种能力都秘密地来自于教授——就像骑士鹰所说的,有时特定史诗派的能力会相互干扰。

这种轻安仪起了作用,但她还是没有醒来。亚伯拉罕告诉我不要担心;他说,经历了这么痛苦的事情后,有人在床上躺上一两天也是正常的。他只是想安慰我。当史诗派过度使用他们的超能力时,谁能知道什么是正常的,什么是不正常的呢?

苏苏的头从储藏室里探了出来。"嘿，矬子。骑士鹰在责怪你。看看你的手机。"

我掏出我的手机，因为放在包底而被蒙住了。四十七条消息。灾难！出了什么问题？我急忙打开消息软件，也许那些细胞没被拿走。要么就是无人机被闲逛的史诗派击落了，要么就是骑士鹰决定站在我们这边。

相反，我看到了四十七条骑士鹰发的短信，写着嘿，你，嘿你。白痴。之类的话。

我很快给他回了消息。有什么问题吗？

你那迪吉里杜管似的脸，他回信了。

细胞，我发送道。它们破碎了？

孩子，到底是怎么打破细胞的？

我不知道，我回信给他。你是那个给我发紧急短信的人！

紧急？骑士鹰发送道。我只是无聊。

我眨了眨眼睛，拿着手机重新读了一遍短信。

无聊？我发送道。你简直是在监视整个世界，骑士鹰。你可以窥看任何人的邮件，监听任何人的电话。

首先，不是整个世界，他写道。只有北美洲和中美洲的大部分地区。其次，你知道大多数人有多麻木无聊吗？

我继续回复，但涌出来一连串的信息，把我要说的话都打断了。

哦！骑士鹰写道。看这朵漂亮的花！

嘿。我想知道你是否喜欢我，但我不能这么说，所以这

灾 星

只是尴尬的调情。

你在哪里?

我在这儿。

在哪里?

这儿。

那儿?

不,在这里。

哦。

看看我的孩子。

瞅瞅我的狗。

看着我。

看我抱着我的孩子和狗。

嘿,大家好。今天早上我带了一只巨大的考拉。

呕吐。这个世界被神灵统治着,他们可以做一些事情,比如把建筑物融化成酸水坑。人们能想到的就是用手机给他们的宠物拍照,然后想办法找人上床睡觉。

好吧……我回短信是为了试探他的谩骂是否已经结束。买得起你手机的人都是享有特权的富人。你不应该对他们的浅薄感到惊讶。

不,他回信了。像纽卡戈这样的城市不在少数,统治阶层的史诗派足够聪明地意识到,拥有手机的人口是他们能够煽动和控制的人口。我可以告诉你,穷人也一样坏。只不过他们的宠物更癞皮。

这有什么意义吗？我问道。

有啊。取悦我。说一些蠢话。我带了爆米花什么的。

我叹了口气，把手机收起来，继续工作。我翻阅着一份史诗派的名册，根据今天城市里的传闻，这些人是因为教授在尖塔发脾气而死的。各册上有好几十个人都出席了那晚的派对，但拥有飞行能力或者刀枪不入的能力的人寥寥无几。他杀死了伊迪西亚过半的上层阶级。

我的手机又响了。我咕哝着瞥了一眼。

嘿，骑士鹰说。我的无人机飞过你们的城市。你想要照片还是什么？

照片？我回复了他。

是的。为了成像仪。你有一个，对吧？

你知道成像仪？

孩子，那是我造的。

史诗派的技术？

当然是，他说。怎么，你以为那些能在不规则的表面上神奇地呈现近乎三维的图像，同时又不会造成里面人的阴影的投影仪，是天然的吗？

我真的不知道。但如果他想让我看看这座城市的全景，我会接受的。

这是我为数不多的几款批量产品，就像你的手机的技术一样。骑士鹰补充道。大多数像这样的技术，如果你从细胞中造出一两个以上的激活器，就会降低效率。但不是成像仪。

扯火——手机甚至不需要激活器，除了我放在总部的那些。不管怎样，你到底要不要这个成像仪文件？

我要，谢谢，我写道。从教授的细胞中获得的激活器有什么进展？

我得先培养一下细胞。他说。至少要一天才能知道这一切是否奏效，还有我是否把乔纳森变成了我的动力犬。

太好了，我说。随时告诉我最新情况。

好的。只要你保证下次再说蠢话的时候录下来。妈的，我真想念互联网。你总能在网上发现做傻事的人。

我叹了口气，把手机放进口袋。当然，没过多久它又向我发出嘟嘟声。我气恼地抓起手机，准备把骑士鹰臭骂一顿，但只是一个通知，说我的手机收到了一份大数据包。城市的全景图。

我对技术知之甚少，但我能把手机拴在存储室的成像仪上，然后传输文件。当我打开机器时，发现自己在伊迪西亚上空盘旋。房间里成堆的补给品破坏了这种宏大的场面，它们也在天空中飘浮着，就好像我是某个神奇的太空流浪汉，拖着自己的东西飞来飞去。

我快速扫视了一遍城市，用手调整视角，重新熟悉了控制系统。成像仪忠实地再现了伊迪西亚，有那么一刻，我让这种幻象随我远去。我从一座摩天大楼前俯冲而过，右侧的窗户模糊不清，然后停下来沿着街道飞驰，经过一片盐石树林。我在林间快速地来回穿梭，随后穿过一个公园，经过了我们的藏身处。

我感觉自己充满活力、兴奋、清醒且警觉。我的腿断了，行动不便的时间很短，但它仍然使我受到限制，**失去了力量**。扯火……感觉已有很多年没在户外行走，而不用担心暴露自己的团队了。

我喜欢在城市里自由飞行。然后我撞上了一座大楼。我继续向前，景色变得模糊不清，一片漆黑，直到我从另一边钻出来。

这提醒了我一切都是捏造的谎言。当我靠得太近时，物体就会变形，如果仔细看的话，又能看到房间的各个角落。

更糟的是，我一蹦一跳的时候根本没有风，胃里也没有任何地心引力不赞成的晃动。我还不如去看电影呢。没有乐趣，没有超能力。而且还不够湿。

"看起来很有趣。"科迪站在门口说，门像空中的传送门一样打开了。我没看到他走过来。

我把双手摊平，调低摄像机的视角，就这样在那栋小公寓的楼顶安顿下来。"我想念水湃漓。"

最近我们四处奔波、打架、逃窜，我没怎么想过那个让我飞过巴比拉水上街道的装置。现在我意识到我身体里有个洞。在那座被淹没的城市里，曾有那么一小段时间，让我体会到了真正的自由，靠两股水流驱动。

科迪咯咯地笑着，信步走了进来。"小伙子，我还记得你第一次看到成像仪工作的时候，看起来像是要给我们展示你午饭都吃了些什么。"

"是的，"我说，"不过我很快就适应了。"

"我想也是。"科迪说，和我一起站在屋顶上，然后转过身来眺望整座城市。"你有计划了吗？"

"没，"我说，"有什么想法吗？"

"提出计划从来都不是我的强项。"

"为什么不呢？你似乎很擅长编故事。"

他指着我。"我揍过那些说这种俏皮话的人，"他停顿了一下，"当然，大多数是苏格兰人。"

"你的同胞？"我问道，"你为什么要和其他苏格兰人打架？"

"小伙子，你还不太了解我们，是吧？"

"只知道你告诉我的。"

"那么，我想你知道一大堆事情，只是没一个有用的。"他微笑着，若有所思地望着窗外的城市，"我还在警队的时候，如果我们要带危险人物回来，首先要做的就是设法单独捕获他们。"

我慢慢地点了点头。科迪曾经是名警察——我相信他的故事。"单独一个人，"我说，"这样他就不能那么容易地得到帮助了？"

"更重要的是，不会让人们陷入危险，"科迪说，"这座城市住着很多人。有好人。有幸存者。在尖塔发生的事，我们也负有部分责任。当然，教授融化了这个地方，但也是我们逼他这么做的。这将成为我余生的负担——成堆的砖头中又添了一大块。"

"所以我们要在城外和他决斗?"

科迪点点头。"如果那个带着假人的白痴是对的,那么一旦我们使用了教授的能力,他就会知道我们在哪里。我们可以选个地方作战,把他吸引过来。"

"嗯,"我说,"是啊……"

"除了?"科迪问道。

"我们对付钢铁心时就是这么干的,"我轻声说,"把他引到我们的陷阱里,远离人群。我举起双手控制成像仪,带着我们穿过城市,走向尖塔的废墟。无人机是在黎明之后飞过的,尸体仍然散落在现场。

"生命线,"我说,数着我看到的那些倒下的史诗派,"微弱的电力和心灵感应。黑暗无边——顺便说一句,这是她的第四个名字。她总能想出'更好的东西',结果却更糟糕。她可以在暗中穿梭。来自巴林的因沙拉和陶布,两人都有语言超能力——"

"**语言超能力?**"科迪问道。

"嗯?哦。一个可以强迫你说话押韵。另一个可以用任何地方任何人想象得到的任何一种虚构语言说话。"

"真是……太奇怪了。"

"我们不怎么谈论奇怪的超能力,"我心不在焉地说,"但也有很多低等史诗派的能力非常特殊。它——"我僵住了。

灾星

"等等。"

我在空中旋转，快得让科迪绊了一跤，伸手去够墙。我让大家把镜头对准碎石堆，发现了一张血迹斑斑的脸，尸体被困在塔楼大型发电机的残骸下面。教授的冲击波只蒸发了盐。这是我第一次确认，他对自己的超能力有着敏锐的控制，能够释放出一种冲击波，使一些致密物质蒸发，其他物质则不受影响。

现在这已经不重要了。那张脸是。

"哦，灾难。"我低声说。

"什么？"科迪问道。

"那人是暴风。"

"那个……"

"让这个城市长出粮食的人，"我最后说，"是啊。伊迪西亚的食品生产供应了几十个其他城市，科迪。教授的长篇大论可能会产生一些非常持久的后果。"

我掏出手机，给骑士鹰发了一条信息。

史诗派死后多久需要冻结他们的细胞？

立刻，他回信说。大多数细胞很快死亡。二氧化碳中毒，心脏泵血不足。此外，史诗派的DNA融化得很快。我们还不知道原因。你问这个干什么？

我认为教授刚刚引发了一场饥荒，我给他发短信。他昨晚杀了一个对经济至关重要的史诗派。

你可以试着给我提取一个样本，骑士鹰回复道。有些细胞比其他细胞寿命长。皮肤细胞……一些干细胞……DNA 的问题对一种奇怪的半衰期起作用，大部分在几秒钟内就消失了，不过仍有个别细胞可以存活。但是孩子，很难从老史诗派的细胞中培养出新细胞。

我把信息拿给科迪看。

"外出很危险，"他指出，"没有梅根给我们变出新面孔。"

"是啊，但如果我们能防止饥荒，不值得冒这个险吗？"

"当然，当然，"科迪说，"除非我们把自己暴露在教授面前——他很可能会让人看着那些尸体——然后把我们干掉。这样一来，和他对峙的就只剩三个清算者，而不是五个了。前提是他没有拷问出我们的秘密，又去杀了其他队员。他可能会这么做。这一切都是为了一个非常、非常微小的机会，那就是我们*或许*可以制造出一种能够养活人们的激活器。"

我咽了口唾沫。"喂，好吧。你说得有点过了。"

"是啊，"他说，"你们都有不听逻辑的历史。"

"就像你的现代摇滚逻辑源自风笛一样？"

"那个是真的，"科迪说，"*查查看*。猫王埃尔维斯是苏格兰人。"

"好吧，随便了。"我说着，走过去关掉成像仪，屏蔽了暴风的脸。虽然很痛，但今天我会克制住自己。

过了一会儿，苏苏把头探进我们的房间。"嘿，"她说，"你女朋友醒了。你想去接吻还是——"

我已经上路了。

第三十七章

梅根坐了起来,双手捧着一瓶水,背靠着墙。我进来的时候经过亚伯拉罕身边,他点了点头。根据他有限的医学知识,她没事。几个小时前,我们就把轻安仪从她身上取下来了。

梅根给了我一个苍白的微笑,拉扯了一下她的水瓶。其余的人都走了,亚伯拉罕拽着科迪的肩膀离开。当走到梅根身边时,我长舒了一口气。尽管亚伯拉罕一再保证,我还是有点害怕她醒不过来。没错,她死后可以转世,但如果她没死,只是陷入昏迷呢?

看到我明显松了一口气,她扬起了眉毛。"我感觉,"她说,"自己就像国庆游行上的一桶绿鸭子。"

我抬起头,点头附和,"哦,是啊。很好的比喻。"

"戴维。那只是在胡说八道……一个笑话而已。"

"真的吗?这样完全说得通。"我亲了她一下,"瞧,你觉得自己痊愈了,这是不对的,就像那些鸭子,觉得自己格格不入。但没有人真的不适合参加游行,他们仅仅是合群。就像你适应这里一样。"

"你绝对是疯了。"她说,我坐在她身边,搂着她的肩膀。

"你感觉怎么样?"

"糟透了。"

"这么说治疗没起作用?"

"是的。"她盯着水瓶说。

"梅根,没事的。确实,任务失败了,我们失去了缇雅。但我们正在从中恢复,继续前进。"

"我陷入了黑暗,戴维,"她轻声说,"比以往任何时候都要黑暗。比我杀山姆的时候还要黑暗……比我遇见你以前更黑暗了。"

"你从中抽身了。"

"勉强,"她说,然后瞥了一眼自己的胳膊,"我应该挺过去的。我们应该把一切都搞清楚。"

我拉近她,让她把头靠在我的肩上。我希望我知道该说些什么,但我能想到的都很愚蠢。她不想听虚假的安慰,她想要答案。

我也是。

"教授杀了缇雅,"梅根低声说,"我可能也会对你做同样的事。你听到她最后说的话了吗?"

"我希望那时候你已经昏迷了。"我承认道。

"她说他警告过她,但她没有听。戴维……我警告你。我无法控制这一切,即使掌握了弱点的秘密。"

"好吧,"我说,"我们只要尽力而为就行了。"

灾星

"但是——"

"梅根,"我说,抬起头看着她的眼睛,"我宁愿死也不愿失去你。"

"你是认真的吗?"

我点了点头。

"自私,"她说,"你知道我杀了你会对我有什么影响吗?"

"那就别让它发生,好吗?"我说,"我认为不会——但我愿意冒险,留在你身边。"

她喘了口气,然后又把头靠在我的肩上。"矬子。"

"是啊,谢谢你在教授身上测试我的想法。"

"很抱歉我没能成功。"

"不是你的错。我不认为我们想尝试异维度里他的翻版。"

"然后呢?"她问道,"我们不能就这么放弃。"

我笑了笑。"我有个主意。"

"有多疯狂?"

"相当疯狂。"

"很好,"她说,"整个世界都疯了,加入它是唯一的解决办法。"她沉默了一会儿。"那……我也有份吗?"

"是的,但我们不需要你过度使用你的超能力。"

她放松下来,依偎在我的身边,我们一起坐了一会儿。"你知道的,"我最后说,"我真希望我父亲能遇到你。"

"因为他很想见一名善良的史诗派?"

"嗯,也是。"我说,"但我想他会喜欢你的。"

"戴维，我粗鲁、自大，嗓门还不小。"

"而且很棒，"我说，"射得很准。威严、果断。我爸爸，他喜欢坦率的人。他说宁愿被人真心实意地骂一顿，也不愿被人敷衍嘲笑。"

"听起来是位伟大的人。"

"确实是。"他是那种因为太安静、反应迟钝而被别人忽视或说服的人，但他也是那种当其他人都为了安全而逃跑时，会跑去帮助别人的人。

不幸的是，我错过了那个人。

"我一直在做噩梦。"我低声说。

梅根坐了起来，用锐利的眼神看着我。"什么样的？"

"持续的，"我说，"糟透了。大声的噪音，刺耳的感觉。我不明白——我不觉得这是我害怕的东西。"

"还有……其他古怪的地方吗？"她问道。

我迎上了她的目光。"你还记得多少尖塔的事？"

她眯起眼睛。"缇雅的话。在那之前的……枪声。这样的例子有很多。我们是怎么活下来的？"

我把嘴巴瘪成一条线。

"扯火！"她说，"你认为……可能性有多大？我是说……"

"我不知道，"我说，"可能连一点希望都没有。那个房间里分散着很多的力量——或许有剩下的力场，或许……或许是另一个现实的口袋……"

她把手放在我肩膀上。

"你确定要留在我身边吗？"我问道。

"我宁愿死也不愿做别的事。"她捏了捏我的肩膀，"但我一点也不喜欢这样，戴维。感觉就像我们屏住呼吸，等着看谁先爆炸。你认为缇雅和教授是否有过这样的对话，他们认为值得冒险继续在一起？"

"也许吧。但我认为除了继续下去，我们别无选择。我不会离开你，你也不会离开我。就像我说的，我们必须接受危险。"

"除非还有别的办法，"梅根说，"确保我不会再对你或任何人构成威胁。"

我皱起了眉头，不知道她是什么意思。但她似乎决定了什么，看着我，抬起手来抚摸我的脸。"你不能说你没有考虑过它。"她温柔地说。

"'它'？"

"他在这里的这段时间，"梅根说，"我一直在想，这是我的出路吗？"

"梅根，我不明白。"

她站了起来。"仅仅做出承诺是不够的，仅仅希望我不再伤害你远远不够。"她转身大步走出房间，一开始有点蹒跚。

我爬起来跟在后面，想弄清楚她在计划什么。当我们走过大厅里其他人坐着的一张桌子时，盐在我们脚下摩擦着；这座建筑的末期时代已经到来，因为它太接近伊迪西亚的后缘。撑不过今晚的。

梅根穿过房间，走进了盗窃犯的小卧室。扯火！我跟在她后面小跑，跌跌撞撞地进了房间。有个办法可以确保梅根不再用她的超能力伤害任何人。它就在这里，在我们的基地里。

"梅根，"我说着，一把抓住她的胳膊，"你确定要做这么极端的事吗？"

她仔细端详着盗窃犯，他戴着耳机躺在一张毛绒沙发上，没注意到我们。

"是的，"她低声说，"和你在一起的这段时间里，我不再憎恨超能力，开始认为这是可控的。但经历了昨晚发生的事以后……我不想再这样了，戴维。"

她询问似的看着我。

我摇了摇头。"我不会阻止你的。这是你的选择。但也许我们应该再考虑考虑？"

"这是你的想法？"她冷笑着说，"不，我可能会失去勇气。"她大步走向盗窃犯时并未引起注意，她踢了踢他的脚，那只脚在沙发边上晃来晃去。

他立刻摘下耳机，慌忙爬起来。"你这个**苦力**，"他厉声说，"没用的乡巴佬。我会——"

梅根把胳膊伸向他，手腕朝上。"夺走我的超能力。"

盗窃犯张口结舌，然后从她身边退开，像看着一个滴答作响的盒子，上面印有"不是炸弹"的字样。"你在胡说些什么？"

灾星

"我的超能力,"梅根说着,朝他走去,"带走它们,它们是你的了。"

"你疯了。"

"没有,"她说,"只是累了。来吧。"

他没有伸手去抓她的胳膊。我强烈怀疑,在此之前从来没有哪位史诗派给过他超能力。我走去梅根身边。

"我在巴比拉为圣凛服务了好几个月,"梅根对盗窃犯说,"这一切都是因为她曾暗示会让灾星夺走我的超能力。我要是知道你的话,早就来这里了。**夺走它们**。它们会让你永垂不朽。"

"我已经长生不老了。"他厉声说。

"那就变得双重不朽吧,"梅根说,"或者四倍,或者别的什么。把它们拿走,否则我就会进入另一个空间,我就会——"

他抓住她的手臂。她倒抽了一口气,挺直了身子,但没有把胳膊缩回去。我扯着她的肩膀,十分担心。扯火。守着她是我做过的最难的事之一。我应该劝她等等吗?好好考虑一下?

"像冰水一样,"她压着嗓子用气音说,"流淌在我的血管里。"

"是的,"盗窃犯说,"我听说这很不舒服。"

"现在它变成了火!"梅根颤抖着说,"从我的身体里涌出来!"她的眼神变得呆滞而茫然。

"嗯……"盗窃犯说，语气像一位谨慎的外科医生，"是的……"

梅根抽搐了一下，越来越紧张，凝视着远方。

"也许你在来这里提要求之前就应该想清楚，"盗窃犯说，"享受做一个农民的感觉。我相信你能很好地融入这个团队，如果这件事结束后你还能好好想想的话。大多数人做不到，你看——"

房间着火了。

我低头一看，只见火焰飘过天花板，然后顺着墙壁蔓延。热气很远，也很微弱，但我能感觉到。

梅根站直了身子，不再颤抖了。

盗窃犯松开手，然后看了看自己的手。他又抓住了梅根，冷笑着，她和他的目光相遇了。这次她没有发抖，也没有剧烈的疼痛，尽管她紧咬着牙关，脸部绷得紧紧的。

火焰没有熄灭。它们是燃烧的幻影。她说她已经学会了制造维度阴影，来掩盖她的弱点和对火的恐惧。火是凭借本能自发的。

房间开始变得十分闷热。

盗窃犯放开她的手，往后退。

"看来你带不走它们。"梅根说。

"怎么做到的?"他问道，"你怎么做到抵抗我的?"

"我不知道，"梅根说，"但我不该来这里。"

她转身大步走出房间。我困惑地跟着她。亚伯拉罕和苏苏站在门口，梅根从他们身边擦身而过。我跟着她走进公共卧室时，对他们耸了耸肩。

"你真的还有超能力？"我问她。

她点点头，看上去疲惫不堪。她瘫倒在她的草垫子上。"我早该猜到不会这么容易。"

我跪在她身边，犹豫不决，但也松了一口气。那感觉就像坐情绪的过山车一般，摇摇欲坠、没有系好安全带的那种。

"你……还好吗？"我问道。

"还好，"她说，"我也不明白。这很奇怪，戴维——在那一刻，当他在冰浪中吸取我的能力时，我意识到……现在的我的超能力和我的人格同等重要。"她闭上眼睛。"我意识到我不能把它们给他。如果我这样做的话，就成了一个懦夫。"

"但你是怎么违抗他的呢？"我说，"我从没听说过这样的事情。"

"超能力是**我**的，"她低声说，"我享有它们。**我的**负担，**我的**任务，我自己。我不知道这有什么关系，但确实如此。"她睁开眼睛。"那现在怎么办？"

"当我们在尖塔的时候，"我说，"我去了另一个世界。火凤凰所在的地方。那里没有黑暗，梅根。**钢铁心**是个英雄。"

"所以我们出生的地方离天堂只有一个维度的距离。"

"我们只能把天堂带来这里，"我告诉她，"圣凛的计划是让教授去找灾星，一旦到了那里，就偷走他的超能力。如果我们能把教授带回来，他会给我们她发明的瞬移装置。这似乎给了我们一个很好的机会来消灭灾星，解放我们所有人。"

她微笑着抓住我的胳膊。"我们开始吧。营救教授，打倒灾星，拯救世界。你的计划是什么？"

"不过，"我说，"它还没有完全成型。"

"很好，"她说，"你的想法很棒，戴维，可惜执行力太差了。去拿些纸来。我们会想办法实现的。"

第三十八章

我把背包放在那幢宽敞的开放式建筑中央。这个地方有一股刺鼻的咸味。最近长成的。抛光的白色盐石地板反射着我手机的光亮。离开我们那逐渐腐烂的藏身处之后,这个地方感觉太干净了。就像一个呕吐之前的婴儿那样。

"这感觉不对。"我说,我的声音在大房间里回荡。

"怎么说?"苏苏说,肩上扛着一袋补给品走了过去。

"太大了,"我说,"如果我有一整间仓库住,就不会觉得自己在躲藏。"

"有人会想,"亚伯拉罕说着,"叮当"一声放下了他的补给品,"你会很高兴逃离我们以前住过的狭小空间。"

我转过身来,感到毛骨悚然,借着手机微弱的灯光,也看不到房间的边缘。要怎样解释这种感觉,才不会显得愚蠢呢?每个清算者的藏身处都被稳妥地隐藏起来了。这个空仓库恰恰相反。

科迪说无论如何那里都很安全。我们在伊迪西亚时,让他和亚伯拉罕做了一些调查,他们提出把这个仓库作为一处没有人使用的地点,一个方便利用我们的计划来攻击教授的地点。

我摇了摇头,抓起我的背包,拖着它穿过房间,走到远处的墙边,亚伯拉罕和苏苏把他们的背包放在那里。附近,科迪已经开始在仓库里加盖一个更小的房间。他戴着手套小心翼翼地工作着,像雕刻黏土一样把盐往外抹,用泥刀把表面弄光滑。他的手套发出柔和的嗡嗡声,让盐的晶体结构随着他的动作延伸。只工作了大约一个小时,他已经在小房间里开了个好头。

"没人会来打扰我们的,小伙子。"科迪一边工作一边安慰地说。

"为什么没有呢?"我问,"似乎是藏匿一大群人的好地方。"我可以想象仓库里挤满了家庭,每个家庭都围着自己的垃圾桶生火。那会改变一切。这里将充满声音和生命,而不是墓碑般的空虚。

"这个地方离市中心太远了——它是在老亚特兰大的北部边缘,后来变成了伊迪西亚。当你可以为你的家人建造一组联排别墅时,为什么要选择冷藏仓库呢?"

"我想这是有道理的。"我说。

"另外,还有一大堆人在这里被谋杀了,"科迪补充道,"所以没人愿意靠近这个地方。"

"嗯……什么?"

"是的,"他说,"是个悲剧。一群孩子开始在这里玩耍,但这里离另一个家庭的领地太近。另一个家庭被吓到了,以

灾星

为对手在向他们逼近，所以他们往门里扔了些炸药。他们说，你可以听到幸存者在废墟下哭了好几天，但那时已经开始了全面战争，没人有时间来帮助这些可怜的孩子。"

我目瞪口呆地看着他。科迪开始吹口哨，继续工作。扯火。他一定是在编故事，对吧？我转过身，看了看空荡荡的大房间，然后打了个寒战。

"我恨你。"我喃喃自语。

"啊，别这样。你知道，鬼魂会被负面情绪所吸引。"

我早该知道，与科迪谈话通常是最没效率的事情。相反，我去找梅根，路过盗窃犯。当然，他拒绝帮忙搬东西到新基地。他大摇大摆地冲进科迪尚未完工的房间，然后一头栽倒在地上，身下露出一个鼓鼓囊囊的豆袋。

"我讨厌被人打断，"他指着墙说。一扇门抵着墙出现了，"把这个放进你的建筑里，我会给它上锁的。哦，还要把墙弄得格外厚一些，这样我就不用总听你们叽叽喳喳了。"

科迪给了我一个坚忍的眼神，不知怎么的，我觉得他在考虑把史诗派给围起来。

我发现梅根和苏苏在一起，就在亚伯拉罕卸枪的地方附近。我吃惊地退缩了一下。梅根和苏苏坐在地板上，周围都是我们的笔记——有些在我小心翼翼的手里，有些在她手里……嗯，梅根的笔迹可能会被误认为是，龙卷风在铅笔店里留下的痕迹。

苏苏点点头，梅根指向一页纸，然后激动地指着天空。

梅根想了一会儿,然后缩在纸上开始写起来。

我悄悄走到亚伯拉罕身边。"她们两个在说话。"我说。

"你以为我会咯咯叫?"

"嗯,大喊大叫。或者被勒死。"

亚伯拉罕转身从他的袋子里取出装备。

我朝女人们走去,亚伯拉罕连头也不抬就抓住我的胳膊。"也许最好还是随她们去吧,戴维。"

"但是——"

"她们是成年人,"亚伯拉罕说。"她们不需要你去解决她们的问题。"

我抱着胳膊,呼哧呼哧地喘着气。她们是成年人跟这有什么关系?许多成年人确实需要我来解决他们的问题,否则钢铁心就不会死。另外,苏苏才十七岁。那她算不算成年人?

亚伯拉罕从其中一个背包里取出一样东西,轻轻地把它放下。"与其在不需要你的地方戳来戳去,"他对我说,"帮帮忙怎么样?我需要你的帮助。"

"做什么?"

亚伯拉罕掀开盒盖,露出一副手套和一罐闪闪发光的水银。"正如我所预料的,你的计划很大胆,也很简单,最好的往往如此。但这确实需要我做一些,我不确定能否做到的事情。"

他说得没错;计划很简单,同时也**非常危险**。

骑士鹰用无人机探索了伊迪西亚下面的几个洞穴,这些洞穴是掘域很久以前建造的。这个地区地下有很多,在这里的岩石中挖了一条隧道。伊迪西亚经过了一大片洞穴,我们选择这个仓库,部分原因是因为我们可以在这里挖一个洞,然后在里面练习。

我们的计划是训练一个月。到那时,伊迪西亚会把这些洞穴留下来,它们仍然是诱捕的绝佳地点。大量的隧道,用来放置炸药或设计逃生路线。待我们熟悉隧道后,将在战斗中占据优势。

一旦我们准备好了,就从城里偷偷溜回山洞。从那里我们可以把教授引出来。只需要根据他的超能力使用激活器,他就会直接来找我们。伊迪西亚离我们有几英里远,免遭战斗的破坏。

亚伯拉罕和梅根会先动手攻击他。我们的想法是先让他彻底垮掉,然后再让科迪露面。科迪穿着全套"震击服",我们称之为模仿教授超能力组合的装置。它还没到,但骑士鹰声称它已经在路上了。因此,一旦亚伯拉罕和梅根把教授拖垮了,科迪就会现身,显露出教授的全部能力。

我们只能希望泰薇的超能力没有被教授认为是"他的"。毕竟,她的力场是另一种颜色。

我内心的一个声音轻声说,可能会有更大的问题。教授被泰薇的力场击伤了,但它们并没有完全阻断他的超能力,就像梅根和大多数史诗派一样。

缇雅会不会弄错了?我本以为她不会,但现在,面对阻止教授的最后一击，我动摇了。关于教授和他的超能力，有些事情是说不通的。

教授害怕的是什么？

"要想成功，"亚伯拉罕站在我旁边说，打断了我的内省，"我需要使用水银手套来面对教授，面对他需要不被他的力场压扁。"

"水银手套应该足够了，"我说，"水银的结构完整性将会是——"

"我相信你的笔记，"亚伯拉罕打断了我，戴上手套，"但我还是宁愿先做一些测试，然后再多加练习。"

我耸了耸肩。"你有什么想法？"

显然，他"想要"的是让我去工作。我们的仓库里面有个小阁楼。接下来的一个小时，我和科迪一起工作，他在阁楼里制作了一些大盐石板。然后我把它们绑在一起，分成几捆，准备从阁楼上推下去。

最后，我用一块已经湿透了的抹布擦了擦额头，然后把腿悬在窗台上坐了下来。

下面，亚伯拉罕在练习。

他根据一些古老的武术，发展了自己的水银手套训练方案。他走到他放在地上的一圈灯光中央，把手伸到一边，反方向拉回来，再把手推到另一边。

水银围绕着他跃动。起初，水银像银色的袖子和手套一般盖住了他的胳膊。当他向前伸出双手时,水银向外喷射,变成了一个与他手掌相连的圆盘。当他回到之前的武术动作,水银退缩,再次掩盖了他的手臂。当他把手推向另一个方向时,水银射出了钉子的形状。

我如饥似渴地看着。这种金属以一种美丽且超凡脱俗的方式流动着,反射着光亮,蛇行绕过亚伯拉罕的胳膊——先是一只胳膊,然后跨过他的肩膀到另一只胳膊,好似活物一般。他转身就跑,然后跳了过去——水银顺着他的腿流下来,变成亚伯拉罕落在上面的一根短柱子。水银柱支撑着他的重量,尽管它看上去又细又脆弱。

"准备好了吗?"我从上面喊道。

"准备好了。"他叫道。

"小心点,"我说,"我不想让这件事击垮你。"

他没有回应,所以我叹了口气,然后站起来,用撬棍从阁楼上撬下一大块绑在一起的盐石板,滚向了他。他的想法是在下落的石板路径上,留下一条细细的水银线,然后观察撞击对水银线的扭曲程度。

亚伯拉罕却径直走到石头的路上,举起手来。

我的视线被挡住了,但我所能想到最好的解释是,亚伯拉罕让水银沿着他的身体和手臂流动,变成一条长长的带子,从他的手掌延伸到身体的一侧,一直延伸到他的脚部,形成了一个水银支架。

盐石向他垂直落下时,我屏住了呼吸。我伸长脖子往下看，那堆东西重重地砸在亚伯拉罕身上，绳子断开了。石板砸落在两侧，露出了亚伯拉罕的笑脸，他仍然举着手，手掌上沾满了水银。支架足以转移石板的重量。

"这太莽撞了，"我对他喊道，"别想让我失业！"

"最好现在就知道这一招是否奏效，"他对我喊道，"而不是在和教授搏斗的过程中才发现，我对此相对有把握。"

"还想试试接下来的部分吗？"科迪肩上扛着狙击步枪，走到我身边问道。

"好啊。"亚伯拉罕说，把手推向我们，造出了一块能量护盾，变得和他一般大，闪闪发光，厚度非常薄。

我看着科迪，耸了耸肩，用手捂住耳朵。紧接着是一连串的枪声。幸运的是，它们被压制住了，所以似乎没必要捂耳朵。

水银吸住子弹后，缩拢了起来。或者说，嗯，水银挡住了子弹——细想过后发现这一点并不怎么起眼，因为从技术上讲，身体一直都会挡子弹。我的身体有时也会这样做。

尽管如此，水银并没有撕裂或裂开，所以形成了有效的屏障。然而不幸的是，水银的应用很有限。亚伯拉罕没有超人般的反应能力；他阻止不了出膛的子弹。

他转过身，水银又流回他身上，子弹散落一地。水银顺着他的胳膊和腿往下淌，然后从他的脚下一溜一溜地滑过，形成好几级台阶向我涌来。他朝台阶走来，咧嘴大笑。

我放下了我的嫉妒。我怀疑自己会不再指望能让这个装置工作,但我可以避免在这件事上表现得过于幼稚。科迪和我拍了拍亚伯拉罕的肩膀,对他竖起了大拇指。那个加拿大人露出一种不同寻常的愉快笑脸,看上去赏心悦目。这并不是说他从来不笑,只是他的笑容总是有所克制。他似乎不怎么享受生活。更重要的是,他让水银围绕着自己,好奇地盯着它看,就像一块石头注视一条河。

"也许这真的管用,"他对我说,"也许我们不会全军覆没。他举起手,水银柱顺着他的胳膊向上流淌,在他戴着手套的手掌上方汇聚成一个球体。水银球像一个微缩的海洋,随着汹涌的波涛起伏不定。

"接下来做一只小狗!"苏苏从下面喊道,"哦!还要一顶帽子。给我做一顶银色的帽子。一个王冠状头饰。"

"你闭嘴吧。"亚伯拉罕喊道。

我的口袋里发出嗡嗡声。我拿出手机,发现骑士鹰又发了一条短信。那家伙把我当成他的私人娱乐工厂。我打开了消息。

乔纳森今天又联系我了。

他发现你让他去抓野老鼠了?

老鼠?

我从来没见过鹅,我给他回了短信。不知道你为什么要去追。但是新加哥有很多老鼠。

你会去追那些鹅吗?……不要紧。孩子,乔纳森给我发了条短信。为了你。

我感到很冷,就挥手示意亚伯拉罕和科迪走过来跟我一起读。

他说,骑士鹰接着说,你有两天时间把盗窃犯交给他,否则他会毁掉新加哥和里面的每一个人。第二天就会轮到巴比拉。

亚伯拉罕和我交换了一个眼神。

你认为他真的能做到吗?骑士鹰写道。摧毁整座城市?

"是的,"亚伯拉罕轻声说,"既然他杀了缇雅,那他什么都干得出来。"

"我想他是在问教授是否有能力做到这一点。"我说。

"你不是说你在派对上跟湮消说过话吗?"亚伯拉罕问道。

"是的。他还暗示,教授召唤他是使用了一种与湮消的超能力有关的装置。尽管圣凛制造这些炸弹是为了隐藏她的真正目的——瞬移装置——但我认为教授至少有机会接触到一枚炸弹。"

"他有这个能力,"亚伯拉罕说,"我们不得不假设他会这么做。也就是说……"

"我们有了新的最后期限。"我一边说,一边收起手机。

我们这个月的准备工作就到此为止了。

第三十九章

那晚，无人机降落在我们仓库的屋顶上。我们四个人在黑暗中挤成一团，静静地等待。科迪在附近的屋顶上搭了一个狙击手的掩体，从里扫视这座城市。

我把手伸进口袋，按了一下手机上的按钮；屏幕随即变暗。点击发送了一条我之前编辑好的信息：无人驾驶飞机卸下了奖品。我们正在检查。

我们跪在无人机前，戴上夜视镜，看着一个被漆成绿色的世界。苏苏拉开无人机。

机舱内，稻草和旧报纸混在一起，眼前的一切很是壮观：一件背心，一个小金属盒，还有一副手套。我呼出一口气。那副手套看起来和震击手套一模一样——黑色的，一条条金属线像小河一样流过手指，在每个指尖汇聚。交汇时发出绿色的光。

"太棒了，"苏苏低声说，戳了戳背心，"三种不同的激活器外壳。根据你贴在皮肤上的传感器判断，第一种可以提供疗愈功能；它可能会在受伤时自动激活。这个是连接震击手套的。最后一种用于力场。"

她把一只手套翻过来。我不禁感到，这套服装代表了某种新玩意，是史诗派衍生技术中不同的一步。这不是一种单一的力量，而是复制了教授所能做的一切。复杂的线路网络和多个激活器相结合，模拟出一个变强大的人类。我该感到不安还是震撼？

英雄会来的，孩子。这是父亲的话。我用手指抚弄着那套服装光滑的金属激活器，想到了这一点。但有时，你必须帮助他们……

"这有个问题，"亚伯拉罕说，"科迪使用这个装置练习时必须告知教授，这样一来就暴露了我们的位置。"

"我有个主意，"我说，"不过这需要梅根使用她的超能力。"

她抬头看着我，满脸好奇。

"我怀疑教授能感觉到科迪在练习，"我说，"如果他在异维度的话。"

"聪明，"她说，"但他只能待很短的一阵子。如果我催一下，十分钟，或者十五分钟。"

"别催它，"我说，"我们剩不了时间，但至少能确保激活器发挥作用。"

每个人似乎都喜欢这个计划，我们统统摸索出震击服。下面是我们设法从骑士鹰那里弄来的其他物资：一些炸药，一些比带支架的摄像机大不了多少的小型无人机，以及一些苏苏建议增添到梅根和我计划中的科技小玩意。

灾星

其他人把这些都运走了,苏苏把旧的轻安仪放在无人机里——就是曾治愈梅根和我的那架——然后把它送回骑士鹰手上。我们现在有了更好的东西,不过我们得小心使用,以免引起教授的警觉。

当队伍带着好物件经过的时候,我抓住梅根的胳膊。她向我点点头。她觉得使用自己的超能力也无关痛痒。我没有跟着她进入下面的仓库,而是走到了科迪的狙击点。轮到我值班了。

狙击手的掩体的形状像一个宽而浅的盒子,靠近屋顶的中心。科迪为它设计了一个天花板,水晶生长器融合在屋顶上,使结构带有一种普通的建筑特征。不过,它四面都有裂缝,后方有一个足够大的洞,可以让你爬进去躺下。

我偷偷看了一眼;这个瘦长的南方人就像袋鼠妈妈育儿袋里的小袋鼠一样蜷缩在洞里——尽管人们真的不应该让袋鼠宝宝玩装有穿甲弹的巴雷特 .50 口径手枪。

"我的新玩具到了吗?"科迪问道,把枪放在一边,向后扭动着身子退出了掩体。

"到了。"我说着,在他站起来的时候让开了路。"看上去棒极了。"

"你真的不想操纵一下吗,小伙子?"

我摇了摇头。"你对付震击手套更有经验,科迪。"

"是啊,但你更有天赋。"

"我……"我咽了口唾沫,"不,我需要在后面执行任务。"

"那好吧。"他说着,转身朝下楼的台阶走去。

"科迪?"我说,他停了下来,转过身来。"有一天我和亚伯拉罕聊天……嗯,他对我一顿呵斥。"

"啊。你在四处打探,是吗?"

"四处打探?"

"他的过去。"

"不,当然不是。我只是问他为什么不想负责。"

"算是了,"科迪说着,拍了拍我的胳膊,"小伙子,亚伯拉罕是个怪人。我们其余的人都各有各的理由。你是为了复仇而战。我战斗是因为我是警察,我发过誓。苏苏,她战斗是因为她心目中的英雄,像瓦伦和山姆这样的人。她想成为他们那样的人。

"可亚伯拉罕……他为什么要战斗?我不能告诉你。因为他在特种部队时牺牲的兄弟姐妹?也许吧,但他似乎并没有怀恨在心。也许是为了保护国家?但如果是这样的话,为什么他要屈居于这个'散众国'呢?我能想到的就是他不想谈论这件事——你别认为受制于人的他很温和,小伙子。"科迪搓着下巴。"吃过一次苦头就明白了。"

"他揍了你?"

"我下巴都碎了,"科迪笑着说,"别打听了,孩子。这是我吸取的教训!"他似乎并不怎么在意,尽管下巴骨裂对我来说是相当大的冒犯。

但是，谁不想偶尔揍科迪一顿呢？

"谢谢。"我说着坐了下来，扭动着身子钻进狙击手的掩体里，"可是你看错我了，科迪。我不再为复仇而战了。我为我的父亲而战。"

"那不就是复仇吗？"

我把手伸进衬衫里，掏出挂在脖子上的 S 字母形状的信善徒吊坠，标志着这个人在等待英雄们到来的那一天。"不。科迪，我不是因为他的死才战斗的。我为他的梦想而战。"

科迪点点头。"好样的，小伙子，"他说着，转身向台阶走去，"好样的。"

我爬进狙击手的掩体，头顶擦到了低矮的天花板，举起科迪的步枪，把我的手机放进去。我摘下夜视镜，转而使用枪上的瞄准器——上面覆盖有这个区域的地图，还有热成像。更好的是，这种步枪拥有先进的声音探测系统。如果它听到附近有什么动静，就会提醒我，在我的地图上形成一个小小的光点。

目前什么也没有，连鸽子都没有一只。

我躺在科迪留下的垫子上。偶尔，我也会在方形围墙里扭来转去，把步枪从另一边戳出来。

声音从下面的仓库里传来。我和其他人讨论了一下，苏苏说我把科迪送到平行空间去练习的想法奏效了。他说他要吓走住在那个维度仓库里的孩子们，但除此之外，他没有遇到任何人。

在那之后，我查看了一件怪事——步枪发出的噪音——但结果是两三个拾荒者在小巷里移动。他们没有在我们的仓库停留。相反，他们继续向市郊前进。这给了我更多的时间独自思考。我的思绪在寂静中游走，我意识到有什么东西在缠着我。我很不满意，心烦意乱，但实在弄不明白为什么。有些事情困扰着我，不是关于我们建立的地方，就是关于我们制定的计划。我漏掉了什么？

我思考了大概一个小时（只占我当班时间的一小部分），当枪上的警报再次响起时，我真的很高兴。我放大了骚乱的源头，但那只是一只野猫在附近的屋顶上蹦蹦跳跳。我留心观察，以防它是某个变形的史诗派。

这时，地平线上出现了曙光，我打了个哈欠，舔舐着嘴唇，尝到盐的味道。离开这个地方我不会难过。不幸的是，我的手表停了整整8个小时，其中还包括6个小时的无聊，直到晌午到来。

我又打了个哈欠，用指甲在前面屋顶上的盐岩边缘摩挲着。奇怪的是，我们的仓库还在生长。变化微乎其微，但仔细一看，像细如铅笔线的藤蔓沿着盐岩生长，仿佛在由一只看不见的手雕刻。

这座城市的重大变化发生在一栋建筑生命周期的头几天和最后几天，但这段时间并非一成不变。细小的装饰物时常会冒出来，那些一两天内就消失的，被城市无限循环中不可避免的衰败所侵蚀风化。

灾 星

步枪上的警报器又响了起来,我透过瞄准镜看了看地图。声音是从仓库顶上传来的,过了一会儿,我听到有脚步声在盐岩上磨来磨去。他们是沿楼下楼梯方向来的,就是那段从阁楼通向屋顶的楼梯。很可能是我的团队。尽管如此,我还是小心翼翼地把手机从狙击孔的一侧滑出,用它的摄像头——瞄准镜上有信号——看看谁在那里。

是盗窃犯。

没想到会这样。我不记得他有踏出过自己的房间,去过三个基地中的任何一个,除了我们需要从一个基地过渡到另一个的时候。他站在那里,用手遮着脸,对着远处的日出皱起眉头。

"盗窃犯?"我问道,从狙击手的洞里爬出来,拖着步枪,"一切都好吗?"

"人们喜欢这些。"他说。

"什么?"我跟随着他的目光问道,"日出?"

"他们总在谈论日出,"他说,听起来很恼火,"多么漂亮啊,之类的。好像每一个都是独一无二的奇迹。我没看出来。"

"你疯了吗?"

"我越来越确信,"他冷冰冰地说,"我是这个星球上唯一没疯的人。"

"那你一定是瞎了眼。"我望着日出说。太阳升起来了,没什么惊艳的地方。朝阳少了云层的反衬,今天几乎都是一种颜色，而不是跨越光谱。

"一个火球，"他说，"过分鲜艳的橙色。刺眼的光线。"

"是啊，"我笑着说，"不可思议。"我想起了新加哥的黑暗岁月，那时我们根据昏暗的灯光来判断时间。我想起了童年以来第一次见到开阔的天空，看着太阳升起，让一切都沐浴在温暖中。

日出不一定要美丽才算美。

"我有时会来看他们，"盗窃犯说，"只是想看看我能不能辨认出别人看到的东西。"

"嘿，"我说，"你对这个城市的生长了解多少？"

"这有什么关系？"

"因为这很有趣，"我说着，跪了下来，"你看见这些藤蔓植物了吗？仍在生长。是因为原来仓库的砖和木头上有这种图案吗？我的意思是，如果是这样的话就没多大意义了，但另一种选择是**超能力**在这里创造艺术。是不是很奇怪？"

"我真的说不上来。"

我看着他。"你不知道，是吗？你接管这座城市时吸收了这种超能力，但你不知道它是如何运作的。"

"我知道它能做我想要的。还有什么问题吗？"

"美啊，"我说着，用手指在一根藤蔓上摩挲着，"我父亲总是说史诗派多么好。真了不起。一睹真正神圣的东西，你知道吗？人们很容易注意到破坏，就像湮消对堪萨斯城造成的影响一样，但也有美好的一面。杀了史诗派让我感觉很

灾 星

糟糕。"

他轻蔑地嗤之以鼻。"我看穿了你的把戏，戴维·查尔斯顿。"

"我的……把戏？"我站起来，转向他。

"轻视史诗派的行为，"他说，"没错，你恨它们，但就像老鼠恨猫一样。因嫉妒而生的憎恨。希望成为伟人的小人物的憎恨。"

"别傻了。"

"傻？"盗窃犯问道，"你不觉得显而易见吗？一个人不会像你那样因为仇恨而钻研、学习、着了迷。不，这些都是欲望的迹象。你在史诗派中寻找父亲，在史诗派中寻找爱人。"他向我走过来，"承认吧。你只想成为我们中的一员。"

"在我意识到梅根是谁之前，我就爱上她了，"我说着，咬紧了牙关，"你什么都不知道。"

"我不知道？"他说，"我见过太多像你这样的人了——人类的真面目在最初的时刻显现出来，戴维。新的史诗派。他们杀戮，他们破坏，他们展示了如果解除禁忌每个人会做什么。人类是怪物种群，被束缚得不够牢固。这就是你内在的东西。我谅你也不敢否认。否认吧，你这个自以为比史诗派更了解史诗派的人！"

我不敢。我从他身边转过身，爬回狙击手的掩体去完成我的轮值。最后，他在我身后嘟囔着离开了。

几个小时过去了。尽管我试过了，但还是无法忘记盗窃犯说过的话。快到中午，轮到我下班的时候，我发现自己一直在想他跟我说的话。

那些自以为比史诗派自己更了解史诗派的人……

我真的了解史诗派吗？我知道他们的超能力，没错，但不知道史诗派本身；他们的想法并不一致。这是人们最容易犯的错误之一。史诗派散发着无法抗拒的傲慢，所以你可以预测他们的一些行动，但他们毕竟还是人。个人。不，我不了解他们。

但我确实认识这位教授。

哦，太不幸了，我想。

最终，那个一直困扰着我的问题出现了。我从狙击手的掩体里钻出来，冲下台阶，进了仓库。

我跌跌撞撞地走出楼梯井，进入阁楼，跑到边缘去看下面的仓库地板。苏苏坐在一张桌子上，用手指转动着钥匙，梅根则盘腿坐在地板上，聚精会神。梅根附近的空气中闪烁着微光，科迪出现了。

"嗯，"科迪说，"我想我已经掌握了窍门。它似乎比新加哥的震击手套要强大得多。张满的力场墙也能起作用。"

"伙计们！"我喊道。

"戴维，小伙子？"科迪向上喊道，"这次维度交易进行得很顺利！"

"为什么，"我喊道，"教授会给我们两天的期限吗？"

他们都沉默地看着我。

灾 星

"让……我们恐慌吗?"苏苏问道,"强迫我们屈服?这就是为什么你总是给出最后期限,对吧?"

"不,你得像个清算者那样看待它,"我沮丧地说,"假设教授也在像我们一样策划。假设他组建了自己的团队,构想了自己的进攻计划。我们认为他是某位不知名的暴君,但他不是。他是我们的人。截止日期太可疑了。"

"扯火,"梅根说着站了起来,"扯火!在这种情况下,你只给**两天**的期限……"

"……因为你计划在一天内发起进攻。"亚伯拉罕说完了,"如果不是更快的话。"

"我们得撤退,"我说,"离开这个地方,离开这座城市。快走!"

第四十章

后续手忙脚乱的收拾看似疯狂，实则有它的秩序，即使我们从来没有在没有准备撤出的情况下建立基地。团队知道该做什么，即使有很多咒骂和一些混乱。

我冲下台阶，差点撞到苏苏，她正往阁楼去拿我们多余的弹药和炸药——被我们搁在离睡觉的地方很远的位置。亚伯拉罕去找我们的能源电池和枪，他把它们放在墙的那一边。

科迪向门口跑去。我叫了一声"等等！"

他僵住了，转向我，仍然穿着震击服。

"梅根，"我说，"你在侦察，而不是科迪。科迪，你做她的工作，准备好食物。那套制服太贵重了，不能冒险出去，万一有什么陷阱等着侦察呢。"

梅根立刻照办了，她走过时，我把科迪的步枪扔给了她。科迪走了回来，看上去有点不高兴，但他开始把我们的行李收拾在一起——检查每个人是否有食物、水和铺盖卷。

我赶紧给骑士鹰发短信。我们的位置可能会被破坏，我给他写道，我们正在撤离。你能借给我一两架巡逻的无人机吗？

他没有立即回复，所以我赶紧去帮苏苏拿弹药和炸药。我从她手里接过那一包东西时，她感激地点了点头。

"告别礼物？"她问道。

"是的，"我说，"但只有你能很快做到。我想在五分钟内离开这里。"

"明白了。"她说着爬上阁楼。她已经准备好了炸药，等我们收拾完行李，就可以把整个仓库夷为平地了。

"解除对方的武装时，要确保在远距离。"我在她身后喊道，想起了科迪关于死去孩子的故事——我几乎可以肯定那是编造的。

我把弹药放进了背包——科迪把它们排成一排，铺盖卷放在最上面——然后把每个都拉上拉链。除了亚伯拉罕，我们所有人都有背包，亚伯拉罕会带着一个更大的行李袋，里面装着重力控制装置升降机，里面装满了我们的枪和电池。

我的手机发出嗡嗡声。

你怎么知道这附近还有无人机？骑士鹰写道。

因为你过于偏执，我回复道，你想盯着教授吗？

我把一个背包扛在肩上，然后又把另一个放在脚边——我得背着梅根的背包，直到她能和我们碰面。

你真的比你看起来要聪明，他回消息给我。好吧。我会在你的区域做一次扫描，然后把视频发给你。

亚伯拉罕收拾完行李，我焦急地等待着。苏苏急忙下楼去拿她的包，对我点点头。科迪已经把它扛在肩上了。不到五分钟。就在附近，盗窃者从科迪为他准备的小房间里走了出来。

"我错过什么了吗？"他问道。

"废话。"梅根在线路那头说。

我把手放在耳机上。"什么？"

"他带着整队人马，穿过街道朝我们这边来了。我们的主要出口都被封锁了。当我们从狙击手的掩体里发现这个时，已经被包围了。可能早就如此了。"

"退后，"我说，"我会通过骑士鹰来获取情报。"

"收到。"

我看着其他人。

"假脸？"苏苏问道。

"不管我们的脸是什么，这设备都会让我们看起来异常可疑。"我说。

"那我们就留下设备，"亚伯拉罕说，"我们还没准备好战斗。"

"二十四小时之后我们就可以准备好了吗？"我问道，"等他毁掉新加哥的时候？"

我的手机发出嗡嗡声；骑士鹰在给我打电话，这很少见。我接通了电话，把他的信号拨到我们的公用线路上，这样每个人都能通过耳机听到他的声音。

"你们这些家伙完蛋了，"他说，"我给你们发红外线的录像。"

灾星

亚伯拉罕走过来，放下他的手机，我们围过去看。我们所在地区的地图显示，有数百人，也许是数千人向我们的位置降落，每个人都有一个红外点。他们形成了一个完整的圆圈。

"东巷，"骑士鹰说，"看到那些尸体了吗？试图逃跑的旁观者。他们正在射杀任何试图逃离那个圈子的人。他们派了一队人进驻每栋楼，用枪指着那里的人，我从窗户拍到的照片中，最清楚的就是感觉到他们的脸。"

"感觉他们的脸？"苏苏问道。

"看看是不是有什么部分是虚幻的，"我说，"教授知道梅根可以骗过线粒体检测仪，但她创造的覆盖仍然是幻象。他们感觉鼻子和脸的形状不匹配，就像这样，他们就能找到我们。"

"就像我说的，"骑士鹰补充道，"完蛋了。"

梅根从门里冲了进来，随手把门关上，靠在了盐岩上。"包围？"她读着我们的表情，问道。

我点了点头。

"那我们该怎么办？"她问道，加入了我们的小团体。

我看了看其他人，他们挨个点头示意。

"我们要战斗。"亚伯拉罕轻声说。

"我们要战斗，"苏苏赞同道，"他会等着我们打卡下班；这是清算者协议，适用于想要出奇制胜或者处于劣势的时候。"

我笑了,感到一股突如其来的自豪感。"如果这是教授的团队之一,"我说,"我们就跑。"

"我们不是他的团队,"科迪说,"不了。我们是来改变世界的;我们不会不战而降的。"

"这太愚蠢了。"我指出。

"有时候愚蠢是对的,"梅根说,然后停了下来,"见鬼。我希望没有人引用我的话。我们的战场在哪里?"

"总是在同一个地方。"我说。

然后我朝下指了指。隧道和洞穴在我们下面。"科迪,给我们开一条路。我们全速前进,完全按计划进行。我们不具备预期中那样多的优势,但我们仍然有这些洞穴的地图,这将允许我们与他战斗,把对附近的人造成的伤害最小化。"

"等等,"梅根说,"如果科迪使用震击手套,就会把我们的教授叫过来——他会知道我们有这个装置。"

"是的,"骑士鹰说,"他现在就在他的小军队后面徘徊,但这不会持续太久。几年前,我们测试它的时候,使用了一个激活器,让他勃然大怒。他马上就来找你。"

科迪看着他的手。"我……小伙子,我刚开始用这些震击手套练习。它们比我们以前用过的更结实,但我可能要花上几个小时才能挖出一个逃生洞。"

"不应该,"我说,"你已经看到了教授所能做的——将建筑物夷为平地,使大片土地蒸发。你拥有那种超能力,科迪。"

科迪咬紧牙关。震击手套开始散发出绿光。

我们都不知道教授是如何找到我们的。它可能以任何一种方式发生——我们在伊迪西亚的基地并不十分安全。也许我们被线人发现了，或者教授确实能让史诗派检测我们，或者他注意到了无人机的递送。

"好吧，"科迪说，"大家都准备好，然后我就动手。是时候战斗了。"

第四十一章

队伍都准备好了。手里拿着武器，手机绑在胳膊上，戴着耳机。苏苏向我们每个人扔了一个小盒子：一根压缩的绳索。我把我的绑在了腰带上。

我们把背包留下，只拿了些弹药。这些背包是为了长期生存。在这之后，不管怎样，我们都不需要它们了。

空气中弥漫着紧张的气氛，就像远处飘来的烟火味。我们还没准备好，但战斗还是来了。现在一切都取决于科迪。他站在我们仓库基地的中央，注视着满是灰尘的盐石地面。在我看来，他总是一种近乎滑稽的瘦长模样，但现在，他穿上了震击服，配上闪亮的绿色和极具未来感的背心，侧面轮廓让人印象深刻。

我走向他。"就在下面，科迪，"我说，"一整个洞穴群。我们选择的战场。我们需要的只是一条道路。"

他深吸了一口气。

"还记得你第一次训练我使用震击手套时说的话吗？"我问道。

"记得……你得像爱抚漂亮女人那般使用它们。"

灾星

"我在想你说的另一件事。你必须有战士的灵魂,就像威廉·华莱士①。"

"威廉·华莱士被谋杀了,小伙子。"

"哦。"

"但他不会不战而败的,"科迪说着变得冷酷起来,"好吧。大家都拿好你们的哈吉斯。"他把手举到自己面前,一道绿光沿着绑在他手臂上的电线照了下来,射进了他的手里。他把双手往前一伸,我感觉到一阵清晰的嗡嗡声,似乎一直传到我的灵魂深处,却没有发出任何声音。

一块三英尺见方的地面蒸发了,大概有十英尺深。这对于旧的震击手套来说,是非常令人印象深刻的,但是离我们到达那些洞穴所需要的距离还很远。

"乔纳森动了!"骑士鹰在线路另一头说。"扯火。你们有麻烦了。他看起来不太高兴!"

科迪望着那块已经变成细沙的地板低声咒骂。风从阁楼敞开的门里吹进来把一些粉末卷了起来。

我抓住科迪的胳膊。"再试一次。"

"戴维,我只能做到这么多了!"他说。

"科迪,"我说,"集中。一个战士的灵魂!"

"如果我继续搞砸,小伙子,我们就死定了。被困在这里。被枪杀。工作压力太大了。"

---

①威廉·华莱士:苏格兰骑士,民族英雄,苏格兰独立战争的重要领袖之一,在不列颠有好几座华莱士的纪念碑和塑像。

"当然,"我说,慌了神,"可是……嗯……不比那次阻止恐怖分子向苏格兰发射核武器更有压力了,对吧?"

他瞥了我一眼,额头上满是汗珠。然后他咧嘴笑了。"你们怎么知道的?"

"侥幸猜对了。科迪,你能做到的。"

他再次把注意力集中在面前的地板上。他的套装又开始发光了,祖母绿的缎带沿着他的手臂流下来,像心跳一样搏动着。如此近的距离让我觉得有些熟悉,就像听到老朋友的声音。这让我想起了在新加哥洞穴里的日子,想起了无辜和有罪的时光。

科迪把双手举过头顶,砰砰声越来越响。"就像爱抚一个女人,"他低声说,"一个非常非常胖的女人。"他发出一声挑衅的喊叫,释放了超能力,那股力量猛烈地撞击在地板上,震得我跪倒在地。

我前方几英寸的地面崩裂成一个大洞,里面填满了盐粒。我看着盐粒被吸走,露出一个足有五英尺宽的洞。洞壁向下弯曲,两边光滑如镜,穿过盐岩层才是真正的岩石。消失的盐表明凿开了下面更大的东西。

"提醒我,"我对科迪说,"永远不要让你爱抚我。"

他咧嘴一笑,举起一双闪着绿光的手。

"他随时会来的,你们这些矬子,"骑士鹰在线路那头说道,"他比我预期的要慢得多;他当然是个谨小慎微的人,但他还是差一点就抓住你了。如果我是你,我会撤离。"

灾 星

"下来，"我说着接住了我的戈特沙尔克，亚伯拉罕把它扔给我，"记住起始位置！"

苏苏滑到洞的一边，用一把大口径的管状枪在地上插了一排钉子。她把绳索钩在一根钉子上，然后跳了进去。梅根挂在另一根钉子上，紧跟着滑下了洞，就像在过去的游乐园里搭车一样。

我瞥了一眼盗窃犯，示意他离开。

"我会留下来。"他说。

"他想杀了你！"我说。

"他会被你们这些人吸引的，"盗窃犯抱着胳膊说，"我还是躲在楼上的房间里比较安全。"

"没有苏苏留下的炸药了。听着，我们需要你的帮助。加入我们，改变世界。"

他不屑地抽了抽鼻子，转过身去。

我感觉就像是肚子上挨了一拳。

"戴维，"科迪看着天花板说，"我们走，小伙子！"

我咬紧牙关，从腰带上的盒子里抽出绳索的一端，把它钩在一根空钉子上，然后纵身跳进洞里。我在黑暗中沿着光滑的石头往下滑，试图抑制自己的沮丧。我的期望显得愚蠢，但内心仍然认为盗窃犯会加入我们的战斗。

我一直想和他进一步谈谈，但我们一直在忙着做其他准备工作。我还应该做点别的吗？我还能做些什么吗？如果我更聪明些、更有说服力些，能找到办法让他站在我们这边吗？

我的手机自动接入盒子，计算正确的深度，给我的绳索施加阻力，直到我放慢速度跳进一个更大的穴室，在离地面只有两三英尺的地方突然停住。我切断绳子，掉进了一大堆盐和岩尘里。我挤过去，避开了洞口。

苏苏和梅根用手机打光，照亮了一系列被涂鸦覆盖的天然洞穴，令人惊叹不已。这些洞穴的顶部都很低矮，大约有10英尺高，但并不统一，它们之间由许多角落里的隧道相连。虽然看起来不太天然，却比新加哥地下的隧道简单得多。难道掘域和被其赋予力量的挖掘队一样疯狂？从这里不计其数的洞穴来看，好像真是如此。

紧接着，亚伯拉罕下降到盐堆里，一只手臂上覆盖着水银手套。最后进来的是科迪，他连一根绳子也没拿——他从洞里跳出来，落在从他脚下冒出来的力场上。

"科迪，解除超能力，"我说，然后指着洞穴里的一个拐弯处，"在那个方向找个地方，准备好。我们不能让他惊诧于你的能力，但我还是希望你先躲起来。苏苏，听我的口令，准备好把你的赠品炸上天。"

"盗窃犯呢？"她问道。

"他知道爆炸的事，"我说，"他不会碍事的。"如果他不这样做，那就是他自己责任。

我抓起手机，爬过山洞里凹凸不平的地面，来到一条旁路。这里的岩体构造很复杂，但我的手机地图上显示了几个相对安全的角落，我可以在那里执行任务。这里并不是我们最初计划用来设陷阱的洞穴岩体,但必须奏效。

梅根加入了我。"说服苏格兰人那套表现得不错。"

"他只是需要一点鼓励,"我说,"才能变成他经常假装的样子。"

"他不是唯一一个。"她说。我们在一处隧道的交叉口停了下来,她把我拉近身边,快速吻了我一下。"你一直以为自己想掌权,戴维。你有充分的理由。"

她转身朝着另一个方向走去。当她从我身边溜走时,我先抓住她的胳膊,然后握住她的手。"别把自己逼得太紧,梅根。"

她笑了——扯火,多么灿烂的笑容——用她的手抓着我的手指。"归我了,戴维。它是*我的*。我不再害怕了。如果需要我,我会想办法回去的。"

她松开了手,穿过洞穴,我则躲进了我选择的角落。空间挤得很紧,我得在石头缝里不停蠕动,但能遮住手机的光线,不被教授发现,也要躲开爆炸。在里面,我在一个小空间里,没有其他出口。

我伸手从腰带上取下一副头戴式耳机,耳机的前面固定着一个玻璃罩。骑士鹰不太情愿送的礼物,和震击服在同一批货里,可以在上面投影多个屏幕。

"苏苏,"我说,"摄像头就位了吗?"

"在安最后一个,"她说,"骑士鹰,这些东西*太*毛骨悚然了。"

"她在对那个制造这些装置的人说,他用大脑控制人体模型。"亚伯拉罕低声补充道。

"闭嘴。"骑士鹰说,不过他那边太吵了,听不清他的声音。

"骑士鹰,"我说,"你的线路上有某种静电干扰。"

"嗯?哦,别担心。爆米花快好了。"

"你在做爆米花?"亚伯拉罕问道。

"是啊,为什么不呢?应该很有看头……"

四个屏幕一个接一个地在我的耳机显示屏上闪烁,让我看到了主室及其附近隧道的一系列视图。苏苏已经备好了荧光棒,尽管摄像头有热成像和夜视功能。这些东西来自骑士鹰,一种内部装有摄像头的小型无人机,外形类似螃蟹。我用手机转动了一架无人机的摄像头,效果很理想。

"不错。"骑士鹰说。他和苏苏也会盯着屏幕,尽管苏苏正忙着准备炸药。当我们面对自己的弱点时,梅根和我已经绝望了;我希望我们把教授拖到精疲力尽,如果真的造成了危险,我们会让他更轻易办到同样的事情。

"骑士鹰,"我一边说,一边轮流切换摄像机,想从科迪的视角看个清楚,接着是梅根的视角,"教授的预计到达时间是?"

"刚刚降落在你的大楼上。"他说。

"还有其他的史诗派一起吗?"

"没有,"骑士鹰说,"好吧,他把屋顶给蒸发了,然后掉

灾 星

了下来。"

"苏苏,"我说,"把赠品炸了。"

我们感受到了震动,一些碎片从我们挖的洞里滚落下来。我紧张地等待着,试图同时观望所有不同的屏幕。他会从哪个方向来?

洞穴的顶部震动了一下,然后塌陷下去,几乎把一吨盐尘倒进了主洞室。光一道道地照射下来。教授不满我们挖的小洞,他把整个山洞的顶部都扯掉了。

他飘浮在一个发光的圆碟上,身周尘土飞扬,他脸上戴着护目镜,黑色的实验服在空中飘动。我屏住了呼吸。

我没看到怪物。在我的脑海里,我想起了一个人,他从另一个屋顶的灰尘中掉下来。那人为了救我竭尽全力,冒着失去生命和理智的危险,冲进去和执法小组对峙。

是时候报答他了。

"走。"我对着线路低声说。

第四十二章

亚伯拉罕最先动手，拿出了一杆巨枪——他那配有重力控制装置的"小机枪"①。当我看到它开火的时候，总是有点激动，嘿，它退子弹的速度比两个醉醺醺的乡巴佬参观流氓工厂还要快。

"大家都躲起来。"我警告道，这时亚伯拉罕的枪在黑暗中闪烁，向教授射出了几百发子弹。

教授的力场升起，子弹打偏了——但那些力场并非不可战胜。使用它们要耗费力量，我们可以把他拖垮。

他对亚伯拉罕冷笑了一声，然后把手甩到一边，在这个加拿大人的周围形成他那标志性的力场球。教授握紧拳头，想把力场球缩回去，但亚伯拉罕戴着水银手套把它往两边撑开，力场被抓住了。

我通过一台照相机，清楚地看到了教授那张惊恐的脸。

"科迪，动手。"我说。

一道闪光从阴影里射出来，亚伯拉罕周围的力场被击碎

---

①原文中的 minigun 一般指加特林机枪，是一种手动型多管旋转机关枪。

了。很好，和之前一样，震击手套可以废掉力场。不过我们得小心，不能把亚伯拉罕的枪当成副产品蒸发掉。

教授吼了一声，指着科迪，但似乎什么事也没发生。我对这个手势皱起了眉头，但没工夫去想它，因为科迪和亚伯拉罕正在与教授周旋，科迪没练习过使用力场——也许他想在教授周围扔一个力场球，却在他们之间建了一堵墙。当教授把光之矛射向科迪时，这意外地保护了他。长矛"砰"的一声撞在墙上，刺穿了墙壁，卡住了。

"亚伯拉罕，绕到他的左边。"我指示道。洞穴地图上出现了一个信号，苏苏在那里放置了一包炸药。"梅根，看看你能不能把他从那条通道拉到右边，引向苏苏的突袭。"

"收到。"梅根说。

当教授和科迪交锋时，我所在的小洞穴震颤起来，震击手套爆炸蒸发了彼此的力场。亚伯拉罕戴着水银手套紧紧地把着力场，使之变成能量护盾，挡住了光之矛。不幸的是，科迪没能顺畅地运用他自己的力场。几个小时的练习成不了专家。

不过，早些时候他确实对震击手套进行了大量的练习，能够轻松地操作它们。他不断地蒸发教授的力场，保护自己——最重要的是——保护亚伯拉罕。科迪的震击服配有轻安仪，但亚伯拉罕却没有得到这样的庇佑。

我尽我所能指挥整个团队，但这一次我没有时间去希望和他们在一起。我当时正忙着带领团队把教授推向安排好的爆炸——我们对他进行了数次袭击，乱了他的阵脚，阻止他打倒科迪和亚伯拉罕。我也在观察教授，因为他偶尔会跑动着穿过洞穴，试图通过兜圈子获得优势。

听取我的口令后，梅根加入了战斗，变出了虚幻的自己和火凤凰，以吸引教授的注意和攻击。只要她不太用力，这些只是来自其他维度的影子，就像我们戴过的假面。幻术不会把其他维度的任何人置于危险之中，希望不会让她精神错乱。只有影子和假动作——任何能让教授分心和失去平衡的东西。

我观望着这一切，有种不祥的预感。他们战斗的时间越长，就越明显地看出，科迪的超能力不会立即迫使教授做出改变。尽管与泰薇的能力相比，与教授自己的能力更为接近。

我把摄像头对准教授的脸，观察他的表情。他的冷笑和屈尊俯就很快被一副坚毅神态所取代。在那副面孔中，我看到了我认识的那个人。

面对它，教授！我想，蜷缩在我的石头茧里，发号施令，指挥着摄像头。来吧。为什么还不够？为什么他的超能力不会屈服于他的恐惧？

"梅根，科迪，"我说，"我想尝试一下。震击手套破坏了他的力场，甚至是保护他皮肤的力场。想办法在震击能力的冲击下逮住他，科迪。然后，梅根，我要你开枪打死他。"

"收到，"梅根说，"你在乎我打他哪里吗？"

"不，"我说，"他的超能力足够强大，可以治愈手枪留下的任何伤口。"我停顿了一下。"但为了以防万一,或许可以不致命的地方开一两枪。"

"收到。"他们异口同声地说。

科迪气喘吁吁。"用震击手套打他可不容易,小伙子。他一直想对我们做同样的事,把我的激活器都融化掉。我们一直在保持距离。"

我把摄像头对准他。使用震击服似乎很让人疲惫。他和梅根移动到指定位置,苏苏则在走廊深处放置了更多炸药。

"我们必须冒这个险,"我说。"我——"

"啊!"科迪打断道。"什么……"

"科迪?"我问。他看起来并没有受伤,但跌跌撞撞地撞到了洞壁上,并设法用一圈发着绿光的力场把自己包围了起来。

"那是松鼠吗?"他说,"它从我身上跑过。一只该死的松鼠?"

"你在说什么?"苏苏问道。

科迪看起来很困惑。"也许是只老鼠什么的,我没看清楚。"

我皱起眉头,他解除了自己的力场,跑去找亚伯拉罕。亚伯拉罕把水银手套变成了一个布满尖刺的护手,然后靠近了亚伯拉罕。

"骑士鹰,苏苏,"我说,"你们俩有谁碰巧看见那东西了吗?袭击科迪的到底是什么?"

"我看到一个模糊的东西。"骑士鹰说。"我正在回放录像。如果我发现了什么,我会给你寄一张照片来。"

教授推开亚伯拉罕,任他在腿前变出的力场杆上绊倒。教授用手猛击洞穴的地板,将其蒸发成一大片,然后把科迪扔进一条尘土飞扬的河里。科迪跌跌撞撞,放慢了速度。

教授在每只手上都召唤了一道光刺,令其射穿房间,打在科迪的肩膀上。科迪尖叫一声,倒在了尘土里。

扯火。显而易见是谁更了解这些力量。

"梅根!"我喊道。

"在上面。"她说,洞顶轰隆一声坍塌了,教授惊慌失措,跳了回来。那只是另一个世界的影子,但希望能给科迪争取到足够的时间疗伤。

"教授开始对着手机讲话了,"骑士鹰惊讶地说,"他一定知道我们在监视他的线路⋯⋯扯火。我想他是在跟你说话。"

"给我接过来,"我说,"但别让他听见我们在说什么。"

"⋯⋯想用我自己的咒语打败我。"教授那熟悉的声音,粗哑而深沉,尽管我早有预料,但还是吓了一跳。"我已经忍受这条毒蛇很多年了,感觉它天天都在毒害我。我知道它就像一个人知道自己的心跳一样。"

"戴维,小伙子,"科迪咳嗽着说,"我⋯⋯我没有治愈⋯⋯"

我感到一阵冰冷的寒意。我把注意力集中在科迪身上,他说得没错。科迪爬过教授所挖战壕里的尘土,两个肩膀血流不止,那是他被固体光线击中的地方。为什么轻安仪不起作用?

"明白了,"骑士鹰说,"孩子,这是个麻烦。"他给我的屏幕发送了一张摄像头镜头刚刚拍到的画面。上面显示一个模糊的东西从科迪身边移开,像老鼠一样小,或者是一个袖珍人。

"漏洞在这里!"我对着线路说,"他不是一个人来的!警告,洞穴里还有**另一个史诗派**。"我犹豫了。"扯火,她从科迪的背心上取下一个激活器,拿着它跑了。"

"摄像头有红外线,"骑士鹰说,他控制了其中的几个。他听起来略显激动,甚至有点忙碌,"现在覆盖……在那里!我找到她了,哈哈。你以为你能躲开我的视线吗,小史诗派?你不知道你在和谁打交道。"

骑士鹰将我们的摄像头快速移向一个隐藏在阴影里的小身影,附近是洞穴里许多碎石块中的一块。她穿着牛仔裤和紧身衬衫,戴着护目镜。我没有发现激活器,但她可能会把它缩小到可以携带的尺寸。

"梅根!"我说,这时,教授绕过了假造的塌陷,"你和亚伯拉罕要单独对付他一段时间。分散他的注意力;他打算干掉科迪。苏苏,去帮科迪包扎一下伤口。别让他失血过多!"

一连串"收到"的声音响起。我开始挣脱石墙的束缚。

"我早该知道的,"骑士鹰在线路的另一头说,"乔纳森当然会有备而来。不过,他可能没意识到,我在这个版本的震击服上使用了多个激活器,所以他给漏洞下的命令还不够全面。"

"我需要你去执行任务,骑士鹰。"

"好吧,"他不情愿地说,"你打算单挑这位迷你史诗派吗?"

我从我的小地方挤出来,翻了个身,肩上扛着戈特沙尔克。"她又不是高等史诗派,一颗子弹就能杀了她。"

"是的。用一颗和她同样尺寸的子弹打她——我相信这样不会毁坏她身上的激活器。"

我爬下走廊时做了个鬼脸。这一点很有道理。"帮我看着她。"

"已经在做了。其中一个摄像头会自动跟踪她。乔纳森又在说话了。"

"把他接给我,但别给其他人。我不想让他们分心。还有骑士鹰……请让他们活着。"

"我要试一试。找到那个激活器,孩子。快。"

第四十三章

"我不想待在这里。"

当我爬回隧道时,不得不听教授的话,荧光棒映照出暗淡的绿光。

"我想保持安静,"教授继续说,一边打斗一边咕哝着,"我不想把自己或团队逼得太紧。这是你的错,戴维。这里发生的一切都是因为你。"

我看不到这场战斗。我还戴着装有圆形面罩的耳机,但我现在的任务成了漏洞和那个激活器。我在洞穴地图上固定了一个屏幕,上面标明了她的定位;另一个屏幕显示了监视她的摄像头视角。这些屏幕在我的视线边缘徘徊;我得让眼前的区域变得清晰。

我小心翼翼地走着,就像准备加入同教授的战斗一样。我不想惊动漏洞。

"缇雅……"教授低声说,"是你逼我这么做的,戴维。你和你那白日梦。你打破了平衡。你应该承认我是*对的*。"

我咬紧牙关,满脸通红。我不能让他得逞。但他的话很危险,他可能不知道其中的原因。上回我在尖塔战斗的时候……发生了一些事。

某样东西潜伏在我心上。所以，虽然教授轻蔑的语气很刺耳，之前盗窃犯在屋顶上的嘲弄，才是真正深深打动我的地方。

你在最初的时刻看到人类的真面目，戴维……新的史诗派。他们杀戮，他们破坏，暴露出每个人如果放松了压抑会怎么做。人类是一群怪物，被束缚得不够牢固……

漏洞。我必须把注意力集中在漏洞身上。她是目前的问题所在！她会做什么呢？

她……她的速度略有提高，可以改变物体的大小，包括她自己。不过她得先碰一下。如果不加以控制，她对大小的操纵只能持续几分钟——她的超能力并不永久，但她可以缩小某样东西，然后离开。之后那样东西会自己恢复正常，或者经她再次触碰，改变其大小。

幸运的是，不像其他类似的史诗派，当她畏缩时，不会保持她的力量或体重。她聪明敏捷，是个危险人物，但不是高等史诗派。还有她的弱点……我努力回忆……她的弱点是打喷嚏。一打喷嚏，她的超能力就消失了。对此我有明确的记录。

好吧，不是高等史诗派并不意味着她不危险。我到了她藏身的那段走廊，然后继续走向其他人，假装我不知道她在那里。光线从教授在天花板上打的洞里射下来。我从地上抓起一把岩尘，塞进口袋。远处的碰撞声和喊叫声在前面回响。

灾 星

我忍住了想要切换镜头确认的冲动。

"你在哪儿，戴维？"教授在我耳边说，"你让别人在和我战斗中死去，你却躲起来了？我从来没有想到你是个懦夫。"

悬在我右侧的屏幕上，漏洞就在她的石头旁边，背靠石头等待着。她似乎并不担心；她是一个唯利是图的人，以忠于任何付给她报酬的强大史诗派而闻名。教授雇佣她可能只是为了窃取激活器。她不想和这场争斗有任何瓜葛。

对她来说太糟糕了。

行动。

我跳向她藏身的那块石头，把它推到洞壁上，希望能把她原地按住。我刚推了一半，石头就消失了，缩成了鹅卵石那么大。我撞到地面上，在那个小身影飞奔而去时，即赶紧一把抓住。

我抓住了她，但立刻感到一阵突如其来的晃动。漏洞再次变成了我的尺寸，但她已经离我半个隧道远了。为什么现在隧道要大得多？

啊，迪吉里杜管，我想，她把我缩小了！

我从巨石般大小的鹅卵石堆里爬了起来。在我面前，地板上的一处小裂缝变成了一个深坑——纵使它的深度仅是我身高的两倍。我被变小了，就像我拿着的所有东西一样。

漏洞也很袖珍，在我前面足足有五十英尺，至少以我现在的身材看是五十英尺。她增加的速度让她跑得很快，但这不是真正的超高速。只具备普通人的一点小优势。

也就是说她逃不脱子弹之类的东西。我解开我的微型戈特沙尔克,瞄准目标,然后释放出能量波,故意打偏了。我仍然有可能轻易地刺穿激活器,有力地杀死科迪。如果她不停下来,我就可能要冒这个险,但警告一枪似乎是适当的。

"我抓住你了,漏洞!"我对着她大喊,"给我激活器,然后离开。你不在乎这场战斗,我也不在乎你。"

她在走廊里停了下来,瞥了我一眼。

然后恢复了正常身材。

啊哦……

她跺着脚朝我走来,每一步都像地震一样震动着地板。我失声尖叫,纵身跳进附近的裂缝,滑下岩架,漏洞隐约出现在头顶上方。她伸手来抓我,我把戈特沙尔克卸下来。显然,即使是一把微型全自动手枪,也会让人感觉不舒服。她收回手,咒骂起来,声音听起来像雷暴一样。

岩尘像冰雹一样落下来,跌入我所在的深坑里。我把手伸进口袋,拿出了先前抓的一把灰尘:跟我一起缩水了。

我得把灰尘拍到她脸上。好极了。这就像攀登珠穆朗玛峰一样。还有,从下面看,鼻子真的很奇怪。我注意到她脖子上挂着一个小袋子。也许是激活器?

接着,她握着一把刀朝我扑来,扎进了裂缝里。我一只手抓住刀背,让戈特沙尔克从我的肩带上垂下来。她举起刀的时候,我可以骑着刀逃出去,但是她摇晃着刀,把我甩到距地面二十英尺高的半空中,想爬上她胳膊的计划就这样毁了。

我绷紧全身然后摔落在地……但伤得不重。嗯,个子小也有个子小的好处。她朝我踩脚时,我翻了个身。我差点儿被踩扁了。该死,我下落的时候撒掉了那把灰尘。事实上……

事实上……我……

我打了个喷嚏,脑袋重重地撞在岩洞的墙壁上。我又长大了。漏洞和我用同样震惊的表情望着对方。

"打喷嚏对我们俩都有效,嗯?"我说,"很高兴知道这个。"

她咆哮着伸手去拿身边的枪套和手枪。她一松手,我就把刀从她手里踢开了,然后把戈特沙尔克挂在身上。"你确定不想给我激活器吗?"

她伸手来抓我。所以,我很不情愿地开了枪。

每一颗子弹在击中她时都缩小到一只蚊子的大小。从她畏缩的样子来看,被打中还是很痛,但肯定不是我所希望的那样"杀死你"。

一秒钟后,她抓住了步枪,枪在我手中消失了,缩小到极小的尺寸,从枪带上掉了下来。我目瞪口呆地望着漏洞。**子弹击中她的时候**,她把子弹缩小了。

"太棒了。"我说。

她把我打倒在地,又把我的头撞在洞穴的墙壁上,砸碎了我的耳机。我咒骂着踢了她一脚,然后爬起来。"说真的,"

我对漏洞说,"我可能得重新评估一下。你算得上高等史诗派。"

"你到底怎么了?"她问道,又向我挥了一拳。

我举起双手,设法挡住了攻势。不幸的是,我回敬她的一拳没有击中她,她却又一次揍了我的脸。扯火。当她再次进攻时,我抓住了她,就像亚伯拉罕教我的那样。我块头更大,所以扭打起来很敏捷。

她把我的衬衫缩水了。

差点把我勒死,但幸运的是,在那之前衬衫就撕裂了。我还是喘着气放开了那个女人。漏洞猛然一拳砸在我的胸口上,然后我变成二十英尺高,脑袋撞到了洞顶。

"戴维!"苏苏对着线路说,"快点!他情况不妙。"

"正在努力。"当漏洞把我缩回到正常大小时,我声音沙哑地说,紧接着脸上又挨了一拳。洞穴摇晃着,嘎嘎作响,岩屑从天花板上掉下来,喊叫声从教授、梅根和亚伯拉罕的方向传来。

我从漏洞身边跌跌撞撞地跑开,举起双臂遮挡,我的徒手训练,还有我的大脑,此刻都有点模糊了。她一阵猛击把我打退到墙边,接着大挥拳头打我的脸,然后又捶打我的肚子。我有一次伸手去拿绑在腿上的手枪,但她把枪从我手里打飞了。

她似乎长高了几英寸,比我还要高。当我的枪咔嗒响个不停时,我唯一能想到的就是扑向她,把我的重量压在她身上,这招很管用——因为把我们俩都摔在了地上。

她先站了起来。我头晕目眩,衣服都撕破了。我呻吟着翻了个身,发现她刚刚捡起落在地的手枪。

有什么东西从天花板上掉到她背上。一只机械螃蟹?另一只从侧面扑向她,紧接着第三只从上面掉下来。它们看起来并不是特别危险,但吓了她一跳,让她转过身抱住了自己的后背。

片刻的休息是我的救命稻草,给了我足够的时间让房间停止旋转。我在口袋里掏了掏,又掏出了些灰尘。枪对她不起作用。我得再聪明点。

"谢谢你,骑士鹰。"我咕哝着,漏洞的身子缩小了,想挣脱螃蟹的魔爪。

我伸手去抓她,像以前一样,我一碰到她的小身板,她就把我也缩小了。这次我准备好了,一变袖珍就扑向她。我又撞了她一下,抓住她脖子上的袋子。我透过皮革感受到袋里薄薄的金属矩形。激活器!

"你这个顽固的小傻瓜,是不是?"当我们两个仍然很小的人在地板上扭打时,她对我咆哮道。

我咕哝了一声,想把我们推到地上的裂缝旁边。然后她用头撞了我一下,**疼死了**。整个房间都在震动,我喘着气,放开了她和袋子。

她爬起来,站在我面前,身后是地上的裂缝。"我知道他的计划,"她说,"史诗派中的史诗派,听起来很划算。我让他收集碎片,然后我带着它们离开。我自己上去拜访一下老灾星。"

我抬头看着她,头晕目眩,我的鼻子在流血。

"我……"我喘着气说。

"怎么?"

我气喘吁吁的。"我……猜在这……个时间给你签名会很尴尬的。"

"什么?"

我把灰尘撒在她脸上,然后——当她咒骂时——我用肩膀撞她,抓着袋子,同时把她往后撞去。绳子断了,口袋留在了我的手里。她掉进了裂缝里,我在边上摇晃,差点跟着她下去。

她跌到深坑的底部,轻轻撞了一下。"你这个白痴!"她向上喊道,"你知道以这样的大小,"她停顿了一下,抽了一会儿鼻子,"以这样的大小摔一跤根本无关痛痒。你会从楼上摔下来,然后——哦,**该死**——"

我从裂缝边跳开。从后面传来一声非常微弱的喷嚏。

接着是一阵撕心裂肺的噼啪声。我缩了缩身子,瞥了一眼漏洞,她身体的一部分从裂缝的顶部快速冒出来,就像从碗里膨胀出来的生面团,那是因为在一个太狭小的空间里长得太快而造成的。

我咽了一口气,感到恶心,然后跟跟跄跄地站起来,从袋子里拿出了激活器。一阵灰尘和一个喷嚏之后,它和我都恢复了正常大小——尽管我的戈特沙尔克不见了踪影。

我抓起我的手枪。"苏苏,我拿到了激活器,"我对着线路那头说,"你在哪儿?"

第四十四章

我跌跌撞撞地穿过伊迪西亚地底下的洞穴，通过被震击手套炸开的墙壁，留下一堆堆散落的沙子。这些发光棒给隧道注入了放射性元素。我停了下来，在另一次震颤中稳住自己，然后继续朝苏苏拖着科迪的角落走去。前面是他们吗？

不。我突然停了下来。阳光从空中的裂缝中倾泻而出，就像皮肤卷成一团的肉。透过它，我看到了另一个山洞，这个山洞被明亮的橙色灯光照亮。在里面，火凤凰奋力抵挡漏洞。

我目瞪口呆，看着我刚刚杀死的那个女人退缩着从他身边跑开，同时一堆掉落的岩石碎片变成了大石头。火凤凰急速向后退去，他的火焰把岩石烧成了红橙色。

我顺着过道往下看，瞥见了空中的其他裂缝。梅根似乎一直在强迫自己。我咽了口唾沫，继续朝苏苏走去。一道闪光照在我左边，照亮的人影在阴影中挣扎着——那是洞穴网的一部分，苏苏把她的荧光棒放在洞外。

教授突然出现在离洞穴不远的地方，就像光凝聚一样。他用湮消的超能力瞬移。扯火！就在他出现的时候，屋顶的

灾 星

一部分坍塌了。这一次不是幻象，而是真正的岩崩，教授不得不用头顶上的力场抓住它。他愤怒地吼了一声，举起落下的石头，然后向远处射出几束光。

看来，他们俩都是被迫去寻找危险的资源。教授使用他的隐形传送装置；梅根在其他的现实中越陷越深。她走了多远？我会不会失去了她，就像失去了教授那样？

稳住，我暗自思忖。她确信自己能应付。我必须信任她。我低下头，爬进旁边的隧道，终于发现石头上有血迹。我绕过另一个角落，然后跌跌撞撞地停了下来，差点被苏苏和科迪绊倒。

他闭着眼睛躺在地上，脸色苍白。苏苏需要脱下大部分的震击服来处理他的伤口；衣服被堆在附近，轻安仪脱落下来，但电线延伸到他的手臂。看到我时，苏苏尖叫了一声，然后从我软弱无力的手指上夺过了激活器。她把它塞回背心。

"骑士鹰，"我对线路那头说，"你真的需要妥善保管这些激活器。"

"那只是个模型，"他抱怨道，"我设计它是为了方便快捷，这样我就可以根据需要调整激活器。我怎么知道乔纳森会把东西拔出来呢？"

苏苏瞥了我一眼，轻安仪发出柔和的光芒。"扯火，戴维！你看起来像是从悬崖上掉下去了。"

我擦了擦还在流血的鼻子。我的脸因为挨打而肿了起来。我瘫倒在苏苏身边，筋疲力尽。"战斗进行得怎么样了？"

"你的女朋友真是太棒了，"苏苏不情愿地说，"亚伯拉罕一直被关在力场里，但她把他救了出来。他们合力可把教授忙坏了。"

"她看起来……"

"疯了吗？"苏苏说，"分辨不出来。"她看着科迪，他的伤口幸运地愈合了。"他还得出去一会儿。希望其他两个人可以坚持下去。恐怕我的婴儿潮背包也卖完了。所以——"

有人在我们旁边爆炸了。一道突如其来的光，无声无息，但如果你仔细观察，就会发现它令人震惊。我喊出声，向后倒去，伸手去拿绑在腿上的手枪。不幸的是，那不是教授，倒霉的是如今就只剩下一种可能性。

湮消转过身来，他的风衣扫过岩洞的一侧。他看看苏苏，看看科迪，又看看我，戴着眼镜打量着我们。"我被召来了。"他说。

"嗯，没错，"我说，双手颤抖着，用枪指着他，"教授。他从你身上造了一种激活器。"

"摧毁城市？"湮消抬起头问道，"除了她给我的那些，还制造了一个炸弹？"

"她给你的那些？"我问，"那么……你还有吗？"

"当然，"湮消平静地说，"你完蛋了，戴维·查尔斯顿。"他摇了摇头，然后消失了，只留下一幅碎裂褪色的陶瓷画面。

我松了一口气。接着，湮消出现在我身边，手握着我的枪。周围突然变热了，我喊了一声，松开武器时手指都烧焦

灾 星

了。湮消把它踢到一边，跪在我旁边。

"'又是七位王：五位已经倾倒了，一位还在，一位还没有来到。'[1]"他低声念道。他退缩了一下，是教授瞬移过来了。然后他咧嘴一笑，闭上了眼睛。扯火。他似乎喜欢这种感觉。"你们的死期到了，这座城市也得毁灭。很遗憾不能给你们更多的时间。"他把手抵在我的额头上，我能感到来自他皮肤的温度。

"我要杀了灾星。"我脱口而出。

湮消睁开眼睛，温度降低了。"你说什么？"

"灾星，"我说，"他是一个史诗派，是这一切的幕后推手。我可以杀了他。如果你想带来世界末日，那不是最好的方法吗？摧毁这个可怕的……呃，天使？生物？灵魂？"

听起来很虔诚，对吧？

"他在很远的地方，小家伙。"湮消若有所思地说，"你永远也联系不上他。"

"不过你可以传送到那里，对吧？"

"不可能的。灾星太遥远了，我无法在脑海中形成一个合适的位置，我不能去一个我没有见过或想象不到的地方。"

那你是怎么进来的？扯火。他是不是一直在监视我们？这并不重要。我的手还在颤抖，我把手伸进口袋，打开手机。我把它拿出来，转向他，向他展示圣凛的灾星形象。"如果你有照片呢？"

---

[1] 出自《圣经·启示录》第17章10节。

湮消轻声细语，睁大了眼睛。"'那先前有，如今没有的兽，就是第八位，也从七位中出来，且归于沉沦……'①"他看着我，眨了眨眼睛，"你又让我大吃一惊了。如果你能打败以前的主人，令我刮目相看，那我就满足你的愿望。"

他再次变作一道闪光，而且这次他没有立即回来。我呻吟着靠在墙上，握着我被烫伤的手。

"灾星！那个男人怎么了？"苏苏边问边把手枪插进枪套。她试了三次，手抖得很厉害。"我以为我们都死了。"

"是啊，"我说，"我还以为他会杀了我，因为我竟敢胆大包天地说我想除掉灾星。我猜想他崇拜这东西，而不是讨厌它，这种可能性是均等的。"我从角落里偷偷地看了看，看到了一条隧道，隧道里布满了裂缝，通往另一个空间。

"亚伯拉罕刚才下去了！"骑士鹰在我耳边说，"重复，亚伯拉罕下去了。乔纳森的手臂被一股力量割掉了。"

"扯火！"我说，"梅根？"

"很难看到。"骑士鹰说，"我只剩下两台螃蟹摄像机了。我想你们会输掉这场战斗的，伙计们。"

"在开始之前我们在输了，"我说着，转身爬向震击服，"苏苏，需要帮忙。"

她看着那套衣服，然后看着我，眼睛睁得大大的。她爬了过来，然后帮我穿上。"科迪现在应该稳定了；轻安仪真厉害。"

---

① 出自《圣经·启示录》第17章11节。

"解开它,把它绑回震击服上,"我说,"骑士鹰,你的无人机的载重是多少?"

"每个大约一百磅,"他说,"我把它们和更重的东西放在一起。为什么?"

"拿些下来,抓住科迪,把他拉出来。亚伯拉罕还活着吗?"

"不知道,"骑士鹰说,"但他的手机还在,所以我可以告诉你他的位置。"

我看着苏苏,她点了点头,把轻安仪上的电线插进了震击服的背心里,我现在正穿着它。"我去找他,"她说,"稳住他,直到你拿着这个回来。"

"先把无人机挂在科迪身上。"

"假设我能让无人机飞到你那里,"骑士鹰说,"乔纳森的军队已经把这个地方包围起来了。他们似乎并不急于下来参加战斗。"

"夹在两名高等史诗派之间?"我说,"除非直接下令,否则他们会留在后面。他们知道尖塔士兵的遭遇。在那之后,他居然能让漏洞下来,我真感到奇怪。"

"是啊。"苏苏说。她看上去不知所措,手还在发抖。我自己也没有感觉好多少,不过在轻安仪的震动作用下,我的疼痛消失了。

"出去,苏苏,"我说,"你已经尽力了。设法把亚伯拉罕和科迪转移到安全的地方;我会尽快给亚伯拉罕带来轻安仪。

如果我去不了，就和骑士鹰一起去。"

她点了点头。"祝你好运，戴维。我，呃，很高兴我没有在巴比拉射杀你。"

我微笑着，先猛拉右手上的震击手套，然后是左手的。

"你能做到吗？"苏苏问道，"在没有练习的情况下？"

手套上的灯光照亮了一片深绿色。我感到它们的嗡嗡声穿过我的身体，那是一种遥远的旋律，曾经对我很珍贵，但不知怎的我却忘记了。我释放了它，把附近的石墙变成了一股尘土。

"感觉就像回家一样。"我说。

事实上，我觉得差不多可以面对一个高等史诗派了。

第四十五章

我冲过隧道，穿过两边微微发亮的裂口——通往另一个世界的窗户。有几处是火凤凰的地盘，但其他的更为暗淡、模糊、朦胧——看起来显得更远了。在有些世界里，陌生的人物在这些隧道里打斗，或者这个地方一片漆黑，甚至在有些世界里没有隧道，只有岩石。

震击手套在我手上不住地嗡嗡作响。就好像……就好像超能力知道我在救教授似的，它们给我唱了一首战歌。当到达之前见到教授的那个房间时，我释放出一股震动的能量，驱散了面前的岩架，形成一组蒙着灰的台阶，我大步走了下来。

教授在房间中央散发着绿光，他外套的袖子向后卷起，露出长满黑色汗毛的前臂。他转向我，然后笑了起来。"戴维·查尔斯顿，"他说，他的声音在房间里回响，"钢心终结者！终于要为你在新加哥开始的一切负责了？你来还债了吗？"

这里的地板上满是坑坑洼洼的震击洞，这些洞孔与从天花板上坍塌下来的一堆堆瓦砾和灰尘交替出现。扯火。这地方只有呼吸声和不断从远处坍陷传来的低音响动。

我走到他前面，希望能让震击服的力场起作用。梅根在哪儿？如果她死了还会重生的，所以我并不担心现实中的这些水滴。

其中一颗在附近盘旋。黑暗之所以可见，只是因为水滴的两侧闪烁着微光。

梅根从暗中走了出来。

我吓了一跳。扯火，是她，但是……她的一个奇怪的翻版。身影模糊。

因为不仅仅是一个她，我意识到。我看到的不是一个梅根，而是几百个。彼此重叠，模样相似，但又有各自的特点。长在不同部位的雀斑，头发分开的方向也不一样。眼睛要么空洞无神，要么乌黑明亮。

她对着我笑了。一千个微笑。

"我找到了亚伯拉罕，"苏苏说，"他还活着，要是你能保证轻安仪的安全，那就太好了，戴维。如果你想让亚伯拉罕安然无恙的话。现在撤退。"

"收到。"我看着教授说，他衣衫褴褛，脸上有多处伤口，流了血又愈合。有一处尚未痊愈，是科迪用超能力攻击他的地方。

尽管身处困境，教授似乎并不害怕。他站得笔直，自信满满，四道光矛出现在他的周围。

"代价，戴维。"教授轻声说。

他放出长矛，把它们挥向我。我用震击手套将其蒸发，把力场粉碎成微粒。它们喷撒在我身上，闪烁着消失了。我不满于任人摆布，冲到教授面前，试图召唤自己的力场。

我得到的只是一些绿色的微光，就像池塘里反射的光一样的涟漪。该死。

教授发送了第二组光刺，但像科迪一样，我对震击手套的熟悉程度完全能阻止这些。我跳过地上的一处坑，然后用手猛拍地板，"轰"的一声打开了一个缺口。

教授仅仅下降了一英寸，就落在一片发着绿光的圆碟上。他摇了摇头，然后向我挥臂，发出一股震击能量，让我脚下的地面陷落下去，就像我对他做的那样。

我慌乱地想要变出一个能让自己降落的力场，却只得到了一丝光亮。过了一会儿，洞没那么深了——我跌入底部三英尺深的地方。

梅根站在洞边。"在很多世界里，他都没能利用爆炸挖得足够深。"她说，声音被上百次的低语所覆盖。

教授咆哮着冲向我，召唤出一个又一个光之矛。我从洞里跳了出来，落在梅根身边，把我能毁掉的光刺都给灭了。

每当我这么做时，教授就会退缩。

"那我们怎么对付他呢？"梅根用重叠的声音问，"我所能做的就是分散他的注意力。计划还是让他直面自己的恐惧吗？"

"老实说，我也不知道。"我说着，双手伸到面前，使劲撑住。最后我造出了一面力场墙。这有点像把震击手套反过来用。我没有发出嗡嗡声，而是让它在我的体内堆积起来，直到融合在一起。

"你能改造多少？"我看着梅根问道。

"小事，"她说，"情理之中的事情。我的超能力没变，我只是知道而已。戴维，我能看到各种各样的世界……很多很多世界。"她眨了眨眼睛，这个动作仿佛拖着不可胜数的眼睑影子。"但它们都在附近。这很出奇，但也令人沮丧。这就像我想数多少数字就能数多少，但前提是恰好在 0 和 1 之间。无限，但仍有界。"

教授击碎我们的力场后举起双手，天花板开始晃动。一预料到了他的动作，我便召唤出震击能力——事实上，他想通过蒸发一圈岩石，从中间落下一块大石头，让天花板砸下来压在我们身上。

我蒸发了我们上方的那一大块。灰尘像雨点般落在我们身上，而落在梅根身上的样子证明她是真实存在的，而不是我所害怕的影子。

教授再次退缩了。

我在使用他的超能力，它很伤人。

"好吧，我有个计划。"我对梅根说。

"是什么？"

"逃跑。"我说着，转身冲出主室，进了一条侧道。

梅根紧跟在我身后，骂骂咧咧。我们肩并肩跑着，我利用震击手套，沿着道路蒸发了一条条石带。我不确定该怎么做才能改变他，或者让他回到我们身边。到目前为止，我所有的计划都失败了。现在我能做的最好的事就是让震击服继续起作用，让他持续为之痛苦。

在我们身后，教授大声咆哮着。他瞬移到我们前面，但我干脆地抓住梅根的手，转向另一个方向，瓦解了教授用来绊倒我们的力场。我们跑进了一条没有任何光的隧道，但一秒过后，荧光棒出现了，是梅根从苏苏照亮过的地方召唤来的。

当教授再次瞬移到我们面前，脸涨得通红，怒吼着，我领着大家转到另一边，无情地用震击服的超能力冲击我们经过的任何一块石头。每使用一次震击手套都会令他更加愤怒。

我以前也这么做过，我想，感受到另一件事的回声。又一场战斗。让一个史诗派气急败坏……

教授又出现了，这次梅根最先作出反应，她把我拉往一边，当时光之矛像刀片一样围击我们，速度比我能追踪到的还要快。扯火！我差点没能阻挡住。也许这并不是一个好计划。

"你总是这样！"教授喊道，"没有想法！不考虑后果！你不担心会发生什么吗？你从没想过失败吗？"

当我们试图逃跑时，他瞬移到我们前面，但一秒钟后，梅根制造的一堵石墙把我们隔开了。

"这行不通。"她说。

"嗯，严格来说行得通。我是说，我的计划就是逃跑。"

"好吧,我改一下口:这不会持续太久。他迟早会困住我们。你的最终目的是什么?"

"让他发疯。"我说。

"然后呢?"

"希望……呃……能让他害怕?当我们面对自己的弱点时,我们害怕、抓狂、陷入绝望。也许他也处于同样的状态。"

她怀疑地看了我一眼,那眼神透过她所有的影子反射出来,比平常还要可怕。

我们附近的墙逐渐瓦解,化为粉末。我聚集了震击手套的能量,准备应对一系列力场矛的攻击,但教授已经不在墙后面了。

嗯?

他突然出现在我们身后,一只手抓住我的胳膊,想用另一只手蒸发我背心上的激活器。我大喊一声,释放出一股震击能力,径直向下,割裂脚下的岩石,我下落了好几英尺。突然的晃动让我挣脱了教授的控制,他的冲击波从我的头顶掠过。

我蒸发了他脚下的地面,他本能地变出一个可供站立的力场,我蠕动着穿过他下面的尘土。他不得不扭过身来看我,但这让他对梅根敞开了大门。当然,她朝他开了枪。

并没有什么效果;一如既往,他的整个身体都被无形的力场保护着。她的枪击确实分散了他的注意力,足以让我从圆碟下的另一边爬了出来。在那里，我举起手枪，开始射击。

他气恼地转向我，我用一股震击能力的冲击波击中了他，瓦解了他的力场。梅根的枪声把他的肉身咬了个稀烂，他咒骂着，一闪而过。

梅根走到我面前，她的脸在上百种人格的映照下显得模糊不清。"我们没搞清楚弱点，戴维。"

"他自己的超能力可能会伤害他，"我说，"震击手套使他可以被射杀。"

"他很快就能从那些枪伤中恢复过来，"她说，"被震击手套击中并不会对他的能力造成太大的影响。就像……我们弄明白了一部分弱点，但没有掌握全部。这就是他没有回头的原因——仅与超能力对抗是远远不够的。"

我无法反驳。她是对的。我能感觉到它的存在，有种不祥的预感。

"现在怎么办？"我问，"有什么想法？"

"我们必须杀了他。"

我瘪起嘴巴，不确定我们能不能做到。就算我们能杀了他，但这样一来就像我们可能只赢了战斗，却输掉战争。

梅根瞥了一眼我的枪。"顺便说一句，你重新装弹了。"

我的枪突然有点重了。"那很方便。"

"我不禁想，自己能做的不止是填充子弹和更换墙壁。我能看到那么多……让人无法抗拒。"

"我们需要为你选一样东西来改变，"我说，手里拿着枪，等着教授再次出现,"非常有用的东西。"

"一件武器。"她点头说。

"亚伯拉罕的'小机枪'?"

她笑了,接着那笑容变成了少女般的咧嘴笑。"没有。这种想法太小了。"

"那杆枪太小?女人,我爱你。"

"实际上,"她说着,转过头去瞅我看不见的东西,"亚伯拉罕为我们团队执行任务的世界非常近……"

"那杆枪有什么关系?你——"

我在山洞震动时停止了话茬。我急忙转身,然后跌跌撞撞地往回走,隧道几十英尺长的整面墙壁在一股难以置信的超能力冲击中化为尘土。教授站在远处,他很忙。数以百计的光之矛在他周围盘旋。

我们一直在说话。他一直在计划。

当长矛向我们刺来时,我大喝一声,把手向前挥去,释放出震击能力。我打中了第一波,第二波的大部分,但第三波向我们袭来时,我的冲击波耗尽了。

他们被反光的银色金属表面挡住了,在我们面前形成了一道护盾。梅根咕哝了一声,稳住手里的水银柱,阻拦了接下来的两波撞击。

"看到了吗?"她说着戴上了控制水银手套的手套,"在亚伯拉罕领导团队的世界里,其他人必须学会使用这个。"她咧嘴笑了笑,然后又对另一波冲击咕哝了一声。"那么……我们要把他打倒吗?"

我点点头,感觉不舒服。"至少,我们需要让他害怕。这是指引我们改变的道路——我们害怕面对死亡。只有当我们身处险境时,直面恐惧才会奏效。"

感觉不对劲,我好像还缺点什么,但在混乱的时刻,这是我力所能及的了。

"是时候放肆一下了?"她说,一手握着水银手套,一手端着枪。

"有勇无谋,"我赞同道,举起了自己的枪,"毫无顾忌。"

我向她点点头,深吸了一口气。

我们发起了攻击。

梅根降低了能量护盾,让水银手套爬回她的手臂。我又发出一波震击能力,我们穿过它,像疯子一样开火。与围绕我们旋转的神力相比,这些枪似乎很普通,但它们很熟悉,可靠又坚实。

我们在教授举起另一束光矛的时候打断了他。他瞪大了眼睛,收紧下巴,好像看到我们两个向他迎面走来,他感到迷惑不解似的。他向前一挥手,召唤出一个巨大的力场来阻挡我们,但我用震击能量波冲破了力场,梅根紧跟在后面。

"好吧。"他说着,把手重重按在地上。周围的岩石蒸发了,他拿出一大根石棍,走上前去,把它砸向梅根,梅根用水银手套抓住了石棍。

水银顺着教授的胳膊往下淌,把他定在原地,我过来时向他发射一股震击能力，打算紧接着朝他脸上开几枪。然而，教授让我肉眼不可见的冲击波与他自己的相撞。它们互相废掉，碰撞在一起的声音震耳欲聋。

我退了几步后停了下来，然后朝他脸上开了一枪。我是说，必须分散注意力，对吧？即使子弹被弹开？也许我可以把它打进他的鼻子或者别的地方。

他咆哮着，从水银手套里猛拽出拳头，把梅根推开。他朝我挥动着他的石棒，但我设法蒸发了它。然后从天花板上往他身上撒了近半吨灰尘，弄得他脚下一滑，跌跌撞撞。

当他站直身子时，梅根进来了，她的手、手臂和身体一侧都覆盖了水银手套，给予她超能力——然后她用拳头猛击他的脸。即使有力场护身，教授还是骂骂咧咧，往后绊了一跤。梅根走了过来，他把一处深洞里的地面蒸发了，这个洞一定是落在我们下面很深的一个洞穴里，但梅根把水银手套做成了一根长杆，把自己卡在洞口。

我先是撞上教授的肩膀，让他在尘土中打滑。然后我跪了下来，帮了梅根一把，把她从洞里拽了出来。

我们一起又去找他。显然，她给我们的枪上了子弹，因为我的子弹没有用光。当教授蒸发我的枪时，她又扔给我一把，几乎一模一样，那是她从异维度拉过来的。

她对水银手套的运用简直出神入化，在她的指挥下，水银手套就像她身上的第二层皮肤一样覆盖住她的身体，阻挡、攻击，在其他时候支撑她自己。我让教授的脚步变得不稳，

灾 星

等他的力场被蒸发后，我们就用子弹打他。

有一段时间，这场战斗感觉异常完美。梅根和我并肩作战，各自默然预测着对方的行动。不可思议的超能力受我们支配，武器握在我们手中。我们一起逼退一个更有经验的史诗派。有那么一刻，我以为我们会赢。

不幸的是，教授的疗愈力不断地消耗我们的子弹。我们没能废掉这些，还不够好。梅根毫不迟疑地朝他脑袋开了一枪，我也没有阻止她。但那次攻击和其他几次一样失败了。

最后，我们来到一个主室，周围飘满了灰尘。我经受住了教授矛尖的攻击，被一支矛捅了肩膀，让我发出一声闷哼。激活器辅助的疗愈力让我恢复过来。梅根走进来，出手护住我，但从她脸上淌下的汗水来看，她已经精疲力竭了。我也感到如此。使用这样的超能力很是费力。

我们做好准备，等待教授再次发起攻击。我的枪"咔哒"一声响了起来，梅根给枪装上了子弹，我看着她。

"又一次再攻？"她低声说。

我不再确定了，本想挤出一个答案，天花板突然塌了下来。

我绊了一跤，抬起头来，但梅根成功转变了水银手套，挡住突然涌来的石头和灰尘。耀眼的阳光从教授挖的洞里射了出来，洞有整个洞穴那么宽。我不习惯这光线，眨了眨眼睛，看着教授，他刚刚躲开了"倾盆大雨"，正站在洞口边，待在阴影里。

"开火。"他说。

直到那时我才注意到,在那个完美的洞口周围,大约三十英尺高的地方,出现了一个由五十名男女组成的中队。

他们带着火焰喷射器。

第四十六章

火焰如雨点般向我们倾泻而来。他们早有准备——我们并没有强迫教授撤退,他一直牵着我们鼻子走!

被火焰团团围住时,水银手套消失了。梅根的影像和阴影都吸附在一起,突然之间,被火光照亮的她变得清晰起来。火苗渐渐落下,她倒在了地上。

"不!"我尖叫着把手伸向她,手套闪着光。我不能在力场中表现糟糕。不是现在!我很紧张,就像我在伸展身体以承受太沉的重量。

幸运的是,一个发光的保护罩出现在梅根周围,挡住了火焰。她双手抵着我造的能量护盾,眼睛睁得大大的,整个武器都浸在火海里。

我用手捂住脸,从热浪中跌跌撞撞地走了回来。火势挨得极近,但我的烧伤已经愈合了。

在上面,男男女女举起自动武器开火。我尖叫着,释放出那震击手套的超能力,把武器化为灰烬,枪支和火焰喷射器随之碎裂。高处的缺口变大了,盐粒似雨点般落下。紧接着,人们脚下的立足点也消失不见。

大火停止了，但已经造成了损失。眼下洞穴地面已然敞开，一摊摊液态的火焰熊熊燃烧，黑色的烟舌卷向天空。天气炎热，我的额头上冒出了汗珠。梅根的超能力在这里便失效了。教授从阴影中走出来时，我对着烟尘眨了眨眼睛，他脸色阴沉，浑身是血，但仍然无所畏惧。

扯火。仍然无所畏惧。

"你以为我没有计划吗？"他轻声地对我说，"你以为我不会为梅根和她的超能力做准备吗？"他的脚踩在了盐尘上，走过一个呻吟的士兵。"你忘了这一点，戴维。聪明人总是有计划的。"

"有时候计划是行不通的，"我厉声说，"有时候精心准备也无济于事！"

"所以你就这样闯进来，毫不在意？"他大声喊道，怒火中烧。

"有时你只需要行动，教授！有时你不知道自己需要什么，直到你深陷其中！"

"这不能成为你毁掉别人生活的借口！这不是你忽视别人，去追随自己愚蠢冲动的借口！并不能成为你完全失控的托辞！"

我大声喝道，激发出渐强的震击能力。我没有瞄准地面或墙壁，而是把震击能力掷向了他：一股生猛的力量，一种发泄我沮丧和愤怒的容器。什么都不管用，一切都分崩离析。

震击手套击中了教授，他身体后仰，像是被什么实物击中了,衬衫上的纽扣随之开裂。

教授见状大吼一声,向我发出一股震击能力的冲击波,作为报复。

我用自己的力量与之相抵。两股力量如不和谐的声音般撞击在一起,洞穴*摇晃起来*,石头像水一样泛起涟漪。震动淹没了我。

我手里的枪和握着它的震击手套都化为了灰烬。但爆炸并没有波及我的身体。尽管如此,这一击还是把我打倒了。

我呻吟着翻了个身。教授出现在我头顶上。他向下伸手握住我背心前面的三个盒子,把它们从布料里扯了出来——从震击服内取下了激活器。"这些,"他说,"是我的。"

不……

他反手给了我一记重拳,把我打倒在岩石和尘土堆上。

我靠在梅根身边,她已经脱离了她的保护罩——我的超能力不够维持它了。她站在火光里,双手举着枪,朝教授开了一枪。

毫无意义的一声枪响。教授似乎根本不在乎。我躺在那儿,手臂埋在地板上斑驳的灰尘里。

"你们这些傻瓜,"教授说,把激活器抛到一边,"你们两个。"

"宁为傻瓜,不为懦夫。"我咬牙切齿地说,"至少我竭尽了全力!竭力改变现状!"

"你尽了全力,然后失败了,戴维!"教授说着,向前迈了一步,这时梅根的子弹用完了。我能听出他声音里的苦闷,"看看你。你打不过我的。你**失败了**。"

我跪起来向后退,突然感到疲惫不堪。梅根倒在了我身边,浑身烧灼,精疲力竭。

也许是因为没有轻安仪支撑我,也许是因为知道我们终于结束了。但我无力站起来,更没有力气说话。

"是的,我们被打败了,"梅根说,"但我们没有失败,乔纳森。失败就是拒绝战斗。失败就是保持沉默,希望**其他人**来解决问题。"

我与他的目光相遇。他站在离我们大约五英尺的山洞里,那里现在更像是一个火山口。伊迪西亚遍地蔓延的盐晶徐徐爬过洞的边缘,在边上结了一层硬壳。如果其他士兵也在那里,他们会明智地隐蔽起来。

教授的脸上布满了伤口,这些伤口由震击手套猛烈爆炸时产生的碎片造成,曾暂时废掉了他的力场。不过,那些伤口开始愈合,仿佛是在无视我的希望。

梅根……梅根是对的。一件事在我的记忆里闪现。"拒绝行动,"我对教授说,"没错,**这就是失败**,教授……也许就像……拒绝参加比赛,即使你满心希望得到奖品?"

他在我面前停了下来。我们在巴比拉的时候,缇雅给我讲过一个关于他的故事。他非常想去参观 NASA,但不愿参加可能为他赢得机会的比赛。

"是的,"我说,"你从未参加。你害怕失败吗,教授?还

灾 星

是你害怕赢?"

"你怎么知道的?"他咆哮着问道,周围聚集了上百道光芒。

"缇雅告诉我的。"我说着,双膝跪地,手撑在梅根的肩膀上。它开始滴答作响,"你一直都是这样,不是吗?你创立了清算者,但拒绝把他们逼得太远。拒绝面对最强大的史诗派。你想帮忙,教授,但你不愿意迈出最后一步。"我眨了眨眼睛。"你很害怕。"

他周围的光线渐渐褪去了。

"超能力是其中的一部分,"我说,"但不能说明全部。你为什么害怕它们?"

他眨了眨眼睛。"因为……我……"

"因为如果这般强大,"梅根低声说,"如果拥有所有这些资源,那么你就没有任何理由失败了。"

他开始哭泣,然后咬紧牙关,向我伸出手来。

"你失败了,教授。"我说。

力场逐渐消失,他绊了一跤。

"缇雅死了,"梅根补充道,"你辜负了她。"

"闭嘴!"他脸上的伤口停止了愈合,"闭嘴,你们两个!"

"你在巴比拉杀死了你的队员,"我说,"你辜负了他们。"

他向前猛扑过来,抓住我的肩膀,把梅根撞到一边。但他整个人战栗不止,眼泪从他的眼睛里流出来。

"你曾经很强大,"我告诉他,"拥有别人无法比拟的力量。但你还是败了，败得一塌糊涂，教授。"

"我不能失败。"他低声说。

"你失败了，你知道自己失败了。"我在他的控制下振作起来，准备接下来的谎言，"我们杀了盗窃犯，教授，你完不成圣凛的计划了。就算我死了也没关系。你**失败了**。"

他扔下了我。我跌跌撞撞地站起来，他却跪倒在地。"失败了，"他低声说，血从他的下巴滴落下来，"我本该成为英雄……拥有那么强大的力量……但**还是失败了**。"

梅根一瘸一拐地走到我身边，脸色苍白，揉着被教授打中的脸颊。"见鬼，"她小声说，"真的有效。"

我看着教授，他仍在哭泣，但当他把脸转向我时，我在他眼中看到了纯粹的憎恨。恨我，恨这种情况。他因此沦为一个软弱的凡人。

"不，"我说，胃里翻江倒海，"他没有面对恐惧。"

我们找到了真正的弱点。缇雅搞错了。他的恐惧不仅仅限于超能力本身，尽管超能力，以及他的整体能力，肯定是其中的一部分。他害怕站出来，害怕成为他能成为的任何人——不是因为那些力量本身而感到恐惧。而是因为如果他尝试后，一旦失败就更糟了。

至少，如果有所保留而失败的话，他可以告诉自己这并不完全是他的错。或者这是计划的一部分，他一直想让事情朝这个方向发展。只有倾尽全力，只有用尽所有的资源，他才是彻头彻尾的失败。

灾 星

超能力是多么可怕的负担啊。我可以看到它们如何成为他关注的焦点,如何代表了他的全部能力——以及如何代表了他真正失败的可能性。

梅根把什么东西塞到我手里。她的枪。我看着它,手臂却沉重得像灌了铅,我把枪举到教授的头上。

"来啊,"他咆哮道,"动手吧,你这个*混蛋*!"

我的手稳稳当当,目标也坚定不移,我把手指放在扳机上——回忆浮现。

那一天,在一间钢房里,和一个让我怒不可遏的女人在一起。

我,跪在橄榄球场的战场上。

我的父亲,在神的阴影里,背对着岸边的柱子。

"不。"我说,转过身去。

梅根没有反对。她加入了我。我们一起离开了教授。

"现在谁是胆小鬼?"他问道,跪在阴影里哭泣,火光摇曳,"戴维·查尔斯顿!史诗派杀手。你应该*阻止*我。"

"这个,"一个新的声音说,"可以安排。"

我转过身一看,完全惊呆了,*盗窃犯*从附近一块石头的阴影中走出来。他一直都在那里吗?这有违理性。但是——

他走到教授跟前,把手指轻轻放在他的脖子上。教授尖叫着僵住了。

"有人告诉我,就像血管里的冰水。"盗窃犯说。

我穿过空旷的洞穴向他们冲去。"你在干什么?"

"打住你的问题,"盗窃犯说着,紧紧抓住教授,"你希望我停止吗?"

"我……"我咽了口唾沫。

"为时已晚,"盗窃犯一边说,一边把手指挪开,仔细查看。他看着教授的眼睛,"太好了。这次成功了。我确实需要检查一下,在我们和你女朋友出了点小……问题之后。"他抬头看了看天空,凝视着阳光,退回阴影里。扯火。太阳低悬在地平线上;现在至少五点了。我没意识到我们吵了这么久。

我跪在教授身边,他呆呆地望着前方。我轻轻捅了他一下,但他纹丝不动,连眼睛都没眨一下。

"这是个好办法,戴维,"梅根说着加入了我,"要么这样,要么杀了他。"

我看着那双茫然无神的眼睛,点了点头。她说得没错,但我总觉得自己失败了。我和教授打了个半死,认清他的弱点,废了他的超能力。然而,他并没有驱走黑暗。

我们可以找到另一种方法,对吧?一直向教授暴露他的弱点,直到他清醒过来?我想哭,但奇怪的是,感觉好累,连哭都哭不出来。

"我们去找其他人吧。"我说着站起身来,脱下背心,上面还系着激活器的线。我们需要再次运行轻安仪,才能治愈亚伯拉罕。我把它放在装激活器的金属盒旁,然后扫视了一下天空,希望能发现骑士鹰的无人机。

一道闪光。

灾 星

　　湮消的手落在我肩上。"干得好，"他说，"野兽被征服了。是时候兑现我的诺言了。"

　　我们消失了。

第四十七章

我们来到一处贫瘠的悬崖上,俯瞰一片灌木丛生的沙漠,闷热的空气中弥漫着烧焦的泥土味。红色岩石从土壤里裸露出来,摆出各式各样的地层,像煎饼一样摞得高高的。

在我身后,有什么东西在闪闪发光。我转过身,举起手,眯起眼睛看着它。

"一颗炸弹,"湮消说,"用我自己的肉做的。我的儿子,可以这样说吧。"

"你用其中一个摧毁了堪萨斯城。"

"是的,"他说道,态度有所缓和,"能量充沛的时候,我没办法好好旅行。我必须在待摧毁的地方晒太阳,但这就产生了一个难题。我越是声名狼藉,就有越多的人避开我。所以……"

"所以你接受了圣凛的提议。用你的肉体换取武器。"

"这是给亚特兰大的,"他说,然后像父亲一样把手放在我肩上,"我把它给你,钢心终结者,用来狩猎。你能用它来消灭上面的国王吗,史诗派中的史诗派?"

"我不知道。"我说,眼睛在灯光下流泪。扯火……我太累了。精疲力竭。像一块被拧干的破抹布，满是窟窿，只能用来支撑摇晃的餐桌一角。"但如果有什么东西能做到，那就是它。"即使是强大的史诗派也会像核弹一样，以势不可挡的能量倾泻而出，或者湮消自己的毁灭性力量。

"我带你和它到上面的宫殿去，"他说，"新耶路撒冷。用这个引爆炸弹。"他递给我一根小棍，有点像钢笔，熟悉得令人咋舌。一个普通的雷管。我以前也有一个。

"我可以……或许可以从下面开始？"我问道。

湮消哈哈大笑。"你问我能不能把杯子放在一边？当然可以。但是不行，你必须亲自面对。我延长你的生命来做这件事，因为知道它的结果。雷管的射程很短。"

我用汗湿的手掌握住雷管。那就是死刑了。也许炸弹可以装上定时器，但我怀疑湮消是否会同意。

我甚至还没来得及和梅根说再见，我想，心神不安。然而，这就是我一直在寻找的机会。一个结局。

"我能……考虑一下吗？"

"就一会儿，"他说着，看了看天空，"但不会太久。他快要升起了，我们不能让他知道我们的计划。"

我坐了下来，想要理清思绪，恢复一些力量，应对得到的机遇。我试着梳理清楚。教授失败了，但力量也已耗尽。当我看向他时，他似乎已经麻木了，就好像头部被重击了一下。他会恢复吧？有些冒充者被夺走超能力后，把猎物打晕，甚至让他们脑死亡。那些人重获超能力后就恢复了，但是盗窃犯从未归还他偷走的能力。我怎么就没想到呢?

扯火,我怎么会忽视教授的弱点呢?他胆小的计划,他寻找借口放弃自己超能力和减轻失败的方式——都指向他的恐惧。一直以来,他都不愿意信守承诺。

"怎样?"湮消最后问道,"我们没有时间了。"

尽管短暂休息了片刻,我还是没缓过劲。"我去。"我低声说,声音嘶哑,"我会行动的。"

"选得好。"他带我找到了炸弹,我猜,它被搁在这片荒地上,是为了收集太阳的热量。我走近炸弹,对它的外形有了些许认识——约摸手提箱大小的一个金属盒。天气不热,虽然看起来应该很热。

湮消跪下来,一只手放在上面;另一只搭在我的胳膊上。"'你们吃亲手劳碌得来的果子;就必享福乐。①'再会,钢心终结者。"

我被那道闪光照得喘不过气来。一秒钟后,我发现自己低头看着地球。

湮消抛弃我时离开此地,我几乎听不到身后的撞击声。我在太空中,跪在一个看似玻璃的表面上,俯视着一幅壮观又令人反胃的景象:壮丽的大地,上空笼罩着大气层和云层的薄雾。

如此平静。在这里,我平日的担忧似乎微不足道。尽管我不得不背对着炸弹,眯着眼睛才能看清灯光下的东西,但

---

①出自《圣经·诗篇》第128章2节。

灾 星

我还是把视线从那景象上移开,四处张望。我在某种……建筑里,还是船里?有玻璃幕墙?

我跟跟跄跄地站起来,注意到墙壁的圆角以及这座玻璃结构里远处的红光。接着我意识到,尽管一直置身于太空,但我的双脚仍停留在脚下的地面上。我还以为会浮起来呢。

炸弹在我身后闪耀,像星星一般。我触到了雷管。应该……现在就行动吗?

不。不,我得先见见他。近距离地。他发出猩红的光芒,像炸弹一样明亮,但在我前面的船上,他的光透过玻璃的角落和表面折射。

我的眼睛渐渐适应了,注意到一个门道。我跌跌撞撞地朝它走去,因为地板不平整,两边都是梯子似的把手和栏杆。墙壁也是凹凸不平的,由不同的隔间组成,里面填满了电线和杠杆——只不过全是玻璃制的。

我吃力地穿过一条走廊。一面墙上蚀刻着什么东西,我用手摸了摸。英文字母?我可以读出来,似乎是某家公司的名字。

扯火。我在老旧的国际空间站,但它已经变成了玻璃。

我感到一种不真实的脱节,继续朝光亮走去。玻璃出奇的透明,几乎可以相信它不在那里。我跌跌撞撞地穿过一个又一个房间,伸出手臂,确保自己没有撞到墙,红灯越来越亮。

我终于走进了最后一个房间,比经过的其他房间都要大,灾星就在远处等着我——我想，尽管他十分耀眼，却很难看清楚他的样子。

我举起胳膊挡住灯光，把雷管抓得更紧了。我太蠢了。应该把炸弹引爆的。灾星可能会在他看到我的那一刻就把我杀死。谁知道他有什么超能力？

但我必须知道，必须亲眼看到他，必须去见那个毁了我世界的家伙。

我穿过房间。

灾星的光芒暗淡下来。我的喉咙哽住了，尝到自己胆汁的味道。下面的人会怎么想？灾星出走吗？灯光渐渐微弱，露出一个穿着简单长袍、皮肤发着红光的年轻人。他转过身来面对着我，我认出了他。

"你好，戴维。"盗窃犯说。

第四十八章

"你，"我低声说，"你在下面！和我们在一起，一直都在！"

"没错，"盗窃犯说，转身去看世界，"我可以伪装自己；你知道的。你甚至在好几个场合提到过这种超能力。"

我晕头转向，试图把一切联系起来。他一直和我们在一起。

灾星一直和我们生活在一起。

"为什么……什么……"

盗窃犯叹了口气，一种让人为之一惊的声音。烦恼。我经常从他身上感受到这种情绪。"我一直看着它，"他说，"试图找到你在里面看到的东西。"

我犹豫地走到他身边。"世界？"

"那里已被毁。糟透了。可怕。"

"是啊，"我轻声说，"真美。"

他眯起眼睛看着我。

"你是这一切的根源，"我说，手指放在面前的玻璃上，"你……一直以来……从其他史诗派那里偷来的超能力？"

"我只是收回曾经给予的东西,"他说,"每个人都很快相信偷取能力的史诗派,他们从来没有意识到自己颠倒了事实。我不是小偷。是他们叫我'盗窃犯',狭隘。"他摇了摇头。

我咽了口唾沫,眨巴着眼睛。"为什么?"我问灾星,"请告诉我。你为什么要这样做?"

他沉思着,双手紧握在身后。是盗窃犯。不仅是同样的面孔,连言谈举止都一模一样。他说话前照样吸了吸鼻子,仿佛跟我说话有失身份似的。

"你们要毁了自己,"他平静地说,"我只是个先驱,带来了超能力。你们利用它们,编排自己的结局。这就是我们在无数领域所做的。我……听说的。"

"你听说的?听谁说的?"

"这真是个好地方,"他说,好像没听见我的话,"你不会理解的。和平。温婉。没有可怕的灯光,完全没有。我们感觉不到像眼睛般可怖的附属器。我们同住在那里,等待职责到来。"他揶揄道,"这属于我。所以我来到这里,把一切都抛在脑后。把它换成了……"

"刺目的灯光,"我说,"巨大声响。热的痛苦,感觉的痛苦。"

"是的!"他说。

"那些不是我的噩梦,"我说着,把手举过头顶,"是你的。扯火……它们都是你的,不是吗?"

"别傻了。又在唠叨你那些愚蠢的想法了。"

我跌跌撞撞地退回来,被墙上一个四四方方的突出物绊住了。我在噩梦里看到过，出生在这个世界的景象，一个对灾星而言如此陌生的地方。在他看来，这里是个鬼地方。

我噩梦中刺眼的灯光，不过是普通的天花板灯。

那些喧嚷声和叫喊声？人们在交谈，或者是家具移动的声音。

和他以前住过的地方比起来，这里简直是天壤之别。另一个地方，一个我无法理解的地方，一个缺乏如此强烈刺激的地方。

"你要离开我们吗？"我问道。

灾星没有回复。

"灾星！在赋予我们超能力之后，你准备离开吗？"

"我为什么要在这可怕的地方多待一会儿呢？"他轻蔑地说。

"在梅根的平行世界里，"我自言自语道，"你确实离开了那里，而黑暗从未侵占史诗派。在这里，你留了下来……不知怎么感染了我们。你的仇恨，你的厌恶。你把每一个史诗派都变成了自己的翻版，灾星。"

梅根曾说过，在拥有超能力之前，她对火焰的恐惧还没有这么明显。他的目光一转向我，我对深渊的恐惧就开始了。不管灾星做了什么，不管他是什么人，当他侵入某个人的身体时，就把人们的恐惧放大到不自然的程度。

当人们置身于恐惧当中时——那些他憎恨的东西——灾星就退缩了。超能力随之消失，黑暗也不见踪影。

直面恐惧，不知何故也起了作用。必须得这样。当你面对恐惧时，会发生什么？

*它们是我的，*梅根说过。*我占有了它们。*

扯火。这是不是说她已经掌握了超能力，把灾星完全赶出去了呢？把它们从黑暗中分隔开来？

"你们找了那么多借口，"灾星说，"你的人民一旦拥有超能力，你就会拒绝看清他们是什么人。"他看着我，"你的本质，戴维·查尔斯顿。你瞒得了别人，但你骗不了线人自己。我知道你是谁。什么时候释放？你几时毁灭，这就是你的宿命？"

"我永远不会释放的。"

"胡说八道！这是你的天性。我看了一遍又一遍。"他向我走过来，"你是怎么做到的？如何拖了我这么久？"

"这就是你来找我们的原因？"我问道，"在伊迪西亚？因为我？"

灾星对我怒目而视。即便是现在，即使看到他光辉的一面，我对他的印象还是和以前一样：一个被宠坏的孩子。

"灾星，"我说，"你必须走。离开我们。"

他吸了吸鼻子。"在工作完成之前，我不能走。他们说得很清楚，在我——"

"什么？"

"我没听到你回答刚刚的问题，"他说，然后转身向窗外望去，"你为什么否认自己的超能力？"

灾星

我舔了舔嘴巴，心怦怦直跳。"我不能成为史诗派，"我答道，"我父亲在等他们……"

"所以呢？"

"我……"我口气软了下来，说不出话。

"十一年了，你们这种人还在徘徊。"灾星喃喃道，"逐步减少，是的，但也踟躇不前。我在你们当中像孩童般生活了十年，后来才逃到这里。"

我想，灾星就是在那时崛起的。他十岁那年——当他决定放弃超能力的时候。

"这个地方，"灾星说，"在这个腐朽的国度里，比哪里都更接近我的家。但是……我发现在你们中间，又要开始堕落了。我必须知道，你从中看到了什么？又过了十一年，我仍未找到它……"

我低头看了看还紧握在手中的细雷管。我有我的答案。他们提出了更多的问题，确实。他是从什么地方来的？为什么他的同类要毁灭我们？他表现得好像一切都是注定的，但究竟是谁，为什么？

我可能永远看不到这些问题的答案，唯一的遗憾是没有和梅根道别。我想要最后一次吻别。

我叫戴维·查尔斯顿。

我按下了按钮。

我杀了史诗派。

引爆了炸弹。

第四十九章

爆炸把玻璃空间站炸得粉碎。热量和力量瞬间击中了我,环绕在我的周围。能量流进灾星伸出的手掌,像水从吸管中被吸干。

一眨眼的工夫就结束了。在我身后,空间站重新组装起来,玻璃重新黏在一起,严丝合缝。

我像个傻瓜一样站着,一遍又一遍地按下按钮。

"你以为,"灾星看都不看我一眼就说,"我的超能力可以毁灭我自己吗?我想这应该很有诗意吧。但我是超能力的主人,戴维。我了解它们,了解它们的复杂性。没错,我可以告诉你,伊迪西亚是如何运转的。没错,我可以解释梅根跳到其他领域的原因——既有核心可能性,也有短暂的可能性。但我*真的*是不死之身。任何超能力都伤不了我,且不具永久性。"

我倒在地板上。这一切使我不堪重负。同教授的战斗,被湮消偷偷夺走。按下那个按钮,准备赴死。

"我在想是不是应该直接告诉他们,"灾星若有所思地转向我,"你们应该明白,你们需要自我摧毁。可是你瞧,我不应该干涉。即使是那些小小的违规行为——比如被迫制造攻击尖塔的装置——也会让我担心。这有违我们的初衷，尽管维持我的掩护需要它。"

"灾星，你已经在干涉了。深入地干涉。你让他们发疯！让他们毁灭！"

他不理我。

扯火……我怎样才能让他明白？我怎么能向他证明，是他造成了黑暗和毁灭，而人们并不像他所说的那样欣然接受呢？

"总的来说，你一文不值，"他轻声说，"你们将自取灭亡，我可以作证。我不会像其他人那样逃避责任。我们要观察，这是我们的使命，但我不能再干涉了。年轻人的行为可以获得原谅。虽然我从来就不是一个真正的孩子，但我是新来的。你的世界令人震惊。可怕的冲击。"他点了点头，似乎在说服自己。

我强迫自己站起来，然后把枪从腿上的枪套里拔出来。

"你对一切的回答是，戴维·查尔斯顿？"灾星叹息着说。

"值得一试。"我说着，举起了枪。

"我掌握着宇宙的全部超能力。你明白吗？它们都是我的。我就是你念过一千遍的高等史诗派。"

"不管怎样，你都是个怪物，"我说，"神圣的超能力并不能使你成为神，我猜。它们把你变成了一个恶霸，而你恰好握有最大的枪。"

我扣动了扳机。枪根本没开火。

"我移开了火药,"灾星指出,"无论是史诗派的超能力,还是人类的诡计,都伤害不了我。"他犹豫了。"而你,却没有这样的保护。"

"呃……"我说。

我撒腿就跑。

"认真的吗?"他在我身后问道,"这就是我们要做的?"

我冲出房间,手忙脚乱地朝来时的方向跑去。考虑到这地方是为自由落体的人建的,而不是为走路的人准备的,真让人难办。

我来到最初到达的那个房间。死胡同。

灾星突然出现在我身边。

我咽了口唾沫,口干舌燥。"不干扰,对吧?"

"当然,戴维,"灾星说,"尽管你确实破坏了空间站。我不必把你从……你行为的自然结果中拯救出来。这个地方不堪一击。"他笑了。

我猛扑过去抓牢地板——就在这时,房间的一侧开了一个大洞。风在呼啸。

"再见,戴维·查尔斯顿。"灾星一边说,一边踱过来踢我的手指。

房间里闪过一道亮光。

然后有人一拳打在灾星的脸上,把他打得四脚朝天。气流停止了,我喘着粗气,抬头望着新来的人。

灾 星

教授。

他穿着黑色实验室大褂,眼里不再有我离开他时那种茫然。取而代之的是决心和勇气。

"你,"灾星说,仰面躺着,"我从你手中夺回了超能力!"

教授扯开他的实验服。绑在他胸口那里的,是骑士鹰亲制的一件背心,很快修补好,取代了激励装置。

"没用的!"灾星说,"如果我收回超能力,那就没用了。它……我……"他茫然地望着墙上那闪烁着绿光的力场。

教授向我伸出手来。

我长舒了一口气。"你感觉怎么样?"我握着他的手问道。

"提心吊胆,"他低声说,"谢谢你把我带回来。我恨你,戴维。但是**谢谢你**。"

"我没有把你带回来,"我说,"你面对了它,教授。"我突然明白了——他绑上激活器,试图在事情发生后重新振作起来,直面恐惧,冒着失败的风险。他做到了。

他占有了超能力。像梅根一样,他把黑暗从能力中剥离出来,在夺取其他超能力的同时,让其中一种超能力蔓延开来。

现在,教授的超能力属于他,而不是灾星。存放激励装置的盒子毫无意义。

教授抓住了我,也许是想把我们瞬移出去,突然有一波**冲击**莫名向我们袭来,把我们掀得四脚朝天。灾星开始再次发光,一道刺眼的红光,他开口说话了……扯火,那个**声音**。

不似人声，虚幻不实。

有什么东西从教授手里滚落下来，然后灾星一指它蒸发了。

"那是什么？"我问道，那可怕的尖叫声变成了灾星的声音，说着一种我无法想象的语言。

"那是我们的出路，"教授说，"快跑。"

传送门。见鬼。教授在我们和灾星之间放置了一个力场，我挣扎着爬起来，但它瞬间就消失了。跟他决斗是不可能的，它——

某种看不见的力量把我推倒在地。灾星容光焕发，他举起双手，形成一道光束，然后向我射来。

灯光又闪了一次，但光束射偏了。

梅根站在房间里，掐住湮消的脖子。他似乎噎住了。当她把那个男人扔到一边时，我惊讶地目瞪口呆——片刻之后他就消失了，不按常理出牌，而是渐渐消失。梅根举起枪，向灾星开火。灾星再次用那种奇怪的语言尖叫起来，仍旧没有任何好处。

梅根咒骂了一句，在我身边蹲了下来。"计划？"她问道。

"我……梅根，你怎么……"

"轻而易举，"她说着，又开了一枪，"他从异维度抓到湮消，给他看这个地方的照片，让他把我带来这里。他在那儿还是个矬子，我会告诉你的。现在……计划？"

计划。

有时你不知道你需要什么，直到深陷其中。

灾 星

"把我们两个都送过去，"我说着，跟跟跄跄地站起来，"请把灾星和我送到火凤凰的世界——但不要送到太空。把我们送去火凤凰身边，不管他在哪里。"

"戴维，灾星会要了你的命！"

"求你了，梅根。请相信我。"

她把嘴唇抿成一条线，当我在晃动的房间里蹒跚走向灾星时，她释放了自己的超能力。

我抓住他，我们俩一起溜到了另一个地方。

第五十章

我们偶然爬到了伊迪西亚的一处屋顶,靠近地上一个冒着浓烟的大洞。夜幕降临,黑暗笼罩着盐城,但也辨明了所在位置。这里比我最后击败教授的地方高多了。

一开始我以为出了什么问题。我们真的进入了异维度吗?但是有些不同。在这里,这个洞看起来像是爆炸而不是震击手套造成的,尸体也少得多。

我转过身,发现灾星就站在那里,冲着我咆哮。他举起双手,召唤光。

"我可以告诉你,"我小声说,"我们在地球上看到了什么。你说你很好奇。我可以给你看一些你想看的东西。我保证。"

他嘲笑我。但当我注视他时,他的怒气似乎平息了。就像……嗯,就像超能力消退时的史诗派一样。

"你很好奇,"我说,"我知道你是这样的。你难道不想彻底搞明白吗?这样好奇心就不会再纠缠你了。"

"呸。"他说,然后垂下双手,变成了盗窃犯。他一直是个盗窃犯,但他不再发光,皮肤恢复了人类的血色,他的长袍变成了他经常穿的衬衫和休闲裤。

"你想在这里做什么?"他环顾四周后,问道,"这是另一种核心可能性,不是吗?和你的世界邻近的那个?你知道我可以把我们送回去。"

"斑点!"火凤凰的声音说。我转过身去,发现他就在隔壁的屋顶上,站在泰薇旁边。她留在后面打量我,火凤凰一跃而起,滑过空地,拖拽着火焰。"他在这里!"火凤凰说,显然是对着手机说的。他怎么找到一个没被烧毁的?"没错,就是他。"

"你能把想见我的人叫来吗?"我问火凤凰时,瞥了一眼灾星。

"哦,别担心,"火凤凰说,"他来了。"

"这个地方有点奇怪,"灾星说,眯起眼睛仰视着天空,"有些不对劲……"

"这是你离开的世界,灾星,"我说,"这是一个有些史诗派不会毁灭的世界。在那里,有人保护,有人与杀戮的人战斗。"

"不可能。"他转向我,"谎言。"

"你知道你的超能力,"我说,"你知道梅根是干什么的。你亲口告诉我,你是他们的主人。此前,你要求我否认自己的身份。好吧,现在不用瞒着了。我是你们中的一员。现在你开始否认了!我谅你也不敢否认你所看到的。**否认这个地方,这种可能性的存在!**"

"我……"他有点不知所措。他抬头看着黑暗的天空，那里本该是灾星出现的地方。"我……"

耀眼的聚光灯照亮了附近的区域，人们在那里搜寻幸存者，不管火凤凰和他的团队经历过怎样的冲突。在下面，当人们看到他站在我身边时，他们欢呼起来。

扯火，他们为一个史诗派欢呼。

"不……"，灾星说。他先看了看火凤凰，然后转向人群，"这个一定……他一定是个异类……就像你的梅根……"

"是这样吗？"我说着，扫视了一下那个区域。我看到一个人影从城里腾空而起，那是我一直在等的人。他疾驰而来，披风在身后飘动。一套我再熟悉不过的衣服。

我抓住灾星衣服的前襟。"看啊！"我说，"看看这个地方，史诗派不会因为你的腐败而堕落。看看来的那个人，众人中最可怕的那个。我们世界里的杀人凶手兼破坏者。你瞧，在这里，灾星，钢铁心自己就是英雄！"

我把手伸到一边，那个人影落在了屋顶上。

"那个……"灾星说，"那人不是钢铁心。"

什么？

我又看了看那个人影。华丽的银色披风。松松垮垮的黑裤子，衬衫绷得紧紧的，衬托出强健的体格。这是钢铁心的衣服，只不过胸前有个标志。这是服装上唯一的不同之处。

可他的脸……他从面相上看心地善良，而不是一个暴君。圆圆的脸庞，稀疏的头发，灿烂的笑容，还有一双善解人意

灾 星

的眼睛。

　　布莱恩·查尔斯顿。

　　我的父亲。

第五十一章

"我的戴维,"父亲低声说,"我的小戴维……"

我说不出话来,也动不了。是他。在这个世界上,我的父亲是个史诗派。

不,在这个世界上,我父亲才是史诗派。

他犹豫地向前走了一步,对于肌肉发达、身材魁梧、极具王者风范的强大史诗派而言,此举过于胆怯。"哦,儿子。对不起。我很抱歉。"

我放开了灾星,目瞪口呆。父亲又向前迈了一步,我一把抱住了他。

一切都显露出来。忧虑、恐惧、沮丧和令人麻木的疲惫。它在痛苦的抽噎中倾泻而出。

我释放了十多年的痛苦和悲伤,长达十年的失落。他紧紧抱着我,身上散发着我父亲的味道,不管是不是史诗派。

"孩子,"他说着紧紧抓住我,泪流满面,"我杀了你。我不是故意的。我想保护你,拯救你。但是你死了,你还是死了。"

"我让你死的,"我低声说,"我没有帮你,没有站起来。

灾 星

我看着他杀了你。我是个懦夫。"

我们说着说着就乱了套。但在那一刻,不知怎么的,一切都好了。我拥在父亲的怀里。这不可能,却是真的。

"可是……是他,"灾星在背后低语,"我能看到这些超能力,同样的超能力。"

我终于放开了父亲,尽管他一直握着我的胳膊,保护我。灾星再次注视天空。

"你把他带到这儿来了?"我父亲说。

灾星漫不经心地点了点头。

"谢谢你,英雄,"父亲说道,他说话时带着一种自信,这种自信在母亲去世后就未曾见过,"谢谢你给我这个礼物。在你的国度里,你一定是位有同情心的勇士。"

灾星皱着眉头看向我们。从我父亲,到我,再到我父亲。

"以永恒的火花,"灾星低语,"我看到了。"

我感受到一种消逝的感觉。梅根的超能力快耗尽了,我们很快就会回去。

我又一次抓住父亲。"我要走了,"我说,"我别无选择。但是……父亲,我原谅你。我原谅你了。"不需要说出来,但我知道我非说不可。

"我原谅你,"父亲说,眼里含着泪,"我的戴维……只要知道你还活着就足够了。"

世界褪去,父亲也随之消失。我预料到会有疼痛、流泪、黯然神伤——却只感到平静。

他是对的。这就足够了。

灾星和我重新出现在玻璃空间站上。梅根和教授随时待命,她拿着枪,教授拿着光之矛。我举起双手让他们镇静下来。

灾星仍然以他的人形存在。他没有变回来;只是跪在玻璃地板上,目光呆滞。一道小小的红光终于从他身上升起,他望着我们。

"你是邪恶的。"他说,几乎是在恳求。

"我不是。"梅根说。

"你会……你会毁了一切。"他说。

"不,"教授说,声音沙哑,"不会。"

灾星的目光聚焦在我身上,和另外两个人站在一起。

"你还不够腐败,"我说,"你的恐惧还不够。你的仇恨还不够。我们不会这么做的,灾星。"

他用双臂怀抱着自己,摇摆不定。

"你知道是什么造成了这种差别吗?"我问他,"我们的超能力同你们的超能力分离的原因是什么?同样的事发生在我们所有人身上。梅根闯入一栋着火的大楼。我深入海洋。埃德蒙和狗在一起。教授来到这里,不仅仅是直面恐惧……"

"……熬过这些恐惧,"灾星低声说道,看看我,又看看其他人,"是为了拯救某个人。"

"你害怕吗?"我轻声问他,"我们不是你想的那样?当你知道在内心深处,人不是怪物时,你会感到害怕吗?相反,

灾星

人性本善？"

他盯着我，然后瘫倒在地，蜷缩在玻璃地板上。他体内的红光变暗了，然后——就这样，他逐渐消失了，直到无影无踪。

"我们……杀了他？"梅根问道。

"差不多。"我说。

空间站隆隆作响，猛然倾向一侧。

"我就知道，这玩意对于这样的轨道速度来说太弱了！"教授喊道。"扯火。我们得打电话给缇雅……"他脸色变得苍白。

整个空间站摇摇欲坠，把我们抛到天花板上。灾星早就把空间站定在了原地。它开始裂开，玻璃在内部压力下生出像蜘蛛网一样的裂纹。几秒钟后，我们就朝地球坠落，空间站轰然倒塌。

但我很平静。

因为在那个世界里，父亲的衬衫上有一个教徽。花式 S 字母形状，一种我认识的符号，一种代表某种意义的符号。

信善徒的象征。

会有英雄到来。只需等待。

我抓住了内心的力量。

尾 声

我坐在山坡上,在落下的空间站的阴影下休息——当我们坠落时,我把它变成了钢铁,自己也跟着变了形,然后从它侧面的一个洞里钻了出来。我抓住它,减慢它的速度,然后将它引出死亡漩涡,最终放在这里。

好吧……让它在这里坠毁。事实证明,飞行比人们想象的要困难得多。在空中,我就像敏捷地在剑鱼群里来回穿梭的十七只老海象那般敏捷。

也许需要练习一下。

梅根走了过来,看起来和往常一样光彩照人,尽管在平稳着陆时,呃,有些擦伤。她坐下来,捏了捏我的胳膊。

"那么,"她说,"你会不会变得超级健美?"

"不知道。"我一边说,一边活动身体,"过去是钢铁心,现在是我父亲。可能会带来超能力组合。"

"应该可以补救那糟糕的接吻技术。"

"嘿,你要做的就是让我练习。"

"知道了。"

我们在澳大利亚的某个地方,据骑士鹰说,他派了一架直升机来接我们。要过好几个小时才能赶到。我不相信我的飞行技术能把我们送回北美。

我朝另一个山坡点了点头。"他怎么样?"

"不好,"梅根说,看着教授的轮廓,他坐在那里凝视着天空,"他不得不接受现状,就像我一样。我们在被黑暗吞噬时所做的事情……嗯,感觉就像是我们自己的行为。有时如梦如幻,但仍是我们的选择。你可以记得自己也享受……"

她颤抖起来,我把她拉近。在这之后,教授将不再是以前的教授了。不过,我们谁还是呢?

"他的超能力还奏效吗?"我说,"就像你的一样?"

她点点头,瞥了一眼手机。"亚伯拉罕和科迪做得很好,尽管教授需要重新长出亚伯拉罕的胳膊。还有……嗯……你应该读读这个。"她给我看了一条她从骑士鹰那里得到的消息。

"苏苏?"我问道。

梅根点头示意。

"扯火。我好奇她怎么能成为史诗派。"

"嗯,没有了黑暗……"梅根耸了耸肩。

就我们所知,它已经消失殆尽了。梅根仍然认为灾星可能会卷土重来。我不以为然。

一道闪光出现在我们面前,变成一个佩戴眼镜、蓄着山羊胡、身穿风衣的人。

"啊!"湮消说,"你在这里。"他把随身携带的手机收起来。

呃，也许我们根本不需要那架直升机。我深吸了一口气，满怀希望地站起来。我冲湮消笑了笑，伸出手去。

他把剑从鞘里抽出来——是的，他还有一把剑——然后指着我。"你做得很好，也有福了，因为你从天上铸下龙来。我给你一周时间恢复。我的下一个目标是多伦多。你可以在那儿和我碰面，看看我们之间的冲突会有什么结果，骑手。"

"湮消，"我恳求道，"灾星消逝了。"

"是的。"他说着，一面把剑放回鞘。

"黑暗消失了，"我说，"你不必那么邪恶。"

"我没，"他说，"谢谢你告诉我你知道的秘密，钢心终结者。我知道为什么五年前当我面对恐惧时，黑暗便离我而去。自那时起，我就摆脱了它。"他向我点点头。"'又在伊甸园的东边安设基路伯和四面转动发火焰的剑，要把守生命树的道路。'①"

他闪进白色的陶瓷砖里，没了踪影。

"灾星，"我说着颓然退下，沮丧不已，"**灾星**。"

"你知道，"梅根说，"我们可能得想想新的咒语。"

"我本来希望，也许他会站在我们这边。一旦灾星逝去。"

"他们是人，"梅根说，"自由自在地做人，戴维。这是应该的。这意味着他们中的一些人仍然会自私，或者搞得一团糟，诸如此类。"

---

①出自《圣经·创世纪》第3章24节。

她坐得离我更近了。"我感觉缓过劲来了,准备做些努力。"

我咧嘴笑了。"练习!"

她翻了翻白眼。"不是我反对,跪娃,我指的是我的超能力。"

哦,对了。我知道。

"你还想试试吗?"她问道。

"是啊,当然。他会等。"

"好吧。坐着别动。"

片刻之后,我回到了另一个世界。我已经回来过一次了。就在我们把空间站着陆之后,我突然进来告诉他们,之前的拜访还没有结束——但我只待了一小会儿。梅根已经累了。

不过在我离开之前,已经安排好了会面地点。父亲站在一幢建筑物的楼顶上。是尖塔,在他的世界里还没有被摧毁。我走向他,注意到他飘动的披风。**看看那些漫画书对你做了什么。带着一个标志还是什么的?扯火,他真是个书呆子。**

我想,有其父必有其子。

他看到了我,转过身来,脸上露出了灿烂的笑容。我犹豫着向他走去。十一年——要赶上来可真不容易。怎么开始的?

"呃,"我说,"梅根觉得她恢复得越来越好了,黑暗也消失了,所以她可以撑得更久。现在她缓过来了,而且没有遇到什么大灾难,她认为她能给我们十五分钟。也许半个小时。"

"好，好，"父亲说，他笨拙地拖着步子，"唔，火凤凰告诉我，你和我共用一套超能力组合。"

"是啊，"我说，"超能力冲击波，刀枪不入。哦，还有把东西变成钢铁。不知道最后一个还起不起作用。"

"你会大吃一惊的。"他说。

"这仍然需要一些时间来适应。顺便说一句，飞行有点像在踢我的脸。"

"飞行一开始很棘手。"

我们站在彼此面前，犹豫不决，直到父亲朝栏杆那边点了点头。"你……是不是……想让我教你？"

我笑了，心里突然感到一阵温暖。"爸爸，我想不出还有什么比这更好的了。"

致　谢

写致谢往往是我为一本书做的最后一件事。十一月的深夜，我坐在这里，反思整个系列。在我的小说经典中，《钢铁心》是起源最随意的故事之一，全部内容几乎都是在一次东海岸长途跋涉中构思出来的，当时我正在为《迷雾之子》系列小说作巡回演讲。

那一年是 2008 年。现在已是 2015 年，七年过去了，把这一系列带给你们的旅程格外令人满意。下面列出的这些人都曾参与其中。但我也想用一个特别的时刻，来感谢你们所有人，跟随我一起走过这段疯狂的旅程。无论是新老读者，如果有机会阅读本系列，请接受我最诚挚的感谢。你们给了我继续做梦的理由。

所以，让感谢继续下去吧，我自己的清算者团队，他们让我的生活变得精彩。克莉斯塔·马里诺是德拉科特出版社这一项目的编辑，同时也负责另外两本书。你们应该把这些小说的成功归功于她，她是该系列小说最早的支持者之一。此处亦须提及贝弗莉·霍洛维茨，感谢她的智慧与指导；她一直是这家出版社这些书的倡导者。

灾星

　　兰登书屋值得我感谢的友人，还有莫妮卡·简、玛丽·麦克库、金·劳伯、瑞秋·韦尼克、朱迪思·霍特、多米尼克·希米纳和芭芭拉·马库斯。这本书的编辑是科琳·贝林厄姆。

　　我的经纪人乔舒亚·比尔梅斯，当我终于抽出时间开始写作的时候，他是第一位不得不坐着听我激动地讲述这部作品，将会多么吸引眼球的人，他一直很有耐心。我的另一位经纪人，埃迪·施耐德，负责这些书的谈判，并英勇地为其辩护。同样值得感谢的还有山姆·摩根、克雷斯蒂娜·洛佩兹和泰·凯勒。

　　在此我也不忘感谢我的英国经纪人，芝诺代理公司的约翰·伯莱因。这本书的英国编辑是西蒙·史班顿，他本人非常优秀，也是英国出版界第一个给我机会的人。

　　我自己的团队包括公司副总裁兼编辑部主任彼得·阿斯特罗姆，漫不经心的他处理了这本书的很多连续工作和校对，也做了大量的内部编辑工作。和往常一样，艾萨克·斯图尔特帮助我学习艺术，而我的行政助理是亚当·霍恩。卡拉·斯图尔特经营着我们的网店（顺便说一句，线上有许多很酷的东西在售），她值得我们感谢。

　　我在这个项目上的写作团队包括艾米丽·桑德森、凯伦和彼得·阿斯特罗姆、达西和埃里克·詹姆斯·斯通、艾伦·莱顿、凯瑟琳·多西·桑德森、凯琳·佐贝尔、伊森和艾萨克·斯卡尔斯泰特、拉和艾萨克·斯图尔特，以及本·

CALAMITY

奥尔森，世界的毁灭者。

特别感谢我们在亚特兰大的现场团队詹妮弗和吉米·梁，他们像超级间谍一样为我们寻找拍摄地点，并对所有与这座城市有关的事情发表评论。项目的试读者包括尼基·拉姆齐、马克·林德伯格、爱莉克斯·霍格、科尔比·坎贝尔、萨姆·沙利文、泰德·赫尔曼、史蒂夫·斯坦、玛尔妮·彼得森、迈克尔·赫德利、丹·斯文特、艾伦·福特、艾伦·比格斯、凯尔·米尔斯、凯德·盐崎、凯尔·鲍夫、贾斯汀·莱蒙、安布尔·克里斯坦森、凯伦·阿斯特罗姆、佐伊·哈奇和斯宾塞·怀特。

我们的社区校对人员包括上述许多人，另外还有鲍勃·克鲁茨、乔里·菲利普斯、爱丽丝·阿内森、布赖恩·T. 希尔、加里·辛格、伊恩·麦克奈特、马特·哈奇和鲍姆。

当然，精神上的支持是由我的妻子艾米莉，以及我们的达林、乔尔和奥利弗·桑德森提供的。这三个小男孩特别为我提供了大量关于超级英雄以及如何对待他们的评论。

这是一段狂野而不可思议的旅程。再次感谢你们的加入。

布兰登·桑德森

灾星

  布兰登·桑德森是《纽约时报》最畅销的《审判者传奇》系列作品的作者，该系列包括《钢铁心》《火凤凰》和《灾星》，也是国际上畅销的《迷雾之子》系列作品的作者，罗伯特·乔丹《时光之轮》系列官方指定续写人。他的书已被翻译成二十种语言出版，在全球范围内销售了数百万册。

  布兰登和妻儿居住在犹他州，目前在杨百翰大学任教。要了解更多关于布兰登和他的书的信息，请访问他的个人网站 brandonsanderson.com，还可以在推特上关注@brandsanderson，或者在脸书上关注 brandsanderson。